———— 阅读之前 没有真相

午 夜 文 库

奇迹降临之前

凌小灵 著

新星出版社 NEW STAR PRESS

序　幕

1

　　奇迹究竟什么时候才会降临？

　　手中的车票已经被我捏皱了，上面写着这座城市的名字，这也是离家出走的妹妹留下的唯一线索。

　　心急的我查到了车票上的位置就不远万里赶过来了。当我一头扎进不熟悉的另一座城市时，才产生了一种疏离感。城市里的人们按照自己的生活规律凝聚起了这座城市的生命力，而茫然站在路中央的我就是一个不请自来的闯入者。

　　我拍了拍自己的脸颊，让混乱的脑子清醒一点，自问道——

　　沈一心，先冷静下来，好好想想下一步该怎么办吧。是放弃，还是继续寻找？

　　我已经在酒店里住了一周，几乎花掉了身上所有的钱。家里那边估计也瞒不下去了，要是他们知道我没有和大学同学一起去海边合宿，而是一个人跑来找妹妹的话，他们一定会非常生气。

　　我都能想到他们会这样说了——"她的事交给警察，你可千万不能冲动，万一出了什么意外的话，我们也不好交代。"

　　如果我是妹妹，知道自己离家出走后，爸妈反而担心另一个女儿，恐怕会很难过吧。

今天就是我在这座城市的最后一天了，看来真的要无功而返了。我决定一会儿就去订下午的车票，上午就要收拾行李准备退房。

灰心丧气的我回到了暂住的"鱼鳞"酒店。酒店的外墙有一排排的飘窗凸出于墙体之外，两层之间又错落开来，远看就像鱼鳞一般。住了将近一周的我对这里已经非常熟悉了，远远地看到"鱼鳞"就知道自己回到了酒店。

进了酒店的大堂之后，一个将淡蓝色条纹衬衫的前胸口敞开，戴着墨镜，留着棕色蓬松卷发的年轻男孩朝我走了过来。起初我还以为他是要找我身后的人，便让开了路，没想到他摘下墨镜，热情地迎了上来。

"你是那个临时来旅社搭车的人吗？我是你的向导罗韬，叫我韬韬就可以啦。"

这个叫罗韬的年轻男子非常自来熟，是我不太擅长对付的类型。

我连忙摇头说我不知道他在说什么，一定是认错人了。

这时候，一旁的服务员帮我解了围。她指了指大堂另一侧的沙发，说那边两位才是来等人的。

等罗韬走后，我凑到服务员的耳边，问罗韬说的旅社是什么。服务员自然也不知道具体情况，他们好像一直在这附近活动，那个叫罗韬的男人也常现身。

要不去问一下他们有没有见过妹妹？

既然他们经常在这附近活动，说不定见过妹妹。而且听他的意思旅社平时还会让陌生人搭车，那么妹妹搭过他们车的可能性很大。

我心里也明白这或许只是我的一厢情愿,毕竟前几天四处找线索的时候我也都是这么想的,结果自然都是一场空。但怎么说也是一线希望,不试试看又怎么知道结果。

我朝罗韬走去。他已经到了沙发那边,和上面坐着的两个女孩聊了起来。

其中一个波浪发的女孩撑着头歪着身体正在看手机,对罗韬的话完全没有兴趣。另一个女孩头发染成了薰衣草色,正拘谨地端坐着。可以看出来她不太擅长和别人聊天,只是尴尬地微笑着应对罗韬的攻势,显然她和其他人都不认识,应该就是罗韬说的来搭车的那位。

我走上前去。罗韬见到是我来了,热情地打了招呼,然后勾着我的肩膀把我拉到大家的面前。

"各位,我们有新同伴了。没想到有两位那么漂亮的女孩加入我们,这里是天堂吗?一会儿我们好好聊聊。"

"不是,我只是来问个事的。"

为了尽快摆脱他,我忙从口袋里掏出了妹妹的照片给他看。沙发上那个正在看手机的女孩依旧斜着身子滑动手指,而薰衣草色头发的女孩则显示出强烈的兴趣,只是她一直压抑着自己的好奇,努力让自己镇定地坐在原位。

"你好,我的名字是沈一心。这是我的妹妹沈天问,不知道你认不认识。她应该穿着白色的上衣,下身是牛仔吊带裤。"

罗韬拿起照片看了一阵后,只是含糊地说好像有点印象。

"这个要去问方大哥吧,他对见过哪些人记得比较牢。你不介意的话要不要一起来搭车?我们晚上要开车过山到隔壁镇上吃烧烤,到时候你也可以问问。"

没想到罗韬居然真的对妹妹有印象。莫非这就是奇迹吗?看来我之前的猜想没错，如果顺着这条线找下去，说不定真的能找到有关妹妹的线索！

欣喜之余，我连忙在脑海中计划搭车的事。

我的车票还没订，而且剩下的钱恐怕不足以让我再住一个晚上。如果他们愿意让我搭车的话，一来或许能探听到妹妹的消息，二来也是暂时有个去处，好像没有拒绝的理由。而且那个薰衣草色头发的女孩也和我一样是来搭车的，一旦有了同伴，心理上就觉得踏实了不少。

"那个……不好意思，冒昧打扰了。"正想着她的时候，女孩就开口了，声音软软的，听上去没什么底气。"对不起，我不是有意偷听的，只是很在意而已。找人的事，我也可以帮忙吗？"

听她的说法，好像在找人这方面特别擅长。

莫非她是——

"当然没问题，请问你是侦探吗？"

没想到她像是被吓到了一样，紧张地反驳道："我不是侦探啦，真的不是。我只是一个普通的正在旅行的占卜师而已。我叫凌晓月，请多指教。"

原来是占卜师啊。我难以掩饰内心的失望，可表面上还是说了感谢的话。

"现在好像要出发了，还是等我们到了目的地之后再帮你占卜吧。"

"那就拜托了，谢——"

"谢谢！"

本来应该是我道谢的事，没想到她居然站起身来鞠躬道谢。

罗韬到了另一个女孩身边，拍了拍她的肩膀，说道："你也来介绍一下吧，这位漂亮的小姑娘就要是我们的同伴了。"

看手机的女孩头也不抬地"嗯"了一声,显然对这边的事一点都不关心。

"姚雪寒。"

她简短地报上了自己的名字。

"哎,这名字真漂亮。等晚上烧烤的时候我们加个好友吧!"罗韬装出要说悄悄话的姿势,实际上声音大得我们都能听得一清二楚,"记得瞒着我女朋友。"

看手机的女孩放下手机,礼貌地回答道:"谢谢。但我不想当小三。"

"哈哈哈,玩笑而已,别这么紧张。"

他一个人笑着拍了拍她的肩膀,后者也像是早有预料一样偷偷笑了起来,随后继续专注于手机的世界。

尽管如此,罗韬也丝毫不介意,他满是活力地站在我们三个的中间,宣布道:

"好喽,欢迎各位踏上愉快的旅途,我是荒野旅社的向导罗韬,让我们出发去寻找大部队吧!"

2

在前往停车场的路上,罗韬勾着我的肩膀和我并排走,凌晓月和姚雪寒沉默地跟在了我们身后。此刻我也很想和她们走在一起。

听他聊了一会儿无关紧要的事之后,我忽然觉得他说话的腔调有点熟悉。

"你莫非也是——"

我用方言说了我的家乡,他也用方言回答。这下终于能确认，我们俩是同一个地方出来的。

真没想到会在这里遇到老乡。此刻，我也终于能体会到在异乡遇到老乡时的欣喜了。再仔细问了一下，没想到他家和我家还挺近的，这一下就拉近了我们之间的距离。现在我也不觉得他厌烦了，反而有点亲近。

有了共同话题之后，我们之间的气氛也变得活跃了些。

他告诉我旅社的组织者方永安也和我们一样，只是高中辍学跑出去玩，很久都没回去过了。

"前面就是停车场了。晚上我们可要好好聊聊。我也是很久没回去了，不知道老家现在怎么样了。我估计没什么变化吧，我住了二十几年都没感觉有什么不一样的。"

说着说着，罗韬的声音中掺入了一丝忧伤。

"也不知道奶奶她怎么样了，我到现在都觉得很对不起她啊。"

他很快又振作起来，留下这句语焉不详的话后，转身又去勾搭凌晓月了。凌晓月是个非常胆小的女孩。罗韬的手刚一碰到她的肩膀，她就马上条件反射地往旁边跳开了。

"请……不要和我有身体接触，因为我的身体是专门感受灵力的，对外界刺激特别敏感。"

凌晓月在强烈地表示拒绝，尽管她的话听上去一点都不硬气。而且灵力之类的，感觉只在玄幻小说中才会出现。联想到她刚才的自我介绍，莫非她还处在那个幻想自己拥有特殊能力的年龄段？

尽管有很多事情都没搞明白，但罗韬只是哈哈笑了起来，连声抱歉之后，转而搭上了姚雪寒的肩膀，为了让有些尴尬的气氛活跃起来，硬将话题扯开了："对了，你见到'顾老爷子'了吗？"

他在说"顾老爷子"的时候挺直了身子,用了一种怪异的腔调,应该是在模仿某人说话吧。姚雪寒只是摇摇头,显然毫不关心。略感无聊的她又拿起手机,这个动作也表示她在拒绝罗韬的搭讪吧。

他又回到了我的身边。刚好这时候,一个女孩迎面走来。

眼前这个女孩顶着灰色的杂乱短发,身上穿着左右风格不一的夹克衫,两条长筒袜分别是深灰色、粉色。她抬起手,手腕上的长条金属银饰碰撞起来,发出清脆的声响。

她径直走向罗韬,一把捏住了他的脸皮。

"再去骚扰别人,我就把你的脸皮扯下来。"

"遵命!我心里永远只有戴安娜一个人。"罗韬做出了一个滑稽的敬礼姿势。

被罗韬称为戴安娜的女孩冷笑一声。

"你就吹吧。"

随后,她将目光移到了我们几个的身上。

"这几位都是来参加活动的?没这么多女的吧。"

姚雪寒和凌晓月都没有要介绍自己的意思,罗韬只是趴在戴安娜的肩膀上,看上去也没想为我们介绍,只好由我开口了。

"我的名字是沈一心,这位是凌晓月,我们都是来搭车的。那位应该是报名来的,名字是——"

"姚雪寒。"

明明是很正常的名字,而且刚才也听过一遍了,可不知为何我就是记不住。不只是名字,她的外貌不算差,可就是让人留不下深刻的印象。可能因为她总是看着手机,一句话都不愿说的缘故吧。

"这样啊,那欢迎你们了。之前也有女孩子来找过我们,方永安他也没拒绝。"

"先前有个女孩子……莫非就是沈天问？

我连忙问她那个女孩的名字，结果戴安娜很抱歉地说她也不清楚详情。除了方永安和罗韬之外，其他人都是第一次来。戴安娜虽然和罗韬认识很久了，但她从来没参加过荒野旅社的活动。

"我对这种活动没什么兴趣。还不是这条癞皮狗一直跟我吹嘘这里有很多漂亮女孩，我才想来看看，这里的女孩漂亮到什么程度，能让癞皮狗那么赞不绝口。"

戴安娜的声音听起来很低沉，感觉没什么精神的样子。但实际上她精神好得很，只是说话时喜欢将音调压得很低。这也是她的一种个性吧。

"我重新介绍一下吧，我是他的老婆戴安娜——"

"老婆——"罗韬像个孩子一样往戴安娜身上蹭。因为罗韬的身高不高，而戴安娜的个子又特别高，因此这场景看起来很滑稽。

"别闹。"她将罗韬往旁边推开，重新看向我们，"如果他再跟你们说什么下三烂的话，不用客气都跟我说，看我不把他的腿打断。"

"老婆你每次都这么说——"

罗韬的话被他的惨叫声打断，他捂着自己的小腿蹦跶了一会儿，又靠到了戴安娜的身上。"老婆，现在我腿断了走不动了，要扶着我。"

"别闹，自己走。"

"老婆，晚上我有个礼物要给你……"

她向我们招招手，暗示我们跟上去。前方就是停车场，有两辆面包车并排停在角落。已经有四个人等在车子边上了。

组织者方永安是个健壮的青年男人，时值秋天依然穿着深绿色的短袖，手臂上的肌肉隆起，看来是个经常锻炼的人。

　　戴安娜跟他解释我和凌晓月是来搭车的，他也没问原因，看过我们一眼后就直接点头答应了。他在听别人说话时总喜欢发出一声嗤笑，确实让人很不舒服。

　　他就是主办者的话，我难道要向他询问沈天问的下落吗？总觉得有点害怕。既然罗韬也一直参加活动，一会儿还是问他吧。

　　和方永安站在一起的还有两个男人。其中一个身材微胖，另一个则是驼着背，里面穿着白色的汗衫，外面穿着短一截的牛仔外套，看上去像是个小老头，可一看脸居然还很年轻。看着他总觉得有些不太舒服，而且他的目光片刻不离我们三个，看得我心慌。

　　好在他可能意识到了自己这么做很失礼，很快就将视线移开了。

　　一下子被丢入了一群陌生人之中，比较活跃的罗韬现在也不在这里，只留下我和不擅长说话的凌晓月和姚雪寒，实在有些不知所措。

　　这时，那个微胖的中年男人看到了我们，过来给我和凌晓月分别递了两张纸。他自称金荻，是专门为荒野旅社开车的司机。

　　我抓住这个机会，接过A4纸的同时，问道："荒野旅社是什么组织？我刚才就很好奇了，就是没机会问。"

　　"就是个民间旅行团而已。每隔一段时间举行一次活动，想报名的都可以免费参加。同一个地方玩过几次之后就会换个地方玩，所以每次都推荐不一样的人来参加。这是我们活动参加者的名单，可以多看看熟悉一下人，还有啊——"他忽然凑到我们的身边悄声提醒道，"别真的参加活动，你们来搭车的就老老实实地到点下车,别和方老兄扯上关系。特别是你们这种年轻女孩,要小心啊,这个世界上的陷阱可不少啊。哎呀,接下去可不能再说了。"

金荻的话听起来有什么弦外之音。可他显然不打算再多说什么了,像逃跑一样转身就去和一个穿着白卫衣牛仔裤的马尾女孩聊起天来。

为什么我们要小心方永安?

联想到之前戴安娜说的话,我越发不安起来。

难道说沈天问上了荒野旅社的车,结果遇到了什么意外?那张快递到家里的车票,其实是求救信号?

如果真是这样的话,那我是做了多大的蠢事啊。只是我宁愿相信金荻只是在开玩笑,如果方永安真的那么危险,他也不会来开车了。

我也知道这不过是自我安慰而已,可眼下只能逼迫自己去相信了。要是不加入他们的话,好不容易从罗韬那里抓到的线索又要消失了。

我的目光在名单上扫过,确认着参加者的名字。

方永安:组织者,有什么问题就来找我

罗韬:女友募集中,女朋友要多少个都不算多(这句话可别告诉戴安娜)

姚雪寒:希望玩得开心

雷猛:大家好,希望一起玩得开心

金荻:我就一开车的,别介绍了

戴安娜:请多指教

顾云霄:和年轻人一起活动让我这个老头子也觉得年

轻了几十岁
　　秦娇：大家好，很高兴能和大家一起玩

　　方永安、罗韬、姚雪寒、戴安娜、金荻这些人都见过了，我在脑海中一一回忆着他们的样子，终于将他们的脸和名字对上了号。
　　剩下的还有雷猛、顾云霄和秦娇不认识。看名字秦娇就是那个马尾女孩，那么驼背男人的名字就是雷猛了。那位"顾老爷子"顾云霄应该还没到吧。
　　说曹操，曹操到。
　　我刚想着他还没有来的时候，一个精神抖擞的白发老人正拿着类似的名单在不远处站着，时不时地大喊道："金荻先生在哪里？金荻先生在吗？"
　　"这位就是顾老爷子？"
　　听金荻这么说，我明白过来罗韬刚才就是在模仿金荻说话。他在说"顾老爷子"的时候语气确实很奇怪，连我也有些忍不住想偷笑了。
　　和其他人高举起手表示欢迎不同，方永安将手上的外套甩到了身后，低声骂了一句："老年人就是不行，慢得要死，上车。你们两个搭车的，过来。"
　　——你们来搭车的就老老实实地到点下车，别和方老兄扯上关系。
　　难道真的是……
　　我确实害怕了。可比起害怕，我更想知道妹妹的去向。哪怕前方有危险，我也必须要向前走。
　　把我们叫过去之后，方永安也不说什么，自己就坐上了驾驶座。还是罗韬小跑着过来，像是对待贵宾一般为我们拉开了后排的车门，做出了"请"的姿势。

马尾女孩过来了，她先跟我们挥挥手打了招呼，然后问罗韬她能不能也坐在这辆车上。对于年轻女孩，罗韬当然来者不拒，连连点头答应。

"你就是秦娇吧，还是医学院毕业的天使姐姐。有你这么漂亮的女孩和我坐在一辆车上，真是我的荣幸。"

"那谢啦。"

秦娇先于我们一步坐到了最后排，我和凌晓月分别坐在了中间的两个座位。

趁着上车的机会，我想继续问罗韬关于沈天问的事。可他却没有听到我的话，为我们关上车门后就往副驾驶座去了。

"哎呀，方大哥你说怎么办？戴安娜教训了我好久，可是实在没办法啊，这辆车上有三位漂亮姑娘在，我实在是忍不住啊。"

"哼，嘴上这么说，还不是离不开戴安娜那个臭娘们儿。你也真是个窝囊废，男人管不住女人，岂不是没天理了？"

我能看到罗韬的侧脸阴沉下来，可转瞬之间又恢复了活力。

"好，一切都听方大哥的！回去看我怎么教训那个臭娘们儿。"罗韬夸张地做出敬礼的姿势。

方永安给人的感觉很不舒服。我还是听金荻的话，问好妹妹的事，到了目的地之后就赶紧下车，不再和他们扯上关系了吧。

希望这不是一个错误的选择。

3

"两位先向方大哥介绍一下自己吧，也让我们都认识一下。"

罗韬转过身来,弯下腰从脚边的一箱子柠檬汽水里抽出两瓶来递给我们俩。

此时,方永安打开了车内音乐,里面传来了铿锵有力的合唱声"男儿就要上战场"。他轻轻地哼唱,双手搭在方向盘上心不在焉地微微晃着。

"我的呢?"秦娇在后面拍着我们俩的座位靠背吵吵着。

"人家算是客人,多拿一瓶没什么。你要是介意啊,等会儿烧烤的时候我一定亲自把烤肉送到你嘴边。"

"恶心死了,我才不要。"

和秦娇斗完嘴,罗韬又先后看向我和凌晓月,问道:"好了,两位小妹谁先开始?"

凌晓月不知道为什么有些愣愣的,只好我先回答了。

趁着这个机会,我最好说明一下我的来意。就算方永安看上去不太好说话,也不至于在这个时候让我为难吧。再加上罗韬虽然看着轻率,感觉也挺好说话的,说不定真的能从他口中问出什么来。

"我叫沈一心,是来找我妹妹的。她的名字叫沈天问,听说她失踪前就在这里——"

罗韬轻轻地"欸"了一声,下意识地去看方永安。我很快就明白他这一瞥的意思是什么,因为下一秒方永安就一拳打在了方向盘上,刺耳的喇叭声吵得我们纷纷捂住了耳朵。

"喂!你在干什么?"秦娇不满地前倾身子,都快站起来了,"噪声对身体有害你知不知道啊!"

"关我屁事。"

"方大哥——"

"你们都别吵,看我现在就把这个臭娘们儿从车上扔下去。"

我还没搞懂发生了什么，方永安的右手忽然掏出来一把银色的匕首，回过头来用尖部指着我。

"方大哥冷静冷静，你还开着车呢。"

"你这是想做什么？想拿刀捅人吗？"

罗韬和秦娇连忙劝他，凌晓月发出一声惨叫后抱起了头缩在座位边上。我完全蒙了，甚至有种现实脱离感。

大脑就像宕机了一样，连思考都做不到了。

糟了。

我一定是说错话了。

莫非妹妹真的和他有关？莫非她被方永安……这样的话我会不会也……

金荻明明已经告诉过我了，不要和这个人接触，为什么我不听呢？

等我反应过来的时候，眼前的世界已经被泪水给模糊了。

"你瞧方大哥，都把人家给吓哭了。快把东西收起来吧。你就专心开车，我替你教训一下她。"

冷静下来的方永安将匕首收了回去。本来以为这就结束了，可没过多久他又用冷漠的语气宣布："等我们到了，你就给我立马滚蛋。"

"你这人怎么这样？她做错什么了吗？"

在罗韬都不敢说话的时候，秦娇却主动站出来为我辩护。

"你也给我滚蛋。妈的，女人就是这样，为点小事吵个不停，还出来祸害别人，要不是还要你们生孩子，我早就把你们都杀光了。"

这句话也让我心中的怒气上来了，可刚才发生的事让我意识到他真的有可能做出这种事。想到这里，还是害怕与恐惧占了上风，我只好在背后瞪着他。如果目光也能杀人就好了。

这时候，还是秦娇一个人勇敢地站到了方永安的对立面。

"你知道你在说什么吗？我们的生存价值就只是给男人生孩子？你觉得自己这话说得合理吗？像你这样——"

方永安双手从方向盘上拿下来，看他侧脸一抽一抽的，我就知道情况不妙了。

果然，下一秒，方永安就从口袋里掏出一把黑色的枪。

我起先还以为是裁判用的发令枪，没想到他开了窗户，朝着天空来了一枪。巨大的响声吓得我们几个都下意识地缩起了身子。

恐怕在场的人都没有料到，那是一把真枪。

"好家伙，方大哥厉害啊，连这玩意都有。"罗韬虽然脸上满是冷汗，但还是竭尽全力地拍他的马屁，"不愧是道上的男人，就是猛，小弟太敬佩了。"

方永安无视了他的话，转向后排。

"现在知道安静了？你们女人就是这样，平时斤斤计较，一旦要命了就只知道躲着。"

"这么危险的东西你也放——"

秦娇想要争辩，却被方永安粗鲁地打断了。

"关我屁事。臭娘们儿，再多说一句我这就杀了你。"

方永安的蛮横难以想象。事已至此，秦娇也只好一言不发地坐回原位，这场风波才总算告一段落。

本来参加旅行的秦娇为了帮我说话，结果自己也被赶出队伍了。我心里有些过意不去，回过头去跟她小声地说抱歉。

"没事没事。"秦娇开朗地笑着，后面的马尾辫跟着她的脑袋一左一右地摇摆，"别这样，你没做错什么。"

她压低声音补充了一句："你妹妹的事，如果我能帮上忙的话也不要客气，尽管跟我说好了。"

我由衷地向秦娇表示了感谢。能够遇到她，应该是我此行最大的幸事。

当氛围变得尴尬的时候，罗韬就会出来活跃气氛了。他努力装出一副什么都没发生的样子，学着记者的样子将空气话筒递给了凌晓月。

愣愣的凌晓月接过了空气话筒，让对面的罗韬笑得捂起了肚子。

"你这反应真可爱啊。话筒好好拿着别掉了，掉了可就找不到了。"

"好……"

刚才方永安的举动给凌晓月造成了不小的打击，她又刚好坐在方永安的后座，这会儿紧张得连话都不敢说了。

"介绍一下自己吧。"

"我……我是占卜师。啊，我的名字是凌晓月……"凌晓月一边不安地盯着方永安的后背，一边用颤抖的哭腔进行自我介绍，"这样可以了吗？"

我能看出来凌晓月想尽快结束这个环节，可罗韬却表现出了浓厚的兴趣，连着问了好多问题。

"真少见啊，能有这么漂亮的占卜师来占卜我的命运，想想都要感动哭了。占卜好像需要道具，是塔罗牌吗？还有别的吗？我记得电影里都有那种水晶球，你有吗？这行赚钱吗？"

凌晓月看上去脑袋有些晕晕的，这下她是真的要哭出来了。

"罗韬，她不愿说就别让她说了吧。"秦娇提醒道。

方永安不满地踹了底座一下，吓得我身子一哆嗦。罗韬显然也被吓到了，下意识地压着声音："行业内幕我就不问了，有没有什么好玩的事？"

刚才方永安的那一脚显然是在威胁凌晓月。就算再害怕，她也只好逼着自己说出来了。任谁都能看得出，凌晓月说这段话的时候是有多么痛苦。

"也没有什么特别的。就是不知道为什么，我总是会遇到有人死去的事。"

"哦？是杀人？"

凌晓月勉为其难地点点头，轻声自语道："或许吧。"

"那么，你是解决案件的侦探吗？"

"不不，我当然不是。我只是个普通的占卜师，能做的就只有尽一份微薄的力量而已。"

"哎呀，那还真糟糕啊，明明不是侦探却总能碰到这种事。方大哥要小心哦，说不定今晚的烧烤我们中就会有人被杀了。"

方永安一声不吭地开着车，看起来不喜欢罗韬的笑话。

"你别那么紧张，别怕别怕，我们几个都不认识，死不了人的。啊，你还不知道吧？我们旅社每次参加的人都不一样，所以都是些生面孔……哎，不对，方大哥啊，我记得你跟我说有两个人私下里认识啊。"

方永安心不在焉地敷衍了一句。

"嗯，是单方面认识的，就是那个——"

他正要转过头来和罗韬说些什么的时候，秦娇忽然大喊了一句："快看前面！"

她喊得太过焦急，连方永安也一下子精神起来。我们所有人的视线都同时转向前方。

前面是金荻的那辆车，本来好好开在路上的，现在却忽左忽右,像是失去了控制。

不祥的预感。

我感觉浑身都冒出了冷汗,口唇都有点发干了。我的双手紧张不安地抓着身前的安全带。恍惚间,我仿佛看到眼前翻了一辆车,我就站在旁边看着车子的残骸。我知道这是我的幻觉,可是此刻我的脑子混乱得很,都快搞不清什么是现实什么是幻觉了。

我揉着自己的眼睛,方永安把头探出窗外,带着怒意吼道:"金荻你个蠢胖子,你嗑药了吗?会不会开车啊?"

说完,他朝前面开了两枪,再把枪收了回来。这里是没人经过的山间小道,所以他才敢这么肆无忌惮吧。

前面那辆面包车的车窗摇了下来,但是回话的不是金荻,而是戴安娜。

"金荻好像身体不舒服,他——"

戴安娜的话还没说完,整辆车就像漂移一样猝不及防地转了个大弯。方永安连忙丢下手中的枪去转方向盘,可两辆车的车速都很快,方永安踩下刹车的刹那我感到整个身体都在往后甩。

他把油门当成了刹车。

我看到车子往前飞奔过去,前一辆车横着挡在我们的面前,我看到了它的车门就像塑料玩具一样,和我们的车头一同变了形。

不好的预感还是应验了。

这或许就是我的宿命吧。

接下来的事既像是一瞬之间发生的,也像是被拉长了的慢镜头一样。

在相撞的那一刹那,我的身体被往前抛去,又被安全带牢牢地束缚着。我看到前面那辆车沉了下去……不对,不是沉下去了,而是翻下去了。前面恰好就是拐弯的地方,我们两辆车正因惯性和冲击力的作用掉下悬崖。

仿佛在坐过山车一样。到达顶点之后，马上就要坠落了。

我看到前面那辆车消失了，紧接着我们的车子也向前滑过去，挡风玻璃上逐渐映出苍翠的丛林以及遥不可及的大地。

在眩晕和失重感袭来之前，在身体和四肢感受到疼痛之前，我只听到了一句话，是那个胆小的薰衣草女孩拼尽全力发出来的娇弱的声音。

"大家快抓住我的手！"

4

我一直都在等待一个合适的可以说出真相的机会。

我期待的理想场合会是我们的一次聊天，沈天问突发奇想地问——正如她小时候经常会有的"灵光一闪"——为什么姐姐你看着和爸爸妈妈的关系不好？你们吵架了吗？

我知道她很依赖我，也知道她打从心底里仰慕我，所以她一定会关心这背后是否有什么隐情。聪明的她一定也注意到了许多细节，或许她心中早早地有了一个推断，现在只是为了确认自己的想法是否正确罢了。

于是借着这个机会，我告诉了她真相。

她一定会很意外，或许还会很愤怒。愤怒的对象一定不是我，而是爸爸妈妈，恨他们为什么没有告诉她真相。但是那天刚好爸爸妈妈费尽心思地举办了她的生日会，送给她珍贵的生日礼物。她很难去恨这样爱她的爸爸妈妈，于是问我她该怎么办才好。

我都已经想好了应对的方案。我会抱住她，抚摸着她的头发安慰她，告诉她一切都过去了，我不会在意，所以她也不必在意。至少我们现在是幸福的一家人，这就可以了。

真是个如奇迹一般的机会。

我每天都在等，可是所谓奇迹就如它的名字一般，是不会随便降临在我面前的。

连我自己都能感受到，爸爸妈妈更加偏爱我，这是他们无意识的表现，我很明白。生日的时候他们会送给我们姐妹俩礼物，可是我收到的礼物总是比妹妹收到的更用心一点。

有一次，我收到的生日礼物里还夹着贺卡，可是到了妹妹生日的时候却没有。她一直期待着自己生日的时候爸爸妈妈会写些什么祝福，然而却什么都没有等到。我从她的脸上读出了生气的表情，可她还是微笑着收下了礼物，向他们表示感谢。

这不是最好的时机，可我越是等下去，时机就越是不好。妹妹她当然注意到了爸爸妈妈的偏心，在只有我们俩相处的时候，她抱怨的次数也越来越多了。如果这时候贸然说出真相，只会让她更加痛恨吧。

差不多半年前的某一天，她表情认真地跟我说，今天要跟我谈一件很严肃的事。我心想这一天还是来了，虽然不是最好的时机，但是如果今天她想知道真相的话，至少不是最差的时候。

可她的问题却打乱了我内心的部署。

"为什么你一次都没有叫我妹妹？"

意外。

一瞬间我在想这是不是真的，因为我印象中一直在以妹妹称呼她才对。可是回想起来，我好像都是在心中默默地称呼她为妹妹，到了现实中我只会喊她的名字——沈天问。

此前我从来没有意识到，自己居然会在潜意识中如此排斥与她姐妹相称。

她没有期待从我这里得到答案。这是我们的关系第一次出现裂缝。

又一次错过了告诉她真相的机会，我在懊悔中度过了一天又一天，却始终没有勇气在现在这种状况下告诉她真相。

或许过了这阵子就好了——我开始用这种不痛不痒的想法来安慰自己、麻痹自己，让自己安下心来，简直就是掩耳盗铃。

结果在差不多三周之前，我们大吵了一架。

当时我并不清楚吵架的起因，因为是她起的头，非常突然，我只是一头雾水。虽然现在说这个有些马后炮，我那时候就应该想到的，那天她生气的原因就是发现了我和爸爸妈妈所隐瞒的真相。

因为那天我们最后的对话是这样的。

"如果有什么不开心的事，跟姐姐说就好了——"

"你根本就不是我的姐姐！你从来没有叫过我妹妹，我也不会再称你为姐姐了。从此我们俩一点关系也没有了。"

第二天，她离家出走了，留下了一封信。信中说她知道了真相，想一个人出去走走。我想去找她，却被爸妈坚决地拒绝了，就是这时候我听到了那句让我难以置信的话。

"你不能去，我们不能让你出事！她怎样都好，唯独你不能出事。"

妈妈冲动之下说了这句话，随后马上注意到了不对劲的地方，改口说："我不是说你妹妹不重要，只是现在这种情况，交给警察就好了，我们什么也做不了。"

她改口得太晚了。

我知道，前半句才是她的真心话。

又过了一周,一张车票邮寄到我家,车票上写着某座城市的名字。没有料到这张车票竟成了妹妹留给我们的唯一线索。

我想去找她,可我知道爸妈是不会同意的。我和大学室友商量好布下一个骗局——我的室友们看我难过,想带我去她们家乡旅游散散心。这是个精妙的谎言,连我本人都赞叹不已。

就这样,我一个人出发了,循着这条唯一的线索来到了这座城市,为的就是在茫茫人海中找到她——没有血缘关系的我的妹妹。

5

身处车祸现场,我闻到了弥漫在空中的汽油味,还有铁锈般的血腥味。我睁开眼睛,从地上爬起来,看着旁边散落的车子残骸,残骸旁边躺着几具尸体。他们都背对着我,看不清样貌。

我现在在哪里?这是现实,还是幻觉?

有人在吼,有人在尖叫,有人在高喊着快叫救护车,还有人关切地询问着"你没事吧"。这个声音有点熟悉,像是——

我的妹妹沈天问的声音。

是妹妹吗?你为什么会在这里?我正在找你啊,我这一周每天都在各个酒店里跑来跑去,所有搭点关系的地方我也都去过了。真是的,你要是留下一个清楚一点的线索就好了。

不过啊……姐姐现在能看到你就满足了,就觉得一切的努力都是值得的。

她的脸被泪水和鼻涕糊满了,我甚至感受到冰冷的泪水滴到了我的脸庞上。沈天问她正用力晃着我的身子,哭着喊:"姐姐,沈一心姐姐!快醒醒,快醒来啊!"

妹妹……不要哭了，姐姐就在这里啊。

我想要伸出手，却发觉自己的身体一点也不听使唤。

我终于找到你了，我终于听到你叫我姐姐了。你知道吗？在你出门的时候说再也不把我当成姐姐的时候，我真的以为自己再也听不到这个称呼了。

——我也不会再称你为姐姐了。从此我们俩一点关系也没有了。

刹那间，我浑身都失去了力气。

原来是这样啊……我终于明白了，自己现在看到的是什么。

不过是人生结束前看到的幻象罢了。

"姐姐！千万不要死啊！姐姐！"沈天问仍在哭喊着，可是声音却越来越远。

如果这是现实的话，该多好啊。

第一章

1

醒来的那一瞬间，我觉得自己好像做了一个很长很长的梦。

现在我身处帐篷内，下面铺着一张席子，身上盖了一条薄薄的被子。帐篷顶上挂着一个铁环，铁环上架着一盏古色古香的油灯——里面应该是装电池的。拉着铁环的绳子太长了，使得昏暗的油灯就在我的脑袋边上晃着。

帐篷内还有另外两个睡袋。凌晓月此刻正坐在一把折叠小凳子上，大腿上放着一个紫水晶球。水晶球中绽放出了漂亮的淡紫色光芒，凌晓月的身体也被数个淡紫色的光点所包围，她薰衣草色的长发飘扬起来，在光点之间沉浮。

淡紫色的光芒从她的身上向四周蔓延，转眼间我的身边也被这些光点所包围。它们如蝴蝶一般在四周轻轻飞舞。我想要伸手去抓，它们就像受惊的萤火虫一般四散逃开。

看着如此超现实的场景，我不禁怀疑起自己是否依旧沉睡于梦中，眼前的景象不过是梦境的延续而已。

光点渐渐地消散了，我这才从沉醉中惊醒过来。不知不觉间我就一直在盯着凌晓月看了，那身姿是如此梦幻，和我之前认识的那个胆小弱势的她全然不同。

凌晓月睁开了眼睛，看到我之后，惊喜地站了起来，大腿上的水晶球差点儿滚下去。

将水晶球放在凳子上后，她径直朝我这边走过来。到我面前时，她已经激动得泪流满面了，一直重复道"我还以为你再也醒不过来了，吓死我了"。

我现在还不太明白发生了什么。但我现在所处的是现实，而不是梦境，这点应该是没错的。

我试着站起来，却发现右腿的脚踝处使不上力气，稍一用力就疼得厉害。她告诉我我的跟腱受损，虽然不是很严重，但最好还是休息一会儿。

"其他人呢？他们都没事吧？"我理所当然地问道。

既然我和凌晓月都能这样正常地面对面交流，这就代表没出什么大事吧。

可凌晓月的脸上却蒙上了一层阴影。

"情况不是很乐观。

"方永安已经死了，在车子坠崖的时候，他的手枪走火了，打中了自己；

"戴安娜的腿部受伤严重，伤口有点感染，其他地方也有多处骨折，她到现在都没有醒来；

"顾云霄伤得最重，我们发现他的时候已经没有生命体征了，是秦娇在他边上抢救了好几个小时，才让他脱离了生命危险，现在他也还在昏迷中；

"姚雪寒被发现的时候，两条腿已经被压得太久了，为了保住她的性命，我们不得不想办法截断了她的双腿。

"金荻他……不见了，驾驶室的门是在开着的状态下被撞变形的，估计那之前他就被抛出去了，现在恐怕凶多吉少。"

方永安和金荻都死了，姚雪寒、戴安娜、顾云霄都不同程度地受了重伤。也就是说暂无大碍的人还有我、凌晓月、雷猛、罗韬和秦娇。

"现在他们三个在哪里？刚才你说秦娇在抢救顾云霄，她……"

"她是我们这里唯一的医学生。罗韬守着戴安娜，雷猛照顾姚雪寒，因为你还没醒过来，所以我就在这里陪着你了。秦娇真的太辛苦了，她一个人连着跪了好几个小时，到现在都还没时间休息。"

秦娇那么拼命地想要救下所有人，我也不好意思再在这里躺着了。我的腿伤不算很严重，虽然跑步或者攀爬做不到，帮忙干点杂活应该还是没问题的。我刚试着站起来，凌晓月就一脸担心地扶着我让我不要乱动。

"秦娇吩咐过，我的护身符没有经过科学验证，万一你看起来没什么事，实际上伤得很厉害就糟了。"

"护身符？"

谈及熟悉的话题，凌晓月又兴奋起来，飞快地从裙子口袋里掏出一个黑色的类似香囊的东西。

"这是我旅行前带的护身符，可以吸收空气中的灵力，加快伤势的恢复。方永安那样的枪伤不算在内，普通的伤口都能加快恢复速度。我相信我的护身符，可是秦娇说得也有道理，就算相信了我的护身符，这种无形的东西有没有效果谁也不知道，而且如你所见，我的护身符一下子承担了四个人的损伤，现在已经用不了了。"

惋惜之情从她的眉宇之间悄然流露出来。她抚摸着针织袋，有些伤感地喃喃道："我的护身符以前是很漂亮的紫色，就和我头发的颜色差不多。"

她的话太过超现实,我没办法很快地接受。可是事实已经摆在了我的眼前,从那么高的地方摔下来,我居然还平安无事地坐在这里,这已经足够说明她的护身符是真的有用吧。而且刚才看到了那么梦幻的场景,事到如今我也只能承认这个世界上有超自然力的存在了。

"你是……占卜师吗?"

"是的,我是一位正在旅行中的占卜师,只是能感受到灵力,依靠这个来占卜而已。"

她双手将披在肩后的薰衣草色的长发拢到了胸前。

"这里几乎没有人类生活的气息,太神奇了,很难想象世界上还存在这样的地方。就连珠穆朗玛峰和马里亚纳海沟都有人类涉足的痕迹了,能保有这样一片净土真的不容易。"

刚见面时我觉得她有点怯生生的,性格比较内向,直到刚才还是如此。可一聊起占卜和灵力有关的话题,她就好像特别兴奋,语气也更加坚定,不像平时那样动摇了。

"你很喜欢这里吗?"

"嗯!很喜欢,在比较原生态的环境里灵力的浓度也会变高。现在我觉得浑身都有力量,头发看起来也更有光泽了,很舒服哦。"

凌晓月做了个大力士一般展示肌肉的姿势,可瘦弱的她手臂上根本就看不出肌肉来。随后她告诉我,薰衣草色的发色不是她染出来的,而是天生如此。要是沈天问在的话,一定会逼问她为什么会这样吧,尽管凌晓月本人看上去也说不清原因。

然而她充满活力的样子下一秒就不见了。一旦结束了灵力的话题后,她就变回了原来怯生生的模样。我看出她的心情不太好，眼神中满是悲伤。一定和我们现在的处境有关吧。

"我隐隐约约地察觉到，不管我走到哪里都会有人死去。我还在陵西大学的时候，学校里就发生了不少命案，和我的占卜屋有关的也不少，最后我认识的那位教授也去世了。等我出来寻找——"

她匆忙地改了口，显然她并不是在单纯地周游世界，而是另有隐情。只是既然凌晓月本人不愿意说，我也当没听到好了。

"等我开始旅行之后，经过的很多地方都发生了命案。我遇到了教授以前的朋友，结果还没聊多久他就离开了人世；我经过木都村的时候，隔壁的乌家村有邪物复苏，接连死了好多人；等我找到自己想找的人，登上圣女山的时候，又遇到了非常悲惨的事件。我现在开始怀疑，这些事会不会都是因我而起，如果我不在的话，这些事就不会发生了……"

我不知道该怎么去安慰她，因为她的经历和她所拥有的超自然能力一样让人匪夷所思。凌晓月也料到了我什么话都说不出口，于是勉强自己露出一个脆弱的笑容，还拿自己的故事开了个玩笑。

"以前好像也发生过这种事，我和谁正在聊天的时候，有人跑进来告诉我们有人遇害了——"

正巧在这时候，我们帐篷的门帘被人撩了起来，那个驼背男人雷猛就在门口。他脸色苍白，冷汗直流，嘴里还在喘着粗气，看到凌晓月，便匆忙招呼她过去。

我看到凌晓月整张脸都发白了，紧张感让她身体笔直地杵在原地，动都不敢动一下。我第一时间也不敢相信，莫非真的如她所说的那般——

"能不能麻烦你过来一下？小姚她……醒过来了。"

2

姚雪寒醒了，这应该是好事才对，为什么雷猛这么慌张呢？

我和凌晓月对视一眼，很快就理解了原因。

"是因为她发现了……"

不等凌晓月说完，雷猛就点点头，着急地说道："我现在拦都拦不住，你们快过来劝一下吧。"

离开帐篷后，我才第一次看到如今我们身处的环境。

一座石头垒成的东西挡住了我的视线，它基底宽，上面窄，方形的轮廓越往上越陡峭，最后汇聚成了一个尖尖的塔尖。这座石头金字塔就像一堵高墙一般，使我看不到它背面的景象。

左面传来了瀑布的声响，伴随着虫鸣声，好似大自然演奏出的和谐韵律一般。

回过身来，身后都是高耸的峭壁，几乎与大地相垂直，裸露的岩壁上只有零星的杂草生长，完全看不到其他生命的痕迹。

我只是匆匆一瞥，就连忙跟着凌晓月和雷猛往姚雪寒的帐篷走去。因为我的腿伤还没有完全好，所以他们两人先过去了，我在后面慢慢跟着。凌晓月劝我在帐篷里休息，可我无论如何都做不到。

既然在这里有伤情更严重的人，那么我这点伤也就不算什么了。

绕过石头金字塔之后，我才看到其背面的景象——和这里别无二致的高耸的峭壁，将这片谷底完全包围。一条长河从不远处分割开了谷底的两地，瀑布应该就是它的源头了。我晚上的视力不太好，只能看到河的对岸散落着一些石头堆。黑暗中还有五个聚在一起的火光，看着就像火把一样。

有人正拿着火把吗？我的心头自然冒出了这样的疑问。

马上就要到姚雪寒的帐篷了，我听到里面传来了争执的声音。他们俩已经进去了，显然姚雪寒正在和他们吵架。吵架的原因我也很清楚。

——姚雪寒被发现的时候，两条腿已经被压得太久了，为了保住她的性命，我们不得不想办法截断了她的双腿。

光是想象一下，我的身上就起了不少鸡皮疙瘩，更不用说亲身经历这种事的姚雪寒了。恐怕在这种时候根本没法安慰她吧。

我不去思考对面的火把是怎么回事了，连忙进了姚雪寒的帐篷。

刚一掀开帘子，就看到姚雪寒将自己的额头往地上撞。雷猛和凌晓月正在身后拉着她。可就算他们两个人一起，也没办法完全控制住她。

"小姚！别冲动！"

"别过来！让我死了算了！让我死了算了……"

我匆忙过去，没注意到和我帐篷里一样的油灯，结果把脑袋给撞到了。

"我只是想普普通通地过完这一生而已，我就这么一个愿望，为什么上天还是没有放过我？我到底做错了什么，上天要这样对待我……"

姚雪寒的双手都被拉住了，怒吼声渐渐变成了轻微的啜泣声。她甩开两人的束缚，掩面哭泣。

雷猛想要抱住他，可碍于自己的性别，只好由凌晓月代劳。后者在她的睡袋旁跪下来，抱住了她的肩膀。

"我们知道你很难受……"

姚雪寒依旧将脸埋在手掌里，呜咽着对雷猛说："你又懂什么？你不是好好地站在这里吗？你不是脊柱畸形还有爸爸妈妈砸了千百万帮你治疗吗？你怎么可能理解我的心情。你只是想向我炫耀吧。"

我和凌晓月都不知道这一内情。原来他的驼背是先天畸形导致的，怪不得他这么年轻，就显出一副老爷爷的样子。

"不是这样的，姚雪寒，我现在只想……"

"我不需要你的同情，给我滚出去。"姚雪寒突然发怒，手指着门口哭着吼道，"给我马上滚出去！"

在怒骂声之中，雷猛有些无奈地退了出去，留下我和凌晓月在尴尬的氛围中不知所措。

赶走雷猛之后，好不容易收起了哭声的姚雪寒又忍不住发出轻微的呜咽声。她往后挪了挪，露出了被餐巾纸包裹的伤口。她试着去摸自己的双腿本来应该在的地方，如今那里已经什么都没有了。

"在我的左脚背上有三颗痣，以前我躺在床上的时候总喜欢去摸一下。在学校里不开心的时候，我会到没人经过的楼梯那里，抱着膝盖坐在楼梯上。我记得大腿右边这块地方还有一条疤，是我有一次被摩托车撞了，我一边看手机一边走路，没注意到身边有车过来。"

她的声音哽咽了，上半身慢慢地往下压去，就像在鞠躬一样。

"我还记得出门前爸爸跟我说，'你跑啊，看你能跑到哪里去。你要是回来我就把你的腿打断'。是诅咒吧，一定是诅咒，所以我现在哪里都去不了了。"

不像是单纯和爸妈吵架，"诅咒"这个词语的感情色彩也太强了，让我忍不住想到了家庭暴力。回想起在酒店里和姚雪寒初次见面的场景，她始终游离在人群之外，不爱和人接触，一个人沉浸在手机的世界里。这样的性格莫非也与家庭暴力有关？

"你们也回去吧。"

我和凌晓月面面相觑，不知道该如何是好。

"上天已经抛弃我了，就算我死了也不会有人来哀悼我吧。"

说到这里，她又抑制不住自己的哭声。

"既然上天注定要抛弃我，又为什么要让我一直活着？"

3

从姚雪寒的帐篷出来后，我们看到石头金字塔的另一端，也就是靠近瀑布的地方，还有一顶比其他帐篷高出一倍的紫色帐篷。凌晓月说这是她自己的占卜屋，借给秦娇他们了，现在顾云霄和戴安娜都在里边。

雷猛刚好从里面出来，他的脸色不太好。看到我们后，他点头招呼了一下，连忙穿上蓝色的短外套走开了。

"刚才姚雪寒的事我们也很抱歉。"

他有些无奈地说道："没关系，我也不怪她。我怎么可能会责怪她。你们进去吧，我去四处转转。"

和雷猛告别后，我和凌晓月一起进了她的占卜屋。

顾云霄和戴安娜都躺在了地上，被子只有一条，盖在了戴安娜的身上。罗韬不顾小腿上还缠着代替绷带的餐巾纸，就这么跪在了戴安娜的旁边。他双手紧紧地握住戴安娜的手，闭着眼睛用额头抵在她的手上。

现在的他和之前在集合地点时简直判若两人。嘴唇干得裂开了，面容也憔悴了很多，头发乱糟糟的，原先潇洒的样子已荡然无存。

"从刚才开始，他就一直是这个姿势了。"凌晓月在我耳边说道，"一刻也没有变过。"

罗韬是个轻浮的人，我之前一直都是这么想的。没想到他会这样守在戴安娜的身边。

顾云霄的情况也很糟糕，左腹的伤势尤为严重，都叠了厚厚的一堆餐巾纸了，却还是能看到从中渗出的鲜血。

旁边是失神的秦娇。她的手上、身上满是鲜血，扎在马尾里的头发也散了。要不是我叫了她的名字，她甚至都没注意到我们。

"啊，是你们啊。你是叫……沈一心，对吧？你醒了，有什么不舒服的吗？"

她的笑容很疲惫。

这时我注意到，她的牛仔裤已经被撕了一大半，应该是拆成一条条当作纱布用于应急包扎了。裸露出来的膝盖和小腿上满是擦痕，有的地方甚至都出血了。据凌晓月所说，她在地上连着跪了很长时间。

"要休息一会儿吗？"我问道。

"好啊，刚好我也累了。出去吹吹风吧。"

秦娇刚起身的时候连站都站不稳了，走起路来也摇摇晃晃的，最初几步甚至都需要我和凌晓月搀扶。

我们三个就这么磕磕绊绊地走出了占卜屋的帐篷，绕到了帐篷的后面，也就是瀑布边上。我们在峭壁边上裸露的大石头上并排坐下了。秦娇刚一坐下，就将脸埋在了双手之中。听着她叹气的声音，我的心也疼了起来。

"如果我上课再认真一点就好了，如果我平时再努力一点就好了。"

"你已经很优秀了。这种时候我都帮不上什么忙。"我是真心这么说的。我想给大家帮忙，可实际看到大家的情况后，却发觉自己什么忙都帮不上。

"顾先生的情况怎么样？"凌晓月岔开了话题。

"救回来了，但还没醒过来。"

秦娇依旧是捂着脸，有气无力地说道。

"我一直在想为什么，他只是想和年轻人一起享受旅行的快乐，为什么会因为这种飞来横祸差点儿丢了性命。太没道理了，真的很没有道理。所以我告诉自己，一定要把他救活，无论通过什么方式。

"姚雪寒也是，戴安娜也是。她们一个是被赶出了家门、无家可归，一个是碰巧这次跟着罗韬一起参加活动，为什么会遇上这么糟糕的事，改变了她们正常的生活轨迹？这些话我都不敢在罗韬面前说，凌晓月不在的时候，罗韬哭了很久很久，说了好多道歉的话，每一句都钻得我心疼。"

她将手放了下来，我清楚地看到了她脸上的泪痕。

"我没有保住姚雪寒的腿，顾云霄和戴安娜也还没醒过来，我真是太失败了。哪怕一次也好，为什么奇迹就不能降临在我的身上？"

她用手臂擦了擦自己的泪水，然后深吸了口气，故意换了种轻松的语调。

"抱歉抱歉，我们是来休息的，不好意思把话题说得这么沉重。"

旁边的凌晓月想说些安慰的话，可最后还是没说出来，只是认真地用双手握紧了她的手。我也学着凌晓月的样子，握住了她的手。

有些用语言传递不了的情感，可以用行动来传递。秦娇也收到了来自我们两个的鼓励，向我们先后回了一个浅浅的微笑。

"不好意思，我刚才有些激动了。只是有时候人生真的就是这样，在这二十多年的时间里，我许过不少愿望，期待过不少奇迹，愿望有能够实现的，也有不可能实现的。但无一例外的，最后奇迹都没有发生。"

她忽然笑了起来。

"我在说什么，这是当然的嘛，如果奇迹那么廉价，也就不叫奇迹了。"

是啊，奇迹从来不会随随便便地降临到我们身边。

我想起了曾经每天都在期待着一个奇迹般的时机，让我能用一种最好的，绝不会伤害任何人的方式把真相告诉沈天问。可我越是期待，就越是等不到奇迹的降临。

这就是我们普通人的命运吧。

"你们说点什么啊，就我一个人在说，很丢人的。"

秦娇脸上挂着泪笑了起来，故作乐观的语调反而让我更加难受了。如果我遇到这种事，恐怕没办法像她那样勇敢地站起来吧。我真的很羡慕她这种乐观的性格。

"谢谢你，我也来帮忙吧。我可能干不了很重的活，但拿点东西还是可以的。"

她在仔细打量我的时候，才恍然发觉了什么。

"等一下，你不是还没检查过身体吗？凌晓月，你有没有好好传达我的话？"

被叫到名字的凌晓月吓得站了起来，连连鞠躬道歉。

"对不起对不起！我应该劝住她的。"

"啊，不用这么夸张，我也是说着玩的。不过你最好还是回

35

去休息一下,我等会儿来给你做个检查,看看身上有没有骨折什么的。我估计也不会有啦。我这边你不用担心,有凌晓月、雷猛,还有那个女孩子帮忙就够了。"

那个女孩子?

我在心里算了一下,姚雪寒、凌晓月、戴安娜,这些人都出现过了,那么秦娇说的那个女孩子是谁?

"秦娇,那个女孩子是谁?"

"凌晓月没跟你说吗?"

被我们两个注视的凌晓月一下子羞红了脸,鞠躬的幅度比刚才更大了。

"对不起!我忘记了,我居然忘记了这么重要的事……真的对不起!"

最后还是由秦娇来为我解释。

"我们坠落到深谷之后发现了一个现代的女孩子,"不知为何,她说了"现代"二字,让我觉得有些违和,"她过来帮了不少忙,现在也和我们住在一起。她的帐篷应该和你是同一间,你没碰到她吗,还是她刚才出去了?"

"她说自己的名字了吗?她穿着什么衣服?"我连忙问道。

"哎?一会儿她来了不就知道了吗?我想想,好像穿着白色的长袖衫、吊带裤……看,这不是来了吗?"

我顺着秦娇所指的地方看去,果然,在石头金字塔背后的黑暗之中有一位女孩的身影。她正面带微笑地朝我们挥手。她身上的衣服是我绝对不会忘记的,那是妹妹离家出走当天穿的衣服。

这就是奇迹吗?

我下意识地站了起来,和那个女孩面对面。

没错，眼前的女孩就是我的妹妹沈天问。

我辛辛苦苦找了那么久都没有找到，原本还打算为了获得线索而潜入荒野旅社。我花了那么大的劲都没有找到她，却因为一场车祸，在这种地方和她相遇了，无论怎么想这都是奇迹。

"是……沈天问吗？"

"你好啊，看来恢复得很快呀，"沈天问轻松地向我打了个招呼，"所以你还是没叫我妹妹。"

我以前或许出于内心的隔阂，一直没有当面叫她妹妹，但是如今我已经不会这样了。沈天问是我重要的亲人，不管我们之间有没有血缘关系，唯独这个事实是不会改变的。

"之前很对不起，但是我真的没有把妹妹——"

沈天问的手挡在了我的嘴巴前，示意我不要再说下去了。

"我也说过了，我们不是姐妹关系了，就这样用名字称呼好了，沈一心。"

4

秦娇和凌晓月都察觉到了我们之间微妙的尴尬气氛，找了不同的借口从我们身边走开了。

"换个地方聊吧。"

沈天问丢下这句话后就转身走开了，也不管我有没有跟上去，态度很是冷漠。我想起在我昏迷时见到的她的模样，那果然只是我的幻觉吗？她确实说过再也不会把我当成姐姐了，现在她这么说也没什么可意外的。

我连忙跑到她的身边，虽然有很多很多的话想要问她，但真的到了这个时刻，我想问的却只有一个问题。

"你离家出走一定有别的原因吧？不只是因为我们不是亲姐妹，你一定是知道了……"

"你知道河对岸的情况吗？"

此刻她走到了石头金字塔的背后，从这里并不能看到河对岸的样子。不过现在不是关心这个的时候。

"不要岔开，我在说我们之间的话题。"

"看来你还不知道啊，他们都没有告诉你吗？关于河对岸的事。你也看到河对岸有火把的亮光了吧。还有这个。"

她随手敲了敲金字塔上的石头。

确实，河对岸还有很多类似的石头堆起来的"建筑"，这些都让我很在意。

沈天问绝对听到了我的问题，却故意将话题扯开了。既然如此，我也无法再问下去。我只好先让自己的心情平静下来，将想说的话全都吞回肚子里，然后装出很感兴趣的样子。

"我刚刚醒来，还不知道情况，你能告诉我吗？"

她笑了，并不是因为我对她的话题感兴趣，而是因为我主动放弃了，避免了一场可能会爆发的无意义的争吵。

"其实我是为了报复你们才留下线索的。"

我想我一定吃惊得瞪大了眼睛。回过神来时，我已经从口袋里掏出了那张皱着的车票。

我手中这条唯一的线索，居然是沈天问设的陷阱吗？

"到底是怎么回事？"

她无视了我的问题，就像这只是无关紧要的背景介绍。

说是背景也没错，因为她此刻没在说我们之间的事，而是在向我说明河对岸是什么情况。

"我留下这条线索，就是为了在这附近找地方自杀。这样你们到这里来找，就只能找到我的尸体了。"

——你不能去，我们不能让你出事！她怎样都好，唯独你不能出事。

我不由得攥起了拳头，这让我怎么说得出口。

"可惜我的自杀计划没能如愿，因为我在山里迷路了，莫名其妙地就到了深谷的边缘。这片深谷周围都是峭壁，只有一条稍微缓一点的路可以走。尽管如此，还是有很长一段需要攀爬。"

"你为什么要去这么危险的地方？"

"反正我都要死了，选个能满足我好奇心的地方不是很正常吗？重点在这之后。你猜怎么样了？我的脚才刚落地，就有什么东西擦过了我的脸颊。如果只是一次或许是巧合，但是我很快注意到，这里有人的气息，那个人又在用什么东西扔过来，我赶紧躲开了。"

沈天问所说的话仿佛天方夜谭一般。

一般人进不了的深谷，里面怎么可能有人？谷底里的人又要怎么和外界联系？

"第一个问题，你觉得生物的进化是不是连续的？人类的诞生是一点一点由猿类变化而来，还是某一天发生了奇迹一般的事，使得猿类突变成了人类？"

以我仅有的生物与历史知识，应该是猿类逐渐变化为猿人吧。与其想象猿类在某一刻突然变成了人类，还不如认为猿类是在生存的过程中逐渐发展出了能够成为人类的必要条件，再一点点变成猿人的，还是这种想法更加贴近现实一点。

"第二个问题，你觉得在全球化的现代，世界上还存在原始部落吗？"

这个问题倒是难住我了。同样以我贫瘠的地理与历史知识，如今这个世界正变得越来越小,这个世界的每个角落都有人类踏足的痕迹。再加上世界不同国家的版图也已经将地球上大部分的土地划分干净了,应该没有原始部落生存的空间了吧?

道理是如此,既然沈天问这么说了,总觉得答案没有那么简单。

"那么最后一个问题,你觉得这个世界是动态的吗?"

这是当然,整个世界都是在不断变化的,从这个角度来考虑,世界当然是动态的。

为什么她突然问起了这三个全然没有关系的问题,我有点跟不上她的思路。

"这三个问题有什么用意吗?这和我们刚才在说的话题有什么联系?"

沈天问带着我从石头金字塔的背后走出来,回到了刚才我和秦娇她们坐的那块石头旁边。视线的前方是一片广阔的平原,尽头就是瀑布之下湍急的河流。河对岸确实零星地散落着一个个小型的石头堆。

莫非——

"沈天问,你的意思是,河对岸有一个与世隔绝的原始文明?"

"没错。"

沈天问带我来到河边,这下我看得更清楚了。河对岸那些石头堆起来的建筑上盖着许多长长的枝条,石头之间也塞了很多别的东西,大概也是枝条之类。建筑的高度大概只到我们的胸部,不禁让我怀疑这里面是不是住着一群侏儒。

这就是……与我们现代人共处于同一个时代的原始文明吗?

"别这么惊讶,这种事没什么好意外的。十八世纪的科学家还会去原始部落考察,以间接考证我们的过去呢。"

"可那是十八世纪——"

"现代也一样。尤其在非洲、南美洲以及一些散布在海洋上的岛屿，还存在着许多没有和人类接触过，或是接触过但依然保留着原始生活方式的部落。这些部落都有一个特点，那就是地理位置偏僻。正是由于地理环境的制约，导致他们在很长时间内，或者直到现在为止，都没能和外界的人类相接触。"

我无言以对，她说的这些对我而言已经远远超出了我的理解范围。

"我想你应该也知道非洲起源论吧？也就是当今所有的人类都起源于非洲的说法。这是不是真的我也无法确认，但这能解释为什么不再有新的人类诞生了。"

"嗯？"

此刻，我注意到右边的火光灭了一道，只剩四道了。那些拿着火把站在那边的人就是原始部落的人吗？他们正在做什么呢？刚才我记得有五道火光才对，是有人灭了手中的火回去了吗？

"因为从猿类进化为人类，需要一个奇迹般的条件推动才可以。我们都倾向于认为这一进化过程是一个渐变引起突变的过程。但我认为没有那么简单，在突变之前，有一个类似阀门的东西制约着生物的进化。就算猿类进化的一切条件都已经具备了，只要这个阀门——也就是进化的条件——没有开启，那么猿类也不会进化成人类。

"毫无疑问，这是一个苛刻的条件，将其称为生物学上的奇迹也不为过。

"这么想比较妥当，也能解释为什么人类只在这个时间点出现在了这个世界上，并拥有相似的进化程度。同样的理由也可以类推至其他物种的身上。不然的话我们不得不解释为什么有些物种可以进化,而有些物种不能进化;如果进化时时刻刻都在发生,那为什么我们生活的时代里没有新的进化了。"

她稍微停顿了片刻,再接着说道:"可是这里不太一样。这里的人类依旧保留着大部分猿类的特征,使用的武器很原始,部落的规模也不大,也就是说他们的进化程度远远不如外面的人类——哪怕是外面原始部落的人。之所以会变成这样,我能想到的解释只有一个,同样的奇迹第二次发生了。这里的猿类,又一次进化成了猿人。"

我的视线从远处收了回来,落到了沈天问的身上。我的心中既困惑又惊奇,这种事感觉只会出现在小说中,根本没想到自己会亲身经历。

在奇迹发生之后又发生了第二个奇迹,这种事本身就是一个奇迹了吧。

"所以现在在我们对面的……是真正意义上的,原始的猿人?"

"说猿人可能不太对,至少这个学名目前指的是我们的祖先,也就是史前人类。他们会怎么进化还不得而知,可能是朝人类的方向发展,也可能不是。但这样理解就可以了,他们确实处在和我们的祖先同样的进化阶段,也就是文明的初期阶段。"

沈天问伸了个懒腰,开心地笑了。

"不觉得很厉害吗?我们居然遇到了这种事。如果在深谷之中存在这样一个原生态的原始文明,现代世界上所有的人类学家都会沸腾了吧。但在考虑这些问题之前,最好先来考虑一下我们当前的处境。我们并不知道他们是怎么看待我们的。在他们眼中,我们究竟是敌人还是朋友?根据我的经历,他们显然是敌人。"

敌人——

我猛地想到了刚才看到的一幕,连忙将目光挪了过去。黑暗之中的橘红色光芒,此刻又变成了五道。

是我刚才看错了吗?

不会,因为我心里有些好奇,所以盯着看了好久。最初我看到的确实是五道火光,刚才变成了四道,可现在又变成了五道。

这是怎么回事?

"为什么你能那么肯定他们是敌人。"

"因为我差点儿被他们杀了。"

沈天问轻描淡写地说道,仿佛这是一件无关紧要的事。也对,她也说了,她是为了自杀才来到这附近的。

"有些石头建筑的中间是个小窗口,很小很小,大概只有一个手掌那么大。我也是在找谁攻击我的时候注意到的。从其中一个窗口里传出类似口哨的声音,紧接着房子里都点起了火把,一个个矮小的谷底人跑了出来,冲着我喊根本听不懂的话,还将手中的投掷武器朝我这边扔过来。我捡起一个扔了回去,可是他们的数量太多,我根本就招架不住。我只好把随身的背包当成盾牌一路逃跑,可能是看到了不熟悉的东西,谷底人的攻击慢了下来,我这才有机会逃走。之后我跑到河边,有一处地方横着几根木头,应该就是桥了。我过了桥想要找别的出路,却发现四周都是峭壁,根本无路可逃。就在我绝望的时候,我看到那些谷底人只是站在桥的对面,并不打算跟过来。只是我注意到那种带窗户的房子在靠近河的地方也有一座,而且窗户是正对着这个的。"

沈天问伸手指了指身后的那座石头金字塔。

"只有这座建筑和其他房子不在一起,而是在河的这一侧,很奇怪吧?我猜这里是举行类似宗教仪式的地方,他们平时不会过来，所以我就安心地在这里安营扎寨，为的就是观察这帮原始人。不过为了小心起见，我把帐篷搭在了金字塔的后面。"

确实很像她的行事风格。

只要是想探究的问题，她都会想尽一切办法查明真相，哪怕会因此而受到伤害也在所不惜。

也正是因为她的这种性格，我才早有预感，她迟早会通过自己的力量找到过去的真相。

既然我早就有预感了，为什么没有早点儿说出来呢？如果我早点儿说出来的话，事情或许就不会变成现在这样了。

"那么你的调查有结果吗？"

她遗憾地摇摇头，表示自己一无所知。

"只是他们很有攻击性这点是绝对错不了的。而且他们一直盯着这座神殿，这里应该有什么值得注意的地方。哎？"

因为沈天问的反应有点奇怪，我连忙问她发生什么了。可她没有理我，而是往石头金字塔——也就是她口中的神殿那边走去。

刚才她还说神殿被监视的事，怎么现在直接走过去了？

联想到她说的想要自杀的话，莫非她是想引起谷底人的杀意，以在我面前被杀害的方式向我报仇？

我立马扭头看向河对岸，果然，那五个明亮的光点仍在桥边。虽然看不清他们的脸，但我感觉他们就在对岸紧紧地盯着我们看。

"沈天问，不要这样——"

"你快过来看看。"

她站在神殿门口向我招手，说话的语气听上去有些焦急，像是真的遇到了什么急事。不是自杀就好，我松了口气的同时，又发觉她的语气有点不太寻常，应该确实发生了什么事。我没时间再细想了，赶紧跑了过去。

她从地上站起来，退开两三步后，指着地上问道："你快看看，这是不是和你一起的那个驼背男人？他叫什么来着？"

驼背男人……

雷猛的脸从我的脑海中闪过。不久前我们还在占卜屋的帐篷门口见过面才对，他难道遇到什么意外了？

我不安地走上前去，神殿附近的地上果真躺了一个人，身下还有大片的血迹。这人正是荒野旅社中的那个驼背男人——雷猛。

"他他他，他怎么了？我去叫秦娇过来——"

"等一下。"她一把抓住了我的手。

"怎么了？"

"不太对劲，你看这里。"

附近的地上有一只很小的赤脚印。我们都是穿着鞋的，而且我们的脚都比脚印大上一圈。此外，在脚掌中间位置有个圆形的印记，这都不是我们现代人的脚印会有的特点，那么脚印的主人一定是原始人。

我立马回过头去，注视着那五道火光。刚才消失的那一道，莫非就是来到了桥的这一边，将正在外面散步的雷猛给杀了？

"你看他的伤口。"

沈天问掀起了他的短外套，里面的白色衬衣上有一个圆形的破口，血迹就是从这里流出来的。

"伤口在左侧腹部，他是被什么圆柱形的东西捅死的。我们现代人可不会用这种武器，一定是谷底人干的，他们的工具中就有一种圆柱形的东西。"

"那现在怎么办？"我有些紧张地问道，视线一点也不敢离开那五道火光，生怕他们会冲过来将我们悉数杀害，"糟了，姚雪寒的帐篷离桥很近，她现在很危险！"

"你等在这里，我先去找其他人，告诉他们雷猛被杀了。"

5

聚在神殿门口的只有我、沈天问、凌晓月和秦娇四人。除了顾云霄和戴安娜昏迷之外，罗韬此刻只想守在戴安娜的身边，对其他事不闻不问，姚雪寒也躲在睡袋里，根本不愿意出来。

因为神殿门口被谷底人监视着，我们只好站到稍远一点的位置，只有凌晓月一人还在查看尸体。

在酒店里刚见面的时候，凌晓月给我的印象是比较胆小的，没想到她面对尸体却没有丝毫抵触。她说自己的旅途中总是会碰到死亡事件，莫非是已经习惯了？

"你说那帮谷底人可能会随时攻过来？"突如其来的绝境让秦娇的情绪有点失控。"这怎么可能，如果他们想杀了我们，早就可以这么做了，何必等到现在？"

"我也不知道原因，可能和他们的宗教或信仰有关吧。但是谷底人很有攻击性，这点准没错，因为我亲身经历过他们的追杀。我本来也是放松了，看他们不过来就以为没事了。现在既然有人死了，可就不是这么简单的事了。"

秦娇右手攥拳打在了神殿的外墙上。

"怎么会有这种事？我们现在还有三个伤员，根本无处可逃啊。"

据沈天问所说，唯一能离开谷底的那条路就在谷底人所居住的那一侧，终日有人看守。就算我们抵达这条路，中间依然有很长一段需要攀爬的峭壁，对一个健康的人来说都已经很吃力了，更不用说我们中间既有昏迷的人,也有腿部受伤的人。

简而言之,我们现在的处境前所未有的糟糕。

"我们要死在这里了吗?"秦娇颤抖的声音仿佛已经自暴自弃,"我还有事情没做完,可不能就这么死去。"

这时,凌晓月喃喃自语地走了过来。

"应该不是谷底人所为。"

"你说什么?"

被沈天问这么一问,凌晓月才如梦初醒一般。她没料到刚才的话被我们听到了,立马向大家鞠躬道歉,连忙否认刚才说过什么。

"怎么敷衍都没有用,你刚才确实说了不是谷底人所为,对吧?不是他们的话,凶手又是谁?"

"对不起对不起!我说了奇怪的话,真的对不起!"

沈天问的问题让凌晓月苦恼地抱起了头。再这样追问下去,凌晓月肯定会一个人掉头逃走的,所以我拉开了她,让凌晓月只看着我一个人。见到了比较熟悉的人后,凌晓月的紧张感也退去了不少。

我先是提出自己的观点,好缓解她的紧张情绪。

"我认为是谷底人杀害了雷猛,因为我亲眼看到河对岸的火光少了一道,之后又恢复到原来的数目,所以是其中一个人过桥来杀死了雷猛。你同意吗?"

凌晓月就像害怕说错话的小学生一样小幅度地摇了摇头,然后连忙跟上一句:"请不要生气,我只是觉得事情不会是这样而已。"

"为什么?"

"因为——"她转过身去看地上的雷猛尸体,我们剩下的三人也跟着一起看过去。"雷猛穿着外套,可是外套上没有伤口,只有里面的衬衣有。这说明凶手是在杀死他之后为他穿上了外套。这么做的目的应该是让雷猛看起来像是在外面被杀的一样。"

一旁的沈天问忍不住追问道:

"你的意思是,雷猛是在室内被杀的?"

在这个环境下,所谓室内只有三个地方——我的帐篷、占卜屋的帐篷、姚雪寒的帐篷。

"我也不知道……"凌晓月有些委屈地说道,"只是雷猛的遇害地点不在神殿附近,这点应该是肯定的。另外还有两个理由可以排除谷底人作案的可能。"

凌晓月一边说着,一边往尸体那边走去。她掀起了雷猛的外套,想把伤口亮给我们看,可是因为我们站得比较远,自然是看不到的。

"第一,伤口的边缘沾有一些银色的金属粉末,应该是凶器留下的。谷底人是不会有这种现代工艺的,他们手头所有的工具都是用石头制成的。"

接着,她站到了雷猛头部的位置,指着他的喉咙。

"第二,他的背是驼的,可是尸体却变得直了些,这就说明他在死前被人拉直了。然后他的脖子上留下了轻微的勒痕,方向是朝上的,也就是说有个比他高的人勒住了他的脖子。谷底人比我们矮小很多,作案时不可能留下这样的勒痕。"

这时候秦娇猛地站了起来,她的声音依旧颤抖着,可是这次的情感却不是悲伤和害怕,而是一种难以置信。

"不是谷底人的话……难道是我们的人干的?"

"刚才我和沈一心、秦娇经过神殿的时候还没有尸体,而且我们和雷猛还在占卜屋的帐篷前遇到了。行凶时间一定在那之后。这段时间里有不在场证明的是沈一心和沈天问。剩下的人里，罗韬、秦娇和我的身高都不够，顾云霄和戴安娜处于昏迷状态，姚雪寒无法单独行动，将所有人都排除后——"

"所有人都不符合条件？"秦娇失声叫道。

"不，有一个人。"凌晓月犹豫不决地缓缓吐出了那个名字，"他就是金荻。"

听到了这个意外的名字，我们三个面面相觑。最后还是秦娇问出了我们的心声："金荻不是和方永安一样死了吗？"

"我们没看到他的尸体，所以无法确认他已经死了。他因某种巧合还活着的可能性也存在，就像我们被困在谷底一样。"

正如凌晓月所说，没有人亲眼见到金荻的尸体，也没有人知道他现在究竟是死是活。万一金荻还活着，因为某个理由想要将我们全都杀害的话……不对，万一事故本身都是金荻的阴谋的话……

越往下思考越觉得凶手就是金荻了，可是理性告诉我，金荻活下来成为幽灵般的杀人鬼，这个可能性并不大。

"真的可能吗？这里没什么遮掩，金荻真的能像幽灵一样躲藏在我们之中杀人吗？"我问道。

对此，凌晓月给出了一个我从未想过的解释——或许也是我们三个都未曾想过的。

"对不起！这只是我的胡话而已，我也没有自信一定是这样。如果想知道凶手是不是金荻，只能去问证人了。雷猛的尸体所在的位置刚好对着河边，对岸那几个一直在监视我们的谷底人一定看到了行凶或者搬运尸体的瞬间。他们是最好的证人。"

在我能理解这句话的意思之前，沈天问率先叫了起来，而且是充满怒气的。

"这不行，绝对不行，你忘了我说的话了吗？谷底人是很有攻击性的，如果贸然和他们接触，害得我们都被杀的话……"

"可是……"凌晓月并没有与沈天问对峙的勇气，她只是委屈地低着头，像是被家长批评的孩子一样，"只有这样才能确定凶手是不是金荻……"

"不行，我不同意。凶手是不是金荻真的那么重要吗？只要我们保护好自己的话——"

秦娇在这时候插入了两人的对话。

"我同意凌晓月的话，与谷底人接触是有必要的。"

"为什么你也这么说——"

"因为现在的情况很糟糕。顾云霄和戴安娜的情况不是很乐观，如果没有后续治疗的话会很危险。我们身上也没有药物，这样下去他们的生命能维持多久完全是个未知数。如果是谷底人，他们对这一带的环境比较熟悉，说不定有我们无法做到的治疗方法。"

"他们那种原始的治疗真的可靠吗？说不定只是些巫术而已。"

凌晓月轻声地辩解道："原始人类的巫术也是有灵力参与的……"

她们俩都没有理会凌晓月的话，秦娇在不知不觉中取代了凌晓月的位置，成为和沈天问对峙的对象。

"现在这种情况，只能死马当活马医了。"

秦娇说得没错，谷底人在狩猎的时候也会受伤，处理这种外伤说不定他们很擅长。凌晓月说得也很有道理，如果不能确定凶手是不是金荻，说不定还会有新的杀人事件发生。这样放着不管对我们来说是很危险的事。

"我也赞同。"没有办法,我只好将天平偏向了凌晓月那一方。现在三比一了,沈天问也只好举手投降。

杀死雷猛的凶手究竟是不是金荻?河对岸的谷底人究竟是敌是友?他们会向我们举起武器,还是会给我们提供帮助?

所有的这些都是未知数。我们现在能做的仅仅是祈祷,希望明天和谷底人的接触能够顺利进行,希望雷猛的死只是一个不幸的个例,希望不会再有新的悲剧发生了。

第二章

1

天还没亮的时候，就有肉香味钻入了我的鼻腔。我后半夜才睡着了一小会儿，现在还迷迷糊糊的，想着"我明明没有叫酒店的早餐服务啊"。过了好一会儿，等我看清自己身处帐篷时，意识才终于回到了现实。

凌晓月已经在对着水晶球进行她的"修行"了。走出帐篷，我看到沈天问在门口架着一口小锅煮早饭，肉香味就是从这里传出来的。我问她这是哪里来的肉，她回答说是她们带的罐头。往旁边一看确实有一个空罐头，标签上写着午餐肉套装，光是看罐头上的图案就觉得香了。

我们只有这么一口小锅和两只小碗，一次只能煮一个罐头，还要分给三位伤员，之后才轮到我们剩下的人吃下一个罐头。沈天问带的罐头马上就要没了，剩下的还有我们车子上留下来的一些零食，但这些膨化食品根本不能补充能量，只能起到画饼充饥、望梅止渴的作用。

必须与谷底人接触才行了。

迎来白天之后，我终于能清楚地看到河对岸的全貌了。大致上和我昨晚看到的没什么区别，只是谷底并非是一个类圆形，在河对岸有一处缺口向里延伸，如同大峡谷一般，里面是郁郁葱葱的树林，里面的资源也要比这边丰富很多吧。

凌晓月的修行结束了，秦娇也刚好在这时候起床了。昨晚她睡在了姚雪寒的帐篷里，和姚雪寒聊了很多。直到不久之前姚雪寒才终于睡着，秦娇也刚好趁着这个机会合了一会儿眼睛。

"她和你们一样，是来搭车的。荒野旅社不需要钱，所以她就来报名了，实际上她的计划只是搭车到山的另外一边去而已，本来不参加旅社活动的。"

经过昨晚的那一幕，我对姚雪寒的经历也有点好奇，便追问道："她为什么要搭车过来，是因为和家里发生矛盾了吗？"

秦娇往四周看了看，显然在犹豫该不该说。她最后还是横下心来，偷偷地将姚雪寒的过去告诉了我们。

"她家重男轻女，有了女儿之后对她很不满意，一定要再养个儿子。怀了好久没怀上，前不久才终于养出了一个男孩，他们姐弟俩相差十五岁左右，真的太可怕了。而且他们家对姚雪寒不闻不问，还让她高中辍学养弟弟。难以置信吧？没想到现在居然还有这种家庭。

"之后发生了最过分的事，她那个五岁的弟弟钻进了她的裙子。姚雪寒去找爸妈理论，他们却用小孩调皮是正常的，让她不要在意等说辞敷衍过去了。之后就吵起来了，姚雪寒称自己没有得到尊重，她的爸妈就说了句很过分的话。因为真的很过分很过分，我听着就生气了，也不跟你们说了吧。结果就是姚雪寒一个人出了家门。她的爸妈也没有挽留，好像还很高兴她一个人离开家了。真的很可怕，摊上这种家庭，要是我肯定也和她一样再也不回去了。要不是碰上了这种事，姚雪寒她一定能开始自己崭新的人生吧。"

说到这里，她先后看了眼我和沈天问，感叹道："还是姐妹好啊，肯定没有这种性别上的偏见吧。"

沈天问的动作顿了下，随后才面无表情地说道："是啊，姐妹真好。"

我们姐妹俩住在一起的那段时光，我几乎夺走了父母本应给予沈天问的所有的爱，最后沈天问也因此离家出走了。要是秦娇知道我们家也和姚雪寒的家庭类似的话，还会不会自信地说出这句话呢？

对不起，真的对不起。

我在心底向沈天问道歉，连同爸妈的那份一起。

"我们趁着早饭还没好，不如找个地方，把雷猛和方永安的遗体都搬过去吧。这样晾在外面，真的太可怜了。反正这里也没有警察会来，保护现场也没有什么意义。"秦娇提议道。

我们也先后表示了赞同。

凌晓月和秦娇抬着他的头，我抬着脚，三人合力将雷猛沉重的身体搬到了神殿的斜后方，在那里为他合上了眼睛。

方永安的尸体还在坠毁的车辆旁边。他的下巴处有个大大的血洞，头盖骨都被炸开了，子弹应该是在非常近的距离打中他的。

在搬尸体之前，秦娇在车辆的残骸那里翻找了一会儿，最后终于找到了某样东西。我们问她时，她还很神秘地藏在了口袋里，告诉我们一会儿再揭晓答案。

将方永安的尸体和雷猛的尸体并排放在一起后，还有一样东西让我们犯了难，那就是他身上的手枪和银柄的匕首。因为我们都没有主意，最后只好决定将手枪放回他的枪套里，匕首塞进了他裤子上的皮带里。

之后我们一起回到了锅子前，刚好沈天问将锅里的午餐肉盛起来了。此时姚雪寒还睡着，我们便一起将两碗早饭送去占卜屋。

占卜屋确实比我们的帐篷要大一些，可也没有大多少，放两位病人还是显得有点挤。

罗韬依旧保持着昨天的姿势跪在地上陪着戴安娜，我让他先休息一会儿，结果他连站都站不起来了。好不容易扶着折叠凳颤颤巍巍地起来，他左手依旧紧紧地握着戴安娜的手不放。

我试着将碗的边缘抵在戴安娜的嘴唇上，可她却一点反应都没有。我生怕用强硬的手段灌下去反而会有危险，只好先等秦娇那边结束之后再来指导了。

此刻的罗韬一点也不像是之前我在车上见到的样子。他的脸上一点精神也没有，头发乱糟糟的，脸上脏脏的，嘴唇也干裂开来，整个人看上去比沉睡中的戴安娜还要憔悴。

"罗韬，你的早饭我们一会儿再给你。"

"不用了，我不饿。"

"不行，万一你倒下了就没人照顾戴安娜了。"

他不说话了。这段时间里，他的目光也始终没有离开过那张苍白的睡脸。

秦娇走上前去，将之前藏在口袋里的东西塞进了罗韬的手中。他摊开手掌一看，是一个暗红色的盒子。他颤抖地打开盒子，里面是一枚闪耀着光芒的钻戒。

"你昨天不是说丢了吗？我今天刚好路过，就帮你找到了。"

秦娇虽然说得好像不经意的样子，但我相信她一定是特意去找的。罗韬没想到秦娇会为了自己做这种事，他控制不住自己的眼泪，想用掌根擦去眼角的泪水，却怎么也擦不完。他的脸因激动而变得红红的，五官都快挤在一起了。

"谢谢……谢谢……这是我给戴安娜的戒指，我还以为找不到了，真的谢谢你。我本来打算昨晚烧烤的时候向她求婚的，这一定会是我们生命中最为难忘的一天吧，没想到……"

昨天罗韬一直老婆老婆地叫着，我还以为他们已经结婚了，没想到他们只是恋人的关系，"老婆"也只是他对戴安娜的称呼而已。

"对不起戴安娜，我不该让你来的，我要是没有心血来潮让你参加就好了……戴安娜你可千万不能有事啊，如果你有什么事，我该怎么活下去啊……"

他慢慢地在戴安娜的身旁跪了下来，双手温柔地抚摸着她的脸庞。

"你什么时候才能醒来呢，戴安娜？不管多久，我都会在这里等你，直到能为你亲手戴上戒指的那一天。"

2

结束了早上的杂务，终于到了要和谷底人接触的时刻了。

我内心依旧不愿去面对那些原始文明的人类，而且我们的安全真的没有任何保证。可是现在不管我们怎么逃避，都到了不得不与他们接触的时候了。

就算没有伤员，也不去了解雷猛之死的真相，哪怕为了食物和离开谷底的路径，我们也不得不这么做。

我们在桥的这一侧站定后，最先的提议者凌晓月反而躲在了我的身后。我当然也不敢走在最前面。我们俩互相推让的时候，秦娇和沈天问率先走上了桥。我怀着紧张的心情跟在她们的身后，凌晓月比我还要紧张，抓着我身后的衣服瑟瑟发抖。

过了桥之后，前面就是谷底部落了。

右前方有一块大石头，上面并排坐着两个谷底人。一个正抱着武器坐着打瞌睡，另一个蹲着在敲打什么东西。

谷底人身材矮小，额部倾斜，双手双脚比人类更加纤细修长。他们身上的毛发还没有完全退去，手臂和大腿上可以见到一两厘米长的棕色毛发贴在皮肤上，可是比起猿类，无疑他们更像是我们熟知的人类的模样。

一天之内阳光照到谷底的时间并不长，气温也比高地上要更凉一些，因此他们的肤色比我们的稍微浅一些。谷底人的胯部都系着一串动物的牙齿，两侧肩膀用宽大的叶子遮盖起来。仔细一看，谷底人的脚背上有一处突起，应该是拿动物的骨头磨尖后将脚掌刺穿了。

这样走起路来不会觉得麻烦吗？我很想这么问，但看到不远处其他谷底人都正常地走来走去，应该是已经习惯了。

我想起昨晚在雷猛的尸体边上见到的脚印，脚掌中间的印记一定就是动物骨头留下的。这更加确证了我们昨晚的推断——脚印是谷底人留下的。

秦娇和沈天问在他们面前停下了，却都说不出一句话来。此时我们才意识到一个关键的问题——我们和谷底人之间语言不通。

这时，蹲着的那个谷底人抬头见到我们来了，立马将手中的石头和楔形的动物骨头对准我们的方向，做出奇怪的嘴型。几秒之后，他大叫起来。

"Wotithiya！"

旁边在打瞌睡的谷底人被惊醒了，下意识地拿起了身旁的武器——尖端是一块磨尖的骨头，后面接上了一根长长的木棍，就像长枪一样。只是他将长枪的枪尖对准我们，然后高举过头顶，就像要扔标枪一样。

他用最大的声音对我们吼起来："Hu shoau thiade。Hu shoau thiade。"

他一边吼，一边做出要靠近我们，扔出长枪的样子。

之后很快，从不远处的一座石头建筑里传出了用叶片吹出的哨声。哨声传出来后，马上又有别的地方响应。很快，整个谷底部落的上空都被哨声所笼罩，几乎所有的谷底人都拿起了手中各式各样的武器，从外面赶来或是从石头建筑里面出来，汇聚到桥边，将我们围住。

"那个……大家听我说，我们没有敌意。"

秦娇一边说，一边摆动手臂。从她慌乱的姿态也能看出，她根本不知道该怎么说明自己没有敌意。

谷底人离得越来越近了，眼看就要把我们逼回桥的另一侧了。

"Wi wotithiyato, non thiau shoade。"最前面的男性谷底人说道。

"Lekuyu wuluthito, weu zhie thia wotithiyato, shiau wotiheyashoade。"后面一个女性谷底人叫道。

"wuluthiu loxieyede！"有人紧接着说道。

情况越来越不妙了。就算听不懂谷底人的话，光看他们的神情就知道他们对我们抱有的攻击意图了。看来沈天问说得没错，他们确实具有很强的攻击性，不是那么好说话的部落。

沈天问后退了一步，在我耳边悄声说了句"实在不行我用袖子里藏的电击器掩护你们撤退"，没等我做出反应，她就向前大步走去。秦娇想要叫住她，却因为现场的紧张气氛而发不出声音来。

面对大大方方朝他们走去的沈天问,谷底人一边紧紧地握住了武器,一边又下意识地往后退了几步。看来他们虽然对我们抱有敌意,但与此同时,因为他们从未见过我们现代人,在知道我们的攻击手段前,他们也只好谨慎地观望。

"Non choau wotithiyade。"右边一个年纪稍长的谷底人带着明显的怒意说道。

他旁边站着一个年轻的小伙子,他的脚在旁边的石头上连着踩了好几下,震慑住了那个稍年长的谷底人。

"Hu lekuyu an。Choau an wotithiyato, Shoau wotithiyade。"小伙子对着他叫道,后者吓得往旁边逃开了。

这时候,一个小男孩从谷底人中间跑了出来。站在最前面的两个谷底人连忙拉住了他。

"Hu shoeu an。"

沈天问在谷底人的面前站定,而谷底人也都纷纷将武器指向她。在局势最为紧张的时刻,我的袖子被拉了一下,不用想也知道是凌晓月。我微微侧过身,凌晓月凑了上来,在我的耳边说着悄悄话。

"对不起,我不太敢在这么多人面前说话,可以请你代劳吗?"

"嗯?可以是可以……"

难道凌晓月有什么方法可以解决当前的困境吗?

"我只是猜的,有猜错的可能,如果说错的话可能会有麻烦,各种各样的……呜,我都不知道该怎么办才好了。我先向你道歉了,你能帮我说一句——"

接着,她说了一句仿佛咒语的话,我起初还以为是自己听错了。可是看她的眼神,又不像是在开玩笑。于是我重复了一遍确认没错后，连忙往前小跑过去，抓住了位于风口浪尖的沈天问，取代了她的位置站到了谷底人的面前。

被那么多人的目光同时注视着，而且还是充满猜疑和愤怒的目光，这比上台演讲什么的要可怕好几千倍。可是为了我们能活下去，我必须要试一下凌晓月的这句话。

"Hu choau an。（请退后）"

我尽可能大声地吼了这句意义不明的话。

闻言，谷底人面面相觑地看着彼此。片刻之后，其中一个谷底人喊道："Huyu wotithiyato, nazukuyu xiuede。"

其他谷底人听后连忙放下武器，不约而同地将双手高举在头顶，就像在做Y字形的动作一样。在我们看来这是投降的手势，但是在谷底部落，这个动作一定有不同的含义吧。

——或许是尊敬的意思。

我连忙拉着妹妹逃回了凌晓月的身边，前面的秦娇也露出了一副不可思议的表情。我们四个凑在一块儿，在提防谷底人有什么出其不意的举动的同时，更加好奇凌晓月的那句话是什么意思了。

"你们不要问了，看他们一开始疑惑的样子，肯定是猜错了。"

凌晓月羞红了脸，没了我的遮挡之后她根本无路可逃，只好双手挡着自己的脸，好像这样就能挡住来自我们三人好奇的目光。

"可是他们放下了武器，这应该就是你最初的目的吧？那么目的不是达到了吗？"沈天问说出了我们三个的心声。

"是这样没错……就是——"

凌晓月的目光在我们三个身上来回逡巡了一阵后，忽然抓住了我的袖子，把我拉到旁边去，小声地说道："我也不知道对不对，只是临时的猜想而已。"

在我保证这只是聊天而已，没有让她对什么事情盖棺定论之后，她才终于能连贯地说出自己的想法了。凌晓月看起来是个很聪明的女孩，可是这种胆小怕事又自卑内向的性格给我们的交流带来了很多麻烦。

"刚才有个小孩子想要跑出来，被两旁的大人拉住了。那时候他们说的话你还记得吗？是'Hu shoeu an'。还有一句话，之前一个比较年长的谷底人说了句话后，旁边的年轻人好像很生气，说了'Hu lekuyu an'。这句话的意思尚不明确，但看年长的谷底人之后的反应，应该是类似于训斥的话。

"这两句话具有高度的相似性，因此应该是类似的句型。前一句话的语境是他们拉住了想要跑过来的孩子，因此'Hu shoeu an'的意思应该是'不要跑过去'，或者是'不要接近他们'；而后一句训斥的话应该也是表达强烈的否定，意思为'不要这样说''不要触怒他们'之类的。总结下来'Hu……an'就是'不要做什么什么'的意思。

"不过这样就带来了矛盾，就是之前也出现过这样的话——'Hu shoau thiade'。在桥边上的谷底人见到我们后，向部落喊了这句话，随后大家立马集合起来，这里面的'hu'之后没有跟上'an'，但是依旧有类似祈使句的感觉。'大家做某事'或者'大家不要做某事'。这么猜测的话，'an'就是表达'不要'的意思。

"接下来，关键在于'shoau'，这个词语和'shoeu'很像，前者发生在大家集合在一起的语境下，后者发生在阻止小孩和我们接触的语境下。于是我做了个猜想，这两个词会不会表达相似的含义，例如聚拢和脱离？

"最后是被训斥的那个比较年长的谷底人说的话。'Non

choau wotithiyade'，这里又出现了一个与'shoau'相类似的词'choau'。而年轻人在训斥之后说的话应该就是训斥的理由——'Choau an wotithiyato, Shoau wotithiyade'。刚才的对话中，'de'一直出现在句尾，我也不明白是什么意思，但应该对我们理解句子的含义没有特别的意义，这里暂且不管。这里又一次出现了熟悉的词语，例如'shoau'，前面我猜测是靠拢的意思。接着比较有意思的是这两句话是很对称的。如果把表示否定意味的'an'拿掉的话，就变成了互相对应的'choau wotithiyato'和'shoau wotithiyade'。其中'de'刚才已经解释了，'to'似乎也经常在句子的停顿处出现，这两个音暂且排除的话，就会发现有一个词是一样的——wotithiya。

"最早见到我们的谷底人也吼了这个词——'Wotithiya'，也就是说，这个词指的就是我们。当然，站在我们的角度这个词指的是我们，实际上的含义可能是'敌人''怪物''神明'等，因为我们和他们虽然同为人类，却并不相似，在很多地方都有差别，所以很可能是某种非人类。这些先放在一边，现在只知道我们在他们的眼中是'wotithiya'。

"联系之前的推理，'Hu lekuyu an'是'不要这样说''不要触怒他们'，随后又引用了较年长的谷底人所说的话'Non choau wotithiyade'中的'choau wotithiya'这部分内容，并加以改正，变成'shoau wotithiya'。到了这里，我就得出了结论——那个较年长的谷底人说错话了。因为我们是某种非人类，那个人说了不能对非人类说的话，所以修正了他的用词。

"那么'choau'是什么意思？较年长的谷底人愤怒地说出'Non choau wotithiyade'，显然是在指责我们。'choau'和'shoau'显然具有动作的相似性，不然不会有这种感情色彩的

62

差别。加上前面猜测'shoau'是聚拢的意思,那么综合下来考虑——

"我认为'choau'是进攻和侵略的意思。"

我们三个都目瞪口呆地看着她,一时之间竟没人说得出话来。

"那个……刚才你让我复述的话是……胡——"

凌晓月刚才的一长段推理我虽然没太听明白,但我还是很佩服她。在我们三个面对谷底人的威慑,都吓得不知所措的时候,一直躲在我身后,看起来非常害怕的凌晓月居然默默地记下了谷底人所说的话,并对这些话加以推理,最后甚至猜出了词语的含义。就结果而言,虽然凌晓月说她失败了,但在我看来这无疑是一次精彩的推理,并且成功地化解了我们即将面临的危机。

昨晚也是如此。在雷猛的尸体面前,我们几乎都慌了神,只有凌晓月沉着地给出了她的推理。

凌晓月简直就像侦探一样。

我还没有完全理解她的话,可凌晓月却以为我理解了,还在像聊天一样轻松地往下说:

"这里必须要修正一下之前的观点。如果我对'choau'一词的猜测正确的话,那么比起中心式的汇聚,更像是线性的。也就是说'shoau'的意思并没有那么复杂,只是'过来'而已。而'choau'则是更具攻击意味的'攻来'。"

"最后用我们手头的信息,如果想让谷底人不要攻击我们,比起让他们相信我们没有敌意,不如干脆利用在他们眼中我们之间的不平等地位,命令他们不要攻击我们。于是我才想到'Hu choau an'来表达'请退后'的意思。但是看他们一开始茫然的表情,一定是我猜错了吧。"

"不是这样的!"我坚定地说,"我相信你说的一定是接近正确意思的。就算是错误的也没有关系，至少你救了我们啊。"

即便如此，凌晓月也像是自信心受挫的小孩子一样避开了我鼓励的目光。

与此同时，谷底人中间走出来一个老人。这位老人虽然驼着背，但是依旧将脸高高地扬起，像是与这副弯下的身躯相抗争一般。

老人似乎以为我们都能听懂谷底语，便走到我们面前，先是双手上举，接着用谷底语很快地说道：

"Wi wotithiyade。Kaga shoau wotiheya shoayato, laluyu shia thiade。"

没有凌晓月的解释，我们也很难听懂这句话是什么意思。我看向凌晓月，但显然这句话并没有足够的线索支撑，就连她也没有任何反应。

见我们迟迟不回答，老人又一次举起了手，有些低声下气地说了句："Kaga shoau lalude。Yuyu thiaude。"

说完后，老人再一次举起手，接着便看着我们，小心地往后倒退着走了几步，才转身快步走回去了。看着老人回去之后，谷底人围在了老人的身边。他们在大声地说着什么，可因为声音太嘈杂了，什么都听不清。只是在老人说完之后，其他谷底人都很兴奋地拍着肚子，像是发生了什么高兴的事情。

我试着用凌晓月的思路去思考，刚才这些话应该只是老人单方面对我们做出的投降宣言。可既然如此，为什么他们会那么高兴？刚才我们什么都没有回答，按理说老人也不可能带回去什么信息才对。

"看来没问题了。"秦娇乐观地说道，"谷底人好像对我们没有敌意了，我们分配一下任务吧。两个人去谷底人那边问一下有没有食物或药草,以及雷猛被杀时候的情况,还有两个人回去照顾病人。"

"我去调查谷底人。"沈天问立马举起了手。发觉我在看她后,马上把视线移开了。

"那个……我也去调查谷底人吧?我对他们很感兴趣。而且这么原始的环境,对我身上的灵力也很有帮助。就是我有一个不情之请……"

和凌晓月相处一段时间后,我也大概知道她在想什么了。

凌晓月很怕生,如果没有我当中介,把她一个人放在谷底人中间,肯定会把她吓到吧。沈天问和秦娇她也不太熟悉,到头来还是需要我在场。

"好吧,我就跟凌晓月一起去吧。"

听我这么说,沈天问责怪似的瞪着我。我心里一惊,莫非她在谷底部落有什么事吗?如果她有什么事情要办的话,那我们换一下也可以。

可沈天问嘴上却答应了这个方案,然后像是生气了一样掉头就走,反而需要秦娇在后面追着她。

终于能去调查谷底部落了。凌晓月来了精神,像个充满好奇心的小孩一样,迫不及待地拽着我往谷底部落而去。

"走吧,我对这个谷底文明越来越感兴趣了。"

3

谷底部落的中央是空旷的广场区域,中间还摆着几根烧焦的木头。这里应该就是谷底人进食的地方了。

现在不是用餐的时候,几个年轻的谷底人把工具都搬到了广场。石头上坐着一个步入中年的男性谷底人和一个看起来很年轻的女性谷底人。工具被搬来后，男性挑起一根长枪，然后用一块小石头在枪尖上磨。女性也学着他的样子，从地上随手捡起了一块石头。男性见状连忙呵斥她，将自己手中的小石头给她，然后又在地上挑了另一块石头。他将石头放在手上，女性伸手摸了一阵，又摸了摸自己原来拿的石头，两相比较之下，信服地接受了。

凌晓月满心欢喜地两手撑着膝盖，弯下身来盯着看，还偷偷跟我说："这是在保养自己的武器。手磨石头不是一件容易的事，但这是谷底人唯一的工具制作方法。"

如凌晓月所说，环顾整个谷底部落，只能见到木材和石材。谷底人应该已经会使用火了，只是还没有从中掌握铁器的制作方法。

有一种说法是游牧民族率先发明了铁器，并将其当作武器进攻其他农业文明，通过战争将铁器的制作方法传播开来。当然，我的历史学得并不出色，对上古时期的文明也没有太多了解，这些也仅是道听途说而已。

"如何磨石头也是需要窍门的。如今我们已经不可能掌握这种知识了。如果能记载下来的话——"

"有什么用呢？"

凌晓月的话戛然而止。自信的神采不见了，说话也不像刚才那样流畅，而是恢复了最初柔弱的声音。

"没有用吧……对不起，我好像太兴奋了。"

我全然没有厌烦的意思，只是没想到凌晓月会对我说的话反应这么大。于是我只好顺着她之前的话题问道："我不是这个意思啦。我只是很好奇，为什么大家对过去的历史那么好奇。过去真的有那么重要吗？"

——过去真的重要吗？

这是我问凌晓月的问题，但又不只是如此。这也是我想问沈天问的，更是想问我自己的。

凌晓月当然不知道这个问题深层的含义，只是眼神中重新放出了光彩，可很快光彩又退去了。

"我们能想出很多理由来解释为什么要研究历史——比如以史为鉴，或者追溯祖先等。事实上，探究历史只是单纯出于人类的好奇心而已。"

好奇心有两种，凌晓月解释道，一种是对过去的世界好奇，另一种是好奇现在的世界是如何形成的。

没有电脑的世界是什么样的？将电力用于日常生产之前的世界是什么样的？战火中的世界是什么样的？中世纪的生活和现在有什么区别？原始文明是怎样生活的？

为什么不同地区的文化和习俗不同？这些风俗背后的起源是什么？如今我们的某些潜意识里是否还留存着原始文明的痕迹？为什么有些语言之间存在相似性？

这些问题确实对未来没有帮助，但是对我们认识这个世界有莫大的裨益，让我们知道自己是因为怎样的因果而存在于这个时空中。

"我就是对此感兴趣。所有的事情必然处在因果之中。"

"哪怕我和妹妹在谷底不期而遇，这种奇迹也是某种因果？"

"是吧。就好像人类的诞生一样。有人说生命的诞生本身就是一种奇迹。奇迹般的天文条件，奇迹般的地理条件，奇迹般的元素组合……而人类的诞生更是奇迹中的奇迹。但是如果反过来看，站在高于人类的立场上，并非是为了造就人类，而奇迹般地
　　　　　　　　　　　··········

出现了那么多条件，而是反过来，正因为条件如此，人类自然而然地诞生了。"

谷底部落的石头建筑绕着中央广场围成了一个圈。我们从谷底建筑间走过，来到了一处更加宽阔的地方。左前方是一片不规整的农田，谷底人正在其中干农活。右前方有两座较大的建筑。其中一座里面出来不少拿着武器的谷底人，应该就是运到中央广场去让其他谷底人打磨的。

这就是人类诞生之初最原始的姿态吗？在数千年前，我们的祖先也是像这样在土地上生存吗？既然我们的诞生本身就是条件齐备的结果，那么在同样的条件下再次发生奇迹也就不足为奇了。

"你的意思是，我和妹妹的相遇并不是奇迹，而是条件齐备的结果？"

凌晓月一时哑然，但她很快就想到了解释的方法。

"我的意思不是其中有什么人为的推动力，而是想说——不如举个例子吧，就像谋杀一样。我认识一个凶手，也问过她为什么杀人，她回答说因为恨对方到了想杀人的地步，便进行了周全的准备，而刚好我到的那天晚上一切条件都具备了，于是她动手了。其中固然有人为的因素，也有自然的因素。"

"是这个意思啊，我刚才误会你了。"

凌晓月莞尔一笑。

"没关系。分清哪些是人为、哪些是自然，也是一件很有趣的事，我很喜欢。这是我除了占卜之外最喜欢的事了。"

这时候我们已经走到田地边上了，谷底人正在田间收割农作物。

他们的姿势有些奇怪。干活时一般都是半蹲着、往下俯着身子，可他们却站着、保持上半身对着前方的姿态，只有头部稍微往下低一点，以便看清楚手上的动作。

他们之所以能站着干农活，是因为手上拿着专门的工具。这是一种类似钳子的工具，只是整个形状更像是柄部伸长的剪刀。"刀刃"也是石头做的，因此锋利度不够，基本上都是靠摩擦来剪断东西。使用者通过双手操纵两根杆子来让下面的剪刀摩擦移动，以达到剪断的目的。

在田地里干活的谷底人一起高唱着"Wi wotidufu，Kaga sheau doukude"，气氛相当融洽。

旁边一个正在搬武器的年轻男子见到我们来了，便冲着田地的方向喊道："Fuchithi annan thiethi！"

旁边一个正在割杂草的女孩停下了手中的活，连忙朝我们这边过来了。

"Wi wotithiya。Kaga laxieu。"她拘谨地低声说道。就性格而言，这位田间女孩和凌晓月有几分相似。

凌晓月显然有些不知所措，她慌忙组织了一下语言。

"Non kaga。（请问 kaga 是什么意思）"

刚才凌晓月跟我说，她听到谷底人的对话中，以"non"开头的句子，对方必然会予以回应，因此猜测"non"是疑问助词。她不知道这个猜想对不对，所以现在也只是在测试。

女孩显然不太明白凌晓月在问什么，两人之间的氛围尴尬到了极点。

红着脸的凌晓月连忙换了种说法："Non laxieu。（请问 laxieu 是什么意思）"

要是女孩再不理解的话，恐怕凌晓月的猜测就完全错误了。好在女孩至少没有再像刚才那样露出迷惑的神情，而是向侧上方高举双手，直接回答道："Kaga sheau doukuto, zhieu wotithiyau laxiede。"

从女孩的回答中，凌晓月似乎没有得到她想要的答案，有些失望地告诉了我她刚才问的话想表达什么意思。

"不过也算有收获，因为现在应该可以确认'non'具有提问的含义。这样一来，依靠'non'加上我们指着某个具体物体的动作，就可以知道对应的物体用谷底语怎么说了。"

"刚才他们在田地里唱的东西是为劳动加油鼓劲吗，就像山歌一样？"我问道。

"嗯……也有这个可能。不过他们口中说的'wotidufu'和'wotithiya'很像，应该也是表达类似的非人类的含义，比如神明什么的。因此，他们或许是在祈祷大地丰收吧。这样一来，后半句中应该有词语表达'丰收'之类的含义。"

与此同时，我注意到后面那些干农活的谷底人不知何时停止了高歌，从田地间出来了。他们此刻背对着我们坐在地上，看着就像在休息一样。可是我分明看到中间有些人在偷偷地侧过脸来看我们。

我感觉浑身都不太舒服，便拉着凌晓月往旁边走去。她好像觉得自己话还没有说完，这么走了有点突然。可当我们回头看时，和我们说话的那个女孩也不见了。她小跑着回到了那帮坐着休息的谷底人中间，在他们面前说着什么。

"哎，为什么那么着急……哎，难道是我……做错什么了吗？"

看她那么慌张，我连忙摆手否认。

"不是这样的，你没做错什么啦。只是我担心我们是不是和谷底人走得太近了。现在我们连对方是敌人还是朋友都不清楚，就这么堂而皇之地走在他们的部落中间,是不是太危险了?"

我们到了附近的石头建筑旁边,回头看向田地的方向。那帮正在休息的谷底人又重新开始干活了。时机太凑巧了,一点都不像是巧合。

另外,往中央广场搬运武器的谷底人本来应该是从我们所站的这个地方走的。可现在他们也都绕开,往另一条道走了。

"你是担心昨天的事情吗?昨天我们已经得出结论了,雷猛不是被谷底人杀害的,而是被金荻所杀。而且不用担心,案件不会再发生了。"

我担心的不是这件事,可她的说法还是让我忍不住心生困惑。

"为什么这么说?"

"因为在车上的时候罗韬说过,我们中间有人和另一个人单方面认识。如果这是动机的话,就代表凶手的目标本来就只有一个人。那我们也没必要担心了。"

确实如此。

雷猛的遇害本身就是一个谜,因为现在这种情况下,我们所有人的性命都处在危险之中,少一个人就相当于是少了一份人力,杀人的行为简直就是在自断后路。除非凶手拥有极其强烈的动机,哪怕在这种绝境之下也想杀了他。可是这样考虑的话,凶手也就不可能再继续杀人了。

"你说得没错,我也觉得不会再有人被杀了。反倒是凌晓月你为什么会有这种想法?"

"我?"凌晓月像是犯了错误正在检讨的小孩一样低着头,有些委屈地说道,"是我的问题,因为以前碰到这种情况总是会有很多人死去,所以忍不住这样想了。对不起,不该这样曲解你的意思。"

"完全不用这样道歉呀,"有时候凌晓月表现得太卑微了,让我难以接上话,可我还是耐心地跟她说,"我担心的不是昨晚的事,而是谷底人。你有没有觉得他们不太对劲?"

我指出了自己观察到的两个疑点,然而凌晓月却没有表现出什么触动。

"嗯……只是在警惕我们而已吧。如果他们要来袭击我们,我们也不可能在部落中间走来走去了。"

她说得也有道理。如果谷底人对我们抱有敌意,肯定不会允许我们靠近他们的部落一步,甚至有可能将我们赶尽杀绝。可实际上并没有发生这种事。

这并不意味着我接受了凌晓月的想法,因为我总有些奇怪的感觉,谷底人对我们的态度,不像是单纯的警惕。

这时候,我看到旁边的石头建筑里靠边坐着一个孕妇。建筑的另一侧还有一个开口,从另一边进去了一个年长的谷底人,手中拿着一根树枝,树枝上沾有奇怪的黏着物。

老人先是往前平举双手,然后高声呼喊道:"Wi wawethi。"

紧接着,他走上前去轻柔地抚摸着孕妇鼓起来的肚子,从外圈开始一点点往中间移动,同时唱道:"Kaga xiawaweu zheaya shaede。"

最后,他将手中的木棍伸到孕妇的嘴巴前。孕妇张开嘴巴,满足地吸吮着木棒上的黏着物。

这应该也是谷底人特有的仪式,我和凌晓月不方便多看,便匆忙离开。

经过中央广场的时候,这里的谷底人显然比刚才多了一些。除了那一对师傅和学徒之外,还有不少人在磨着武器。

"这是另外一个证据。"

没头没尾地,我一下没反应过来凌晓月想说什么。

她指着那群谷底人说道:"他们现在在磨从仓库里搬出来的武器,而旁边看上去要去狩猎的谷底人正准备出发。你看,一旦武器磨好了,这些谷底人要么是自己加入狩猎队伍,要么是把武器递给狩猎的同伴。也就是说,今天狩猎者的数量增加了。"

我们穿过中央广场,走到桥边。这时候我们看到对岸的秦娇和沈天问从占卜屋的帐篷里出来,两人分别之后,秦娇往神殿后的帐篷去了,而沈天问则是朝姚雪寒的帐篷走去。

"谷底并没有足够的保存条件,所以所有的肉类一定都是马上食用的,也就是说,谷底部落今天需要享用食物的人增加了,而且还不是一两个人。"

说到这里,我终于明白了凌晓月的意思。

"刚才那个老人的意思是……要招待我们?"

如果谷底人想要招待我们的话,确实不像是有敌意的表现。而且我们和谷底部落接触的最根本问题就是要解决食物和药草,现在其中一个问题解决了。既然谷底人可以招待我们,说不定就有机会从谷底部落获得食物的供给。这样至少生存不成问题了。

刚好这时候沈天问从姚雪寒的帐篷里出来,而我走到了桥边。我们在河的两岸对视了几秒后,有些尴尬地将视线移开了。

"哎呀,我好像做了一件错事。"凌晓月忽然捂着嘴巴说道,随后有些自责地捶着自己的脑袋,"我是不是把你们姐妹俩分开了。没关系,不用管我,谷底部落的调查我一个人也没问题……应该吧……"

"如果需要我帮助的话……"

凌晓月在身后慌慌张张地推了我一下,因为太过突然,吓得我差点往前摔倒。

"我我我……我一个人没问题的！我不想以后被你们姐妹俩讨厌，所以没问题的！"

丢下这句话后，凌晓月匆忙跑回谷底部落，留下我一个人尴尬地和妹妹在河的两岸对望。

4

我走过桥的时候，沈天问立马将脸扭过去了，看样子像是有什么话想说。我对她太了解了，一旦有什么想说但又不方便说的话，她总会这样避开他人的目光，盯着别的东西或者自己的手看。

"有什么事吗？"

她忽然伸出手来，有些粗暴地将我拉到了帐篷一侧的岸边，让我乖乖地坐在那里不要乱动。

我按照她的吩咐坐下了。紧接着，她在我的身后用双手扶着我的两边脸颊，让我看向其中一间石头建筑。

"那里……怎么了？"

"有人在监视我们。旁边也有很多这种瞭望台一样的地方，里面都埋伏着一两个谷底人，这些人都在盯着我们。"

我想回头争辩，可是她的手紧紧按住我，让我没办法回头看她。

"可是刚才凌晓月说他们正准备招待我们，还有一大队狩猎者去狩猎了。"

"凌晓月太天真了，把什么事都往好的方面想。听好了，今天晚上不管他们给你什么你都不能吃，然后要小心，离那些手里拿着武器的家伙远一点。你带了手机吗？我的没电了，借我拍个照。我想记一下这些瞭望台在什么位置。"

我把手机递给她。趁着她拍照的时候，我问她："如果谷底人想要害我们，他们直接攻过来把我们全杀了就可以了，为什么要做那么麻烦的事？"

"你相信他们？"

"不，谈不上相信……"

在谷底部落参观时，我切身感受到了谷底人身上散发出来的危险气息。可要问我这是否是敌意，我也说不上来，总觉得他们既不像是把我们看成必须要铲除的敌人，也不像是因为陌生而保持警惕。而他们确实对我们表现出了友好的一面，这也是不争的事实。

这时，对面有个小男孩也蹲在了河边，他就是之前那个想要跑过来却被同伴拉住的男孩。他看到我们之后双手同时往地上拍了好几下。虽然语言不通，但是他的兴奋之情已经传达到了我们这边。我想挥挥手打个招呼，却意识到谷底人并不理解这一行为的意思，便放弃了。

微笑应该是共通的。小孩看到我笑了，自己也笑得更开心了，然后才将盛满水的皮袋从河里拎起来，毕恭毕敬地高举过头顶上。离开前，他还不忘向我们这边做出招呼我们过去的手势。我正要起身，却发现他已经跑远了。刚才只是表达告别的意思吧，是我误会了。

刚才那个很友好的小男孩，真的也对我们抱有敌意吗？

"我昨晚就说了吧，我刚来的那一天，他们就一直追杀我。可我只要过了桥，他们就不会跟过来了。也就是说，谷底人是没办法过桥的。"

沈天问和我一起坐在岸边，眺望着对岸谷底人的生活。不，对她而言应该是在监视。

"可是昨晚在雷猛的尸体旁边，不是发现了疑似谷底人的脚印吗？脚型很小，那肯定不是我们留下的。这不就说明谷底人肯定过桥了吗？"

我微微侧过身子，看着妹妹的侧颜，她的双眼格外认真地盯着对面的某个地方看。

"因为有例外。我当时是在快傍晚的时候下来的，那时候部落外面都没有人，所有人都在房子里面。但是一旦瞭望台里的人吹了哨，所有的谷底人都会跑出来。之后的几个晚上我也观察过了，只要太阳被山体遮挡住，或者是天气转阴下雨的时候，谷底人就会马上收拾东西回到房子里。也就是说，只要对他们有危险的因素出现了，他们就会违反规则，将危险因素消除。"

可是不对，按照沈天问的说法，如果我们被谷底人判定成危险因素的话，他们依然有可能违反规则，过桥将我们全部杀害。问题的根本依旧没有解决。

"你有什么话想说吗？"

"没什么。"我下意识地否定道。

"你总是这样，想说的话从来不直接说出来。"

沈天问双手抱着膝盖，目光从对面的谷底部落移了回来。看她刻意地往我看不到的地方侧过脸去，我就明白她同样也有很多心里话，想说却说不出口。我很了解她的习惯，就像她很了解我的一样。

因为我们是姐妹啊，虽然是没有亲缘关系的姐妹。

过去几年，这种情况发生过无数次。要么是我想说的话说不出口，要么是她想说的话说不出口。我们习惯了用"没什么"来搪塞过去，也不会在意对方的"没什么"是什么意思。可能我们两个都有点不坦率吧，如果能更加直接地说出自己的所思所想，会不会事情的发展就变得完全不一样了？

我想要道歉，想要就我之前没有顾及她的心思而道歉。可话到了嘴边，我还是说不出口。

现在的时机不对。我们身处险境，连自己能不能活着离开都不知道。在这种情况下提已经过去的事，显然不是时候。

于是我咽下了想说的话，一如既往地用其他话题敷衍过去。

"听你这么说，你不相信凌晓月的推理，依然认为雷猛是谷底人杀的？"

"没错。"

"为什么？不是有证据——"

"你难道更相信那个叫金什么的家伙还活着？这不可能，我是不相信的。我们排除谷底人的嫌疑，依据就在于凶器吧。可是凶器这种东西，根本说明不了什么。"

沈天问的意思恐怕是……谷底人使用了我们的凶器杀死了雷猛。

仔细思考这种可能性，显然比昨晚凌晓月的说法更有说服力。谷底人通过某种手段获得了我们才会使用的凶器，随后用这把凶器杀死了雷猛。最让人不解的地方是为什么唯独他被杀了。究竟是什么……

想到这里，我的脑海中浮现出了一个可能性。

那座石头金字塔……也就是被称作神殿的地方。

"雷猛的尸体就在那附近，莫非……"

沈天问满意地点点头，撑在地上的右手偷偷地竖起一根食指指向对岸。

"我刚才就说了，谷底人一天二十四小时不间断地监视我们，尤其是神殿的方位。想也知道，这座没什么意义的建筑对谷底人而言具有特别的意义吧,所以雷猛才被杀了。"

可是这样一来,只要不靠近神殿就可以了,也不会有什么威胁吧?

沈天问猜到了我的想法,补充道:"我们不知道什么行为会触犯谷底人的底线。但如果谷底人的终极手段是杀人的话,我们就必须要做最坏的打算。"

要是我们在不经意间触犯了谷底人的禁忌,说不定会被他们杀害。

5

一股寒意蹿过我的身体,让我忍不住打了个哆嗦。

比起我们这些陌生人中间有一个人想要杀害雷猛,还是将敌人放在外部更为合理,因为谷底人根本就是我们完全不了解的文明,谁也不知道他们会将什么行为视为禁忌。刚才我感觉到的他们奇怪的态度,或许就源自于此吧。

这可太糟糕了,和谷底人相处下去,我们随时都有丧命的可能。

秦娇在这时候出现可真是太及时了。她见到我们在岸边,开心地飞奔过来,一把搂住了我们的肩膀,差点儿把我们撞到河里去。

"太好了太好了,你们知道吗?顾云霄醒了,意识还很清楚。"

秦娇激动得眼角都挂着泪水,她晃着我们俩的肩膀,除了这句话之外什么都说不出来。

"真的吗?太好了,真的太好了。听说你为了救顾云霄在地上跪了很久，真的太辛苦了。付出能有回报真的太好了。"

在这么糟糕的情况下，能够听到如此振奋人心的消息，我此刻真的感动到差点落泪的地步。只是怕妹妹笑话我，我才强忍着没有哭出来。

我说的这番话绝对是出于真心的。为了能救活顾云霄和戴安娜，秦娇真的付出了很多。如今，她的付出终于有了回报，没有比这更值得高兴的了。

"真的，真的太好了，"秦娇哽咽地说道，激动得只会来回重复几个词语，"真的太好了，就像是奇迹一样，上天终于眷顾我们了。"

"这样的奇迹可不是上天赐予的，而是你亲手创造出来的。"

听我这么一说，秦娇再也抑制不住情绪，扑在我身上大哭起来。我和沈天问对视一眼，从两边抚摸着她的头发。

"别摸了别摸了，我的头发都快被摸没了。"秦娇的哭腔听起来相当滑稽，让我们俩都含着泪笑出声来。

刚好，凌晓月从对面回来了，她看起来也相当高兴。

"今晚可能不是招待我们……"

听了她的开场白，我的心咯噔一下。莫非刚才的猜想成真了？

"而是祭祀。"

"祭祀？"

沈天问率先做出了反应。我怀中的秦娇也抬起头来，我们三个此刻都全神贯注地听着凌晓月的话。

凌晓月依然不习惯在这么多人面前说话，她显得非常紧张，甚至有些结巴了。

"就是……我弄懂了一些词语的意思。'kaga'有类似请求的含义，'wi'则表示尊敬，这个词应该是来源于'woi'，也就是在我们的对话中一直出现的以'wo'开头的词，包括'wotithiya''wotiheya''wotidufu'，等等。然后'lalu'是一种献给神明的歌曲，我们刚才在田地那边听到的也算是'lalu'的一种。

"老人说的话是'Wi wotithiyade。Kaga shoau wotiheya shoayato, laluyu shia thiade'，现在我已经能理解大部分含意了。大致意思就是：'尊敬的神明，请在某位神明到来的时候前来，倾听我们的歌曲。'我的翻译可能不太准确，'shoau'和'shoaya'的区别也不太明白，也不大懂'shia'是什么意思，真是对不起。不过今晚可能有个祭祀活动，这点应该是肯定的。"

"为什么是今晚？"

"呜，我真笨，刚才忘记解释了。其实'wotiheya'的意思我一开始不太明白，但是听到昨晚沈天问的话之后，我就在想谷底人是不是有几个禁忌之处，也就是'taboo'。"

秦娇已经不哭了。我扶着她一起站起来，两人同时问道："'taboo'也是谷底语吗？"

我问的这个问题太没有水准了，以至于在凌晓月尴尬着不知道如何开口的时候，沈天问先回答了我。

"'taboo'可不是谷底语，而是英语，意思是'禁忌'。"

禁忌——

不正是刚才沈天问跟我说的话吗？

凌晓月接上了她的话继续说道：

"'禁忌'一词并不代表邪恶的或者是敌对的，因为在人类文明最早的时候，神圣与邪恶是分不开的，两者区分开要等人类文明发展到一定阶段之后，我认为至少要等到早期的宗教诞生的时候，因诠释自己信仰才需要对神圣与邪恶进行区分。毫无疑问，在谷底文明现在这个发展阶段,神圣与邪恶还没有分开,同属于'禁忌'一词。"

虽然凌晓月沉浸在自己的喜好中解释了很多,可我依旧没有理解,只好求助旁边的沈天问。她无可奈何地摇起了头。

"原来我刚才说的那些你都完全没理解啊。明明你都知道为什么雷猛被杀了。"

秦娇和凌晓月同时发出"欸"的声音。原来这段话沈天问只跟我一个人说过。

她本来没想告诉大家的,却因为不小心说漏了嘴,现在只好将自己的推理公之于众了。

听完沈天问对雷猛之死的推理后,秦娇也和我一样,觉得这种猜测更加现实一些。而昨晚提出推理的凌晓月本人,竟也表示了赞同。

"原来如此,不过还有几个小问题……"她声音越来越轻,到最后忽然自我催眠一般用坚定的口气说了句,"应该就是这样的。"

等到所有人都接受了沈天问的推理后,我们才继续刚才的话题。

"所谓'禁忌',最本质的意思是'不可接近的'。"

"例如沈天问说的不能过桥,以及不能弯腰鞠躬,这样会让脸对着土地,还有取水的时候有一套仪式要完成。"

"还有夜晚或下雨的时候不能出门。"沈天问补充道。

"对,因为对于白天活动的人类来说,夜晚往往是禁忌的对象。其中有些地方值得注意,比如在耕地的时候念诵的'wotidufu',以及我们是'wotithiya',都是禁忌的一部分。用'神明'或'信仰'一词来翻译都不是很恰当,不过也没有办法,我们暂且将这些词语翻译成'土地之神'和'人类之神'。而老人的话里那个'wotiheya',他用这位'神明'到来的时刻来代表我们要过去参加的时刻,这么想的话,应该就是指'夜晚之神'了。"

不过凌晓月的解释就到此为止了。接下来由沈天问进行说明。

"对于我们来说,淋雨是很正常的事,在晚上出门也是很正常的。但是对于谷底人来说,这是'不可接近'的,也就是禁忌,因此,一旦天要下雨,或者夜晚将要到来的时候,谷底人就会躲进建筑里,不再出门。此时出门绝不只是出门而已,而是违反了禁忌,甚至有可能被同伴杀害。"

这也就是沈天问最担心的地方,如今这分不安已经播种到了我们每个人的心中。

除了凌晓月之外。

"今晚的祭祀,我还是想参加,我知道这可能很危险,所以只有我一个人参加就可以了。"

"不是这个问题。"沈天问又一次无奈地摇着头,"不是我们参不参加的问题。如果凌晓月猜得没错,今晚是谷底人邀请我们参加的话,谁也不知道如果拒绝了邀请会不会也触犯了他们的禁忌。这样的话就糟了,所以我们现在只能答应他们去参加,只是——"

接下去沈天问的话一点都不像是在开玩笑。

"谁也不知道这是不是鸿门宴。如果大家都不希望悲剧再发生的话,最好都保持警惕,别掉以轻心。谷底人就算不是我们的敌人,也绝对不会是我们的朋友。"

第三章

1

我们四个紧接着商量了一下对策。既然我们被谷底人邀请，那么早上露过面的四人最好一起参加。但是这样一来，营地这边就只留下了罗韬一个人，让他同时照料三位患者显然不现实。姚雪寒还是睡在另一间帐篷里，要想照料她就更不可能了。

不过姚雪寒的情况不是很严重，如果她愿意跟我们一起来，那就能减轻罗韬的负担，我们也好多照顾一下她。如果谷底人真的打算招待我们的话，趁着这个机会让她多吃点东西好恢复体力，也是个不错的想法。

秦娇和凌晓月一起去看顾云霄现在的情况，而我和沈天问去试探姚雪寒本人的意思。

进了帐篷之后，姚雪寒正躺在地上，下身伤口上的餐巾纸被粗暴地扯开，暗红色的截断面有部分暴露在外。此刻，她正用右手的指尖掐着自己的手腕。

"你在干什么！"

沈天问赶在我之前冲了上去，抓住了姚雪寒的双手。就算如此，她还是使劲用力，想挣脱开沈天问的束缚，用自己的指尖割脉。

"别愣着啊,快拿点餐巾纸过来把伤口包起来,万一感染了就麻烦了。"

我连忙往帐篷的另一边跑过去,秦娇好像用完就随手把餐巾纸放在那边了。我抽出十几张后,贴在了姚雪寒的大腿断面上。我也因此看到了伤口的样子,表面粗糙不平,长满了一个个红色的小突起。我不敢再看下去了,连忙别开目光,胡乱地将餐巾纸贴了上去。

"让我死了算了……我这样活着还有什么意思……"

"别这么说,只要活着就会有奇迹发生——"

"还能有什么奇迹?我这二十年的人生里,从来没有人关心过我爱过我,也从没有人在意过我。我一有什么事做不好就会有人咒我去死,对他们来说我根本就不应该降临在这个世界上,我的存在本身就是错误的,只要有我在,身边就一定发生不幸的事。既然如此,又怎么可能获得奇迹……

"现在不就是这种情况吗?因为我的不幸,害得大家都受到了牵连——"

"不是这样的。"

我稍显强硬地说道。

事情会变成这样,只是一连串的巧合导致的,绝不是我们中间任何一个人的错。听着姚雪寒的话,我逐渐明白了她为什么会对生活如此消极。她生活在一个不幸的家庭,重男轻女的家长从来不把她放在心里,总是无视她、责怪她,才会让她的心灵越来越封闭,总是认为身边的不幸都是由自己引起的,因而躲进了虚拟的世界里。

但是错误绝对不是出在姚雪寒的身上,这点我敢保证。

"我们现在遇到的也不全是坏事。我们和对面的谷底部落联系上了，一会儿他们还要拿出美食来招待我们，说不定今后食物就有保障了。现在顾云霄也从昏迷中醒过来了，可以说我们的情况正在一点点好起来。所以事情没那么糟，不是吗？"

姚雪寒的表情终于缓和了下来。

放着她在营地不管太危险了，必须时刻有人在她身边才行。正当我思索着如何开口的时候，她出人意料地请求道："等会儿我也可以参加吗？"

"如果你要参加的话也没问题，我会抱着你的。"沈天问认真地说道。

姚雪寒只是轻轻点头，不再说什么了。我不知道刚才的安慰有没有效果，她的脸上依旧布满荫翳。

在我准备去给她拿外套的时候，沈天问忽然凑到我的耳边，飞快地说了句："要是你以前也会这样安慰我就好了。"

"嗯？"

可她已经从我的面前拿走外套，过去帮姚雪寒穿上了，以至于我一度怀疑自己的耳朵是不是听错了。

可是我绝对没有听错。

她还在意之前的事啊。这也是当然的，毕竟我自己也在意着。

沈天问背着姚雪寒走出帐篷，我跟在她身后，环顾四周时看到了意外的一幕——占卜屋那边，秦娇和凌晓月正一左一右扶着顾云霄的身体颤颤巍巍地往前走，顾云霄的左侧腹部、左边的手臂上，还有右边的小腿处都还裹着厚厚的几层餐巾纸，看着一点都不像可以随便走动的样子。

两人扶着一位使不上劲儿的病人着实有些吃力，秦娇的体能没有问题，只是凌晓月实在没什么力气。她两只手都用上了，可身子还是一点点被压了下去，为了使出全身的力气，她的脸都快憋红了。

我连忙过去替下凌晓月。虽然确实有点重，但是这样的重量我还是撑得住的。

"抱歉啊……"顾云霄用模糊不清的声音说道。

"老爷子说他很想参加。"秦娇解释说，语气多少有些抱怨。

"哈哈哈……"虚弱的笑声从他的喉咙里漏了出来。"这么稀奇的事……我也想见识一下……"

"您的身体没关系吗？"

顾云霄的身体虚弱成了这样，真的没关系吗？我想征询秦娇的意见，但看她摇头的样子，应该被拒绝过很多次了吧。

"哈哈哈……反正我命不久矣，同样是死，不如先看个热闹，哈哈哈……"

"请不要说这种话，您一定马上就会好起来的。"

"只要我还活着，就一定不会让您病死在这种地方。"秦娇也有些怨气地说道。

"哈哈哈，你们的心意我领了，可是……我的身体我自己最清楚啊……"

对面的沈天问正等在桥边。姚雪寒的脸朝向我们，看到在我们的搀扶下一步步慢慢往前行进的顾云霄，嘴角微微扬了起来。

情况总有一天会好起来的，我坚信着。

我们一行六人过了桥。现在还没到晚饭的时候，但因为高高耸立的峭壁，太阳早早地就不见影子了，谷底也越来越昏暗。根据谷底人的禁忌，他们一旦到了晚上，就会立马回到各自的住所，所以祭祀一定马上就开始了。

我们来到了中央广场，果然，中间的篝火已经升起来了，谷底部落的所有人都聚集到了广场附近，为祭祀做着最后的准备。广场外缘堆着三具黑熊的尸体和两具野鹿的尸体，此外还有两大堆叫不出名的树果。

广场周围摆着许多石头，谷底人平时也是聚在这里一起用餐的吧。沈天问让姚雪寒坐在了其中一块石头上，我和秦娇则是把顾云霄带到了另一块上。

谷底人这时终于注意到了我们。他们的眼神冰冷，甚至有些惶恐。我顺着他们的目光看去，发现他们看的是姚雪寒的方向。她本人似乎也注意到了谷底人向自己投来的视线，不安地抓起了沈天问的袖子。

我们都忘了一件事——因为我们是现代人，知道截肢是一种治疗手段。可是对于谷底人而言，他们不一定见过截肢后的人类。对于狩猎者而言，或许发生过缺了条胳膊少了条腿的情况，可像姚雪寒这样失去了双下肢之后还活着的，应该真的没有见过。在他们眼中，这会是某种异常吗？

和对面的谷底人对峙了一会儿之后，什么也没有发生。他们依旧在小心地盯着我们看，时而彼此说些什么。一个中等个子，看起来很年轻的谷底人听完了同伴的话后，犹豫不决地向我们这边走了过来。

我们立马紧张地朝向他，手上和腿上的肌肉也都已经准备好了。如果他有什么不寻常的动作，我们一定马上反击……不，这种情况他们人数占优势，还是快点逃跑吧。

可是这个谷底人只是走了过来，什么话都没有说。他到了姚雪寒的身前，沈天问顺势挡在了两人之间。谷底人见状连忙高举起双手，做出 Y 的姿势，然后高喊道："Wi wotithiya。"

见沈天问毫不退让，这个谷底人又垂头丧气地回去了。

接下来，其余的谷底人又和那个年轻的谷底人交流了一会儿，总算把视线从姚雪寒的身上移开了。一场危机看起来暂时告终。

真的是这样吗？

我的心中有种说不出来的担忧。

这种情况下还能保持乐观的人就只有凌晓月了。她过来问我手机应该怎么拍视频，她想用手机录下这关键的一幕。不仅如此，一个手机依然不够，她希望能从多个角度拍下祭祀的盛况。

在场的人里，沈天问的手机没电了，秦娇的手机掉在了车子里，已经被砸碎了，另外还有手机的就只剩姚雪寒了，我们便问她借了手机。

我用我的手机给凌晓月做示范，她学会了之后，居然就这么把我的手机拿走了。没办法，我只好用姚雪寒的手机，到凌晓月指定的靠近河边的地方，和她面对面地拍摄。据她所说，这样一来就能从两个角度拍下祭祀的全过程了。

随着一声悠长的哨声，所有的谷底人都屏住了气息，谷底刹那间陷入了寂静之中。这宣告谷底部落的祭祀正式开始了。

2

一切都准备就绪后，谷底人在篝火的四周围成了三个同心圆。所有人都默契地安静下来，互相挽着旁边人的肩膀，同时闭上了眼睛，一起屏息等待着开始的号令。

接下去我看到的，将是我这一生都难以忘怀的、非常震撼的场景。

一片静寂之中，最内圈的一位年轻人用高亢的声音唱了起来。

"Huyu——thieu laluya——thiaya——"

第一句唱罢，所有内圈的谷底人也跟着高唱道："Huyu——thieu lalua thiaya——"

在拖长音的"ya"之后，最外圈的谷底人往外散开，有的双手向空中托起，有的双手向下抓取，还有的将双手从胸前慢慢地向外展开；中间一圈的谷底人手牵着手拉成一个大环，一边交替踢着左右腿，一边按照逆时针的方向转圈；最内圈的谷底人从篝火中各自拿出一根火把，向空中高举着。

"Woiwowayu——hue wotihuwa——"

内圈的谷底人举着火把的手保持不动，身体绕着它转圈，同时另一只手水平向外伸出，慢慢地上下摆动。在唱完一整句之后一起小跳一下，同时收起了火把。

"Wowayu——shoawei——Weyu——nanmie——"

中间一圈的谷底人散成了四个人一组的小圈，同时内圈的谷底人将火把向前方水平伸出，两个圈的谷底人交换了位置后，变成中间层带着火把的谷底人将火把递给了刚好在面前经过的外圈的谷底人，随后一边像刚才那样以高举起的手为轴旋转，一边顺时针绕篝火转圈；变成内圈的谷底人，每组的四人一起从篝火中拿出一根火把，一起将火把高举过头顶，以火把为中心逆时针转动身体，同时逐渐往外散开，和中间层并作同一圈。

"Shua——shua——doukuyu——"

所有谷底人一起围成了一个大圈，手中有火把的将火把在胸前挥舞，没有火把的则高举起手臂，跟着节拍拍起了手。

唱完这句后，谷底人无声地用拍手声打着节拍，咏唱进入了停顿期。这样的过程持续了大概一分半左右，拍手的节奏逐渐加快，紧接着谷底人齐声高唱，调子紧凑明快，扣人心弦。第一次听到如此震撼的合唱,让我的心也开始振奋起来。

"Wowau weye nanmieto, Woiwotithiyau shoade。Shuathiau woinaquede。"

打着拍子的谷底人中,靠着火把的那些人将手放下来,转而在胸前做出来回交错的动作;同时,举着火把的谷底人将火把左右晃动,橘色的火光来回跳跃着,活像一群在半空中舞动的胡闹精灵。

接着,节奏越来越快,不管是拍手还是晃动火把的动作,速度也跟着一起快了起来。

"Wotithiyau wea dufuto。"

"Wotithiyau wea dofude。"

"Wotithiyau shoathiato。"

"Waweu weyethiade。"

在节奏最为紧张的那一刻,无论是动作还是歌唱声都戛然而止,拿着火把的谷底人都高高地将火把举了起来,没有拿火把的则蹲了下来。

这次的停顿期比刚才要长一些,有两分钟左右。

起初我还没发觉有什么变化,直到歌唱声开始的那一刻,我才注意到有几个谷底人保持着半蹲的姿势往篝火的位置慢慢靠近。

这时候的调子又恢复到了最初的节奏,只是相对而言,现在他们歌唱时的声音在微微地颤抖。我的脑海中浮现出了一位流落街头、衣衫褴褛的老妇人抱着怀中的孩子,恳求过往的路人施舍的景象。

"Kagaya——woiwotithiyayu——loxieya——thiawawe——"

"Thiayu——fuchiya——Doukuyu——shie——thia——"

"Thiayu——funin——Dofuyu——shua——thia——"

"Non woiwotithiyau wea thiade。"

唱到最后一句的时候，他们已经抵达了篝火旁，拿起火把，颤抖着将其举起来的同时，一点点直起身子站了起来。

紧接着，下一批谷底人也在黑暗中慢慢地靠近篝火。这时的调子更为紧凑，语气也比刚才更为强烈。要我比喻的话，现在这批谷底人的声音更像是老人在呵斥他们的孩子一般。

"Haang woiwotithiyayu——choa thiawawe——"

"Woiwotidufuyu——shea thia——"

"Woiwotiulayu——shea thia——"

"Non woiwotithiyau wea thiade。"

同样，他们来到篝火旁拿起火把站了起来，只是他们的动作比前一批更加迅速，也更加坚决。

最后一批谷底人也一边唱着一边朝篝火挪去。他们的声音响亮，既没有刚才那般气势汹汹，也没有最初那般凄凄惨惨。在我听来，这才是祭祀所应该有的虔诚的祈祷，尽管这也许是作为现代人的我所拥有的固有观念。

"Wi woiwotithiyayu——zhea thiadouku——"

"Wotithiyayu——shoashia——"

"Wotithiyayu——shoeshae——"

"Non woiwotithiyau wea thiade。"

这批谷底人并没有去拿火把，而是在高举起手的同时慢慢站起来。我回忆起之前接触谷底人的时候，他们在表示尊敬时就是这个动作。

剩下那些拿着火把留在原地的谷底人和刚才一样，一边以火把为中心旋转着，一边靠近篝火。在抵达的那一刻，他们的动作忽然停了下来,配合着歌唱声,将举着火把的手缓缓放下来,直到将火把放回到篝火里。

"Woiwotithiyayu——shoe thie——"

他们唱完后,其他谷底人也做出和他们一样的动作,齐声唱道:

"Woiwotithiyayu——shoa thia——"

所有的火把都放回到了篝火里。谷底人接着转过身朝向外侧,一步一步地往外走去,直到一个大圈逐渐展开、成形,再一同转身,面对着篝火高举起双臂。

"Woiwotithiyayu——laxea fuchi——Sheayu——douku——"

"Woiwotithiyayu——laxea funin——Shuayu——funin——"

最后,他们一同蹲下,目视前方的同时双手平放在地上,按照节奏拍打地面。唯有一个人例外,他站到了篝火的旁边,左手指着篝火,右手指着上空,逆时针转着圈。

"Hei——woiwotithiyayu——shoe——wotidufu——"

"Laluyu——woithie——wuluthi——"

"Wuluyu——woithie——shoa——thea——"

谷底人又一同站了起来,转过身对着外侧,双手又一次缓缓地举过头顶。

"Wuluyu——thia——shoa——thea——"

歌唱的环节结束了,谷底人四散开来,分别去准备食物和器具。

谷底人烤肉时并不会直接放在火上烤,而是会取出许多干燥的叶子,用这些叶片将肉块团团包裹起来,再在两边打个结,最后拎着肉块在火上慢慢烤。谷底人似乎有一套判断肉是否烤熟的方法，因为我看到他们在烤肉时，旁边还有另一个人蹲着看，等那人发令之后，烤肉的谷底人才迅速将肉提起来。

在等烤肉的时候，河岸边那个对我微笑的小男孩给我递来了许多果子，就是我白天看到的堆在旁边的树果。我咬了一口，一股清香飘进了我的鼻腔。虽然有点涩涩的感觉，但确实是一种新奇的体验，我在外面还从没有吃过这样的水果。而且这些都是谷底人刚刚摘下来的，非常新鲜。

一个脸上有道长长疤痕的男人朝我走来，他的身边还带着狩猎用的武器，看来也是狩猎队伍的一员。他一边说着"Wi wotithiya, tainariu raeguade"，一边将手上的烤肉递给我。我将叶子一层层翻开来，烤肉的香味和叶子的香气混杂在一起，刺激着我的食欲。我迫不及待地将烤肉塞进了嘴巴里。

我原本还害怕原始人烤的肉味道会很糟糕。实际上确实腥气很大，有些地方也没烤熟，但是这种原生态的味道倒是别有一番风味，让我吃了一口之后还想再吃下去。

刚才的歌唱让我有些兴奋过头了，尽管和谷底人无法交流，我还是去找了那几个熟面孔，比如在田地里过来和我们说话的女孩，以及那位最早和我们接触的老人，和他们一起愉快地享用丰盛的晚宴。他们还将装有水的皮袋递给我，我都没在意干不干净，就这么直接喝了下去。口感还挺甘甜的，没想到原生态的河水居然这么好喝。

最后，还有个一脸严肃的中年男人过来。他看起来表情严肃，实际上却很热情，左右手各拿了一包烤肉，问我"Wi wotithiya, thishuanari on eikunnari"。我实在不知道他的意思，只好摇摇头，可他还是固执地把两包烤肉都往我手中塞。

没办法，只好分给其他同伴了。于是我在人群中寻找着熟悉的同伴们的身影。

最先见到的是姚雪寒，她一声不吭地坐在那里，盯着地面发呆。接着，我看到了沈天问，她此刻正生着闷气，坐在一块石头上用树枝扒拉着泥土。

糟了，沈天问之前警告我们不要吃谷底人的东西来着，我刚才一时兴奋就给忘了。我开心地享用烤肉的场景一定被她看到了，也难怪她会那么生气。

接着是秦娇，她也和我一样沉浸在谷底的宴会气氛中，正在谷底人中间蹿来蹿去。既然如此，我也就不打扰她了。转头一看，凌晓月还站在原来的位置，正端着手机在录像。她的身边放满了香味扑鼻的烤肉和果子，应该都是谷底人留下的。

没想到祭祀活动结束了这么久她还在拍摄，甚至能抵挡住烤肉香味的诱惑，看来她真的对谷底文明充满好奇啊。

我走到她的身边，她的目光盯着我手中的烤肉。

"好想吃。"

"那就不要拍了，一起来吃吧。"

"可是我在等它停下来。"

我一时语塞。

糟糕，刚才忘记教她怎么关闭录像了。凌晓月居然这么不擅长使用电子设备，着实超出了我的想象。

在我点下了停止录像的按钮后，凌晓月终于被解救出来，她一边甩着手腕，一边惨兮兮地说："好痛，我的手快不行了。"

这时，我看到顾云霄正低着头坐在后面的石头上，身边同样放着谷底人留下的烤肉，看来他一口也没有吃。

我忽然想到了一种糟糕的情况——莫非他的身体状况恶化了？

我连忙叫了凌晓月，她也注意到了不对劲的地方，和我一起跑到顾云霄的身边。我想要摇动他的身体，可在我伸手之前，被凌晓月唐突地阻止了。

不需要她告诉我原因，因为我已经注意到了顾云霄缠在左腹部的餐巾纸上满是鲜红的血迹，而且这不是之前的伤口渗出的血，而是新的外伤导致的。

顾云霄不是因为旧伤恶化而死，而是和雷猛一样，被某人杀死的。

3

顾云霄的尸体引来了意想不到的骚动。一方面是来自于谷底人，他们一改刚才的温和友好，中间有几个高喊着"Sau wotithiyade""Hehau an thiade""Weu shoade"之类的话，虽然不明白其中的意思，但一定不是好话。

另一方面来自于姚雪寒。她不能移动身体，但远远地就看到了这边发生的事。她瞬间情绪崩溃，两手捂脸痛哭："不要再有人死去了，不要再发生这种事了。我不想做出什么轰轰烈烈的壮举，我只想平平安安地过完这一生而已。为什么非得是我遇到这种事？"

与此同时，天空中飘起了零星的小雨。有些谷底人抬头望向天空，其中一个人叫道："Weu shea wotithiyato, wuluthi annan thiethiu shue thiede。"

"Wi wotiweiu shoade。"

"我带她回去休息。"

沈天问当机立断，背起姚雪寒往回走。一直呆呆地看着尸体的凌晓月回过神来，匆忙跑到沈天问的身旁在她耳边说了什么，沈天问连连点头答应，随后立马离开了。

谷底人纷纷躲进房子里避雨。没过多久，雨势就变大了。我想叫秦娇和凌晓月一起去避雨，可不管我怎么喊她们都没有反应。我虽然也在意姚雪寒的情况，可依旧对站在雨中的这两人不太放心。

"秦娇，凌晓月，先找地方避雨吧！这时候可不能感冒了。"

我站到两人的旁边，却听到她们在讨论顾云霄之死。

"一定是谷底人干的吧，就像刚才沈天问说的那样。杀死雷猛的凶手第二次作案，这次的遇害者很不幸是顾云霄老先生。"秦娇说道。

"我觉得还有些问题……比如说雷猛身上的外套盖住了下面的伤口，应该是为了掩饰用的，谷底人是不可能做这种事的。最主要的问题是，如果神殿是'不可接近的禁忌'，那么尸体就不可能会在那个位置出现。"

"那如果是在其他地方被谷底人杀害，然后被我们中的某人搬到这个位置呢？"

"这也不可能，因为这样就不构成谷底人杀人的动机了。"

她们两个怎么在这时候争论昨晚的案子？我连忙挡在两人中间，抓住她们的手，想让她们回去。凌晓月还能被拉走，可是秦娇却杵在原地一动不动。

"现在不是说这些的时候。"

凌晓月也这么说了，可秦娇却不依不饶。

"你的意思是说，这两起案子都不是谷底人做的？"

"我……我不敢这么保证，不过这次的案子……一定是我们之中的某人犯下的。好了，我们还是走吧，雨越来越大了。"

然而秦娇却不让凌晓月走,她有些强硬地问道:"你说得那么确定,一定已经有答案了吧,快告诉我,凶手到底是谁。"

我理解她的心情。之前秦娇为了救顾云霄费了那么大的工夫,好不容易顾云霄在今天奇迹般地醒来了,却在祭祀的过程中被杀害了,换作谁心里都会不好受吧。

可是现在真的不是说这个的时候。雨势越来越大,很快就淋湿了我们的身体。周围黑压压的一片,什么都看不清了。我试着拉开秦娇紧握在凌晓月肩膀上的双手,可不管我怎么使劲她都纹丝不动。

"我知道秦娇你的心情很不好受,可现在不是吵这个的时候——"

秦娇对我的话充耳不闻。现在她的眼里恐怕只有凌晓月一个人。

"你说一定是我们之中的一个人做的,为什么那么确信?还是说你坚持自己昨晚的推理,认为金荻是藏在暗处的凶手?他的动机是什么?他为什么要接二连三地杀人?是为了把我们这些幸存者赶尽杀绝吗?"

在秦娇的连番逼问之下,凌晓月只是垂头丧气地重复着"不是的",直到最后她抵挡不住秦娇的力气,摔倒在了地上。

"不要这样,就算把气撒在凌晓月身上也没有用啊。"

"凌晓月她一定知道凶手是谁,一定是这样。"秦娇丢下我,指着地上的凌晓月说道,"不管有什么想法,都请你说出来。"

我连忙扶凌晓月起来。她的白裙和裤袜上沾满了泥巴,手臂裸露的地方划出了一道道平行的口子,应该是刚才摔倒的时候擦伤的。

"请不要……强迫我说出来,我真的不知道真相。那一定是我猜错了。"

"说出你推理的真相吧。我想听。"

雨水从秦娇的脸上滴落下来,像是她在流泪一样。

在可怕的沉默之后,凌晓月终于轻声说出了第一句话:"致命伤在左腹部,我检查了伤口,发现是单刃锐器伤。"

"那意味着什么?"

"好了你们两个,都不要再说了,我们先回帐篷吧。"不管我怎么喊,她们俩都不为所动。

凌晓月耷拉着肩膀,有气无力地说了下去:"这很奇怪,因为我们所有人都惯用右手。"

"右手怎么了……我明白了,因为伤口在左上腹部,所以用右手行凶造成左侧的伤口很不方便,你是想说这个吗?"

凌晓月轻轻地点了头。

"雷猛的事件我不知道,可能是有什么特殊情况,但既然所有人都不是左撇子,没有必要两次都造成左侧的伤口才对。还有一个问题是,顾云霄的伤口在左侧,所以你才在那里叠了很厚的餐巾纸防止出血。在这种情况下,如果凶手要行凶的话,一定会绕开这里才对。虽然刺穿餐巾纸并不费劲,但是从心理角度来考虑,想要置人于死地的话,一定会尽可能选择障碍较少的地方吧。"

听着凌晓月的话,我回过头去看顾云霄的尸体。正如她所说的那样,伤口在左上腹,那里垫了很厚的餐巾纸。就算凶手事前不知道,在动手的时候一定也会注意到的。

"为什么会这样?"我一时之间竟然也被她们的对话吸引,忘记了本来的目的是想拉她们俩去避雨。

"因为……这不是连续杀人,是模仿犯罪。"

"哎？模仿？"

秦娇也跟着问道："你说得有道理，可是现场一模一样，之所以会出现这种矛盾，会不会是因为凶手有什么特别的理由？"

雨水的嘈杂声几乎要淹没凌晓月的轻声细语。秦娇也半蹲下来，凑近凌晓月的脸庞。后者完全没注意到这一点，只是垂着头用没有气力的柔弱声音重复着。

"我不想再说了，一定是我猜错了。"

"都到这时候了，快告诉我真相。不管是什么样的真相，我都能接受。"

秦娇着重强调了最后一句话。

有了她的保证之后，凌晓月才犹豫着慢吞吞地说了下去。

"如果真的是完全一样的现场，我也觉得可能是凶手有自己的目的。可事实不是这样。现场不一样，完全不一样。"

我看到秦娇脸上的表情动摇了。可我没有理解凌晓月的话，两个现场究竟有哪里不一样。

"沈一心也看过雷猛的尸体，你觉得呢？"

凌晓月想求助于我，可我也不能给出她想要的答案。于是凌晓月只好有些遗憾地回到了孤军奋战的状态，小心翼翼地观察着我们的反应，试探着说出了答案。

"伤口不一样。雷猛的伤口是圆柱形凶器造成的，但是顾云霄的伤口是单刃锐器造成的。"

这时候，沈天问跑了过来，她简单地告诉我们姚雪寒已经睡下了，然后到凌晓月的身边，说道："你刚才让我去翻方永安的尸体。一开始我还觉得这事不可能，结果真的是这样。"

她的目光从凌晓月身上移开，转而看向我和秦娇。

"方永安身上的匕首不见了。"

凌晓月并没有觉得很意外，而是理所当然地说道："只有这样才能'捅死'顾云霄。"

凌晓月的话直击我的脑髓，拨开云雾说的大概就是这种感觉。

雷猛的伤口是圆柱形的，我们都认为这是捅伤导致的。但是对于没看过尸体的人而言，光是听"捅死"这一词语，并不一定能联想到圆柱形的凶器。显然，杀害顾云霄的凶手一心以为雷猛是被匕首类的锐器捅死的。

"这又能说明什么？"秦娇的身体微微晃动，她的声音也跟着颤抖起来。

"这就说明，凶手是昨晚没有看过尸体却知道雷猛是死于捅伤的人之一。根据这一条线索，可以把看过尸体的我、沈一心和沈天问排除，可能藏在迷雾之中的金荻因为没有加入我们的讨论，也可以排除。凶手在秦娇、罗韬、戴安娜、姚雪寒中间。

"戴安娜还在昏迷中；祭祀开始后我站的位置刚好可以看到桥的方向，那时候顾云霄还活着，罗韬不可能过来行凶；姚雪寒的双腿截肢了，也不可能挪动她的身体过来杀害顾云霄。"

大家的嫌疑一个个被排除了，只剩下了一个人……

秦娇连忙反驳道："可是这不是决定性的证据吧？"

"自从祭祀开始后，我就一直面对桥的方向，从我拿着的手机里录的像也可以证明，从那之后绝对没有人走过那座桥。也就是说，匕首是在祭祀开始之前就被带过来了。

"我们最后一次看到匕首是在早上搬运方永安尸体的时候。在那之后到祭祀开始之间的这段时间内，凶手到放置尸体的地方拿走了匕首。这期间我一直都在谷底部落这边，沈一心和沈天问一直在桥边聊天，这时候绝不可能有人过桥。

"所以在那段时间里能拿到匕首的人有五个。姚雪寒和戴安娜都是伤员,他们不可能去拿匕首。剩下的人里罗韬没有行凶的机会,沈天问在与你分开后就和沈一心碰面了。"

凌晓月终于抬起头来。我这才注意到她的眼中闪着泪光。

"杀死顾云霄的凶手只可能是你了,秦娇。"

4

我多么希望秦娇能够否认凌晓月的推理,坦率地说出"你的推理错了,我不是凶手"。我想凌晓月一定也抱有同样的想法,因为她看向秦娇的目光中满是期望。

可现实却是,秦娇从口袋中掏出了匕首,什么话都没有说。

"秦娇,难道真的是你——"我失声叫道。

"真是服了。原来圆柱形的东西也能杀人啊,我还是第一次听说。"

秦娇自嘲般地说道,一挥手,将匕首丢在了地上。

这句话等于在宣告,秦娇就是杀死顾云霄的凶手。

"这不是真的吧?这一定不是真的,因为秦娇你可是……那个时候你哭着跟我说,顾云霄醒过来是一个奇迹,你那兴奋的泪水难道只是演技吗?快回答我啊,求你了,秦娇。"

那个在方永安辱骂我的时候站出来保护我的秦娇。

那个在地上跪了好几个小时就是为了救人的秦娇。

那个为了寻找罗韬遗留的求婚戒指而在事故现场徘徊的秦娇。

那个因为自己手下的病人终于苏醒过来而激动得落泪的秦娇。

她真的会是杀人凶手吗?

"那当然不是演技,"秦娇笑了,那是苦涩而悲伤的笑容,"对我来说这就是奇迹,因为他醒来了。如果他不能死在我的手里，那将会是我一生的遗憾。"

我惊到说不出话来。

"你们一定觉得奇怪吧，我为什么要这样做。答案很简单，甚至有些俗套。他杀死了我的父母。"

秦娇说起了自己的往事。她是著名的荻花集团的大小姐，家里有私人飞机，还有专用的高尔夫球场。总之是我无法想象的那个世界的人。但是荻花集团内部也有不少派系纷争，虽然私底下擦出了不少火花，但是表面上却非常和平。

然而一场飞来横祸打破了荻花集团内部的微妙平衡——秦娇的父母在一场飞机事故中罹难了。

自那之后，荻花集团的派系斗争就愈演愈烈。不过再往后的事秦娇就不得而知了，她被母亲的兄弟收养了，并从他口中获得了一个惊人的事实——

那场飞机事故是有人策划的谋杀。

派系中的一方为了夺取地位，拉拢了驾驶员顾云霄，希望他制造一起事故让秦娇的父母受伤，这样他们就能借帮忙照顾她的名义，讨得荻花集团掌权人的欢心。

然而这个计划发生了意外，最终飞机坠毁，秦娇的父母尸骨无存，而凶手顾云霄却因为提前有逃生的准备，顺利活下来了。在那之后，事件调查还未告一段落，派系斗争就激烈到了顶点，甚至没人关心事故是怎么发生的。

"我小时候一直盼望着能再见到爸爸妈妈一面，可是我也知道不管怎么盼望这都是不可能实现的奇迹。我早就放弃了幻想，同时我的心中诞生出了一对天使和恶魔。天使告诉我，要当一个医生，阻止更多和我家一样生死离别的悲剧；恶魔告诉我，一定要为父母报仇，杀了引发这场事故的元凶。"

"他们为什么要这么做？"

"还不是因为钱，顾云霄只要杀了我的父母，就会得到一笔高昂的回报，真可恨啊。"

秦娇干脆坐了下来，仰望着天空，任由雨水拍打在自己的脸颊上。

"我听到真相的那天就是下着雨，真巧啊。我们家一天之内崩溃了，可是这个老家伙还能和一群年轻人混在一起旅游。这不奇怪吗？凭什么杀人者能有这么舒适的生活？这更加坚定了我想要杀了他的决心。要不是发生了这种意外，我早就在烧烤的时候把他推下山崖了。"

罗韬在车上的时候聊到团队里有一个人单方面认识另一个人，还问方永安那人是谁。那时候方永安转过头，像是要跟罗韬说什么，结果因前面的车发生了异状没有说。

但实际上不是这样，如果当时没发生意外的话，方永安应该是想回过头来指着秦娇说，她就是那个认识顾云霄的人吧。

最初听到她是杀人凶手时的震惊与愤怒此刻已经荡然无存，想到她童年的遭遇，我的心中只有同情。

可就在这时，凌晓月问了一个我们都始料未及的问题。

"对不起，我不是有奇怪的想法，只是有个地方我实在很在意……对不起，真的很对不起，我能问一下，告诉你真相的那位金叔叔，是不是顾云霄先生的仇人？"

5

秦娇瞪大了眼睛，可能我的脸上也是类似的表情。因为我们都没想到凌晓月会突然问出这种问题。

"我……不太清楚。好像是有一些流言说他们有矛盾——等等,你怎么知道我的妈妈姓金?"

秦娇立马警惕起来,在她看来,凌晓月可能是知道内幕或者认识知晓内幕的人吧。可我明白不是这样的。这些天,我已经见识到了凌晓月所拥有的推理才能。

她从口袋里拿出了一张折起来的纸,是先前我们收到的名单。

方永安:组织者,有什么问题就来找我
罗韬:女友募集中,女朋友要多少个都不算多(这句话可别告诉戴安娜)
姚雪寒:希望玩得开心
雷猛:大家好,希望一起玩得开心
金荻:我就一开车的,别介绍了
戴安娜:请多指教
顾云霄:和年轻人一起活动让我这个老头子也觉得年轻了几十岁
秦娇:大家好,很高兴能和大家一起玩

"这张名单有什么问题吗?"

秦娇问出了我也想知道的问题。这上面难道还藏着什么线索吗?

"你们还记得吗?顾云霄和我们一样都是第一次来,他在来的时候一直在喊金荻的名字。但是很奇怪,你们看,金荻的介绍是'我就一开车的,别介绍了',而方永安的介绍是'组织者'。一般在找人的时候都会先找组织者吧,金荻和顾云霄也不是熟人,而且看介绍甚至不是旅行团的一员。金荻的名字也不在名单的第一条或是最后一条，也和顾云霄的名字不挨着，根本就不显眼。从一般的角度来考虑，根本看不出顾云霄为什么只喊金荻的名字。"

"你的意思是？"

凌晓月有些顾虑地看着秦娇的眼睛。

"我接下去说的话可能会让你不太舒服，而且我也只是猜测，没有什么实际的证据……"

"没关系，快告诉我。"秦娇坚定地要求着。

"我认为，顾云霄拿到这张名单后，只能说出金荻的名字。"

"啊。"秦娇短促地惊叫了一声后捂住了嘴巴，"这……是什么原因？"

"因为——"凌晓月犹豫了一阵后还是直接说了出来，"因为顾云霄是个文盲。"

"这不可能！"

秦娇愤怒地将凌晓月手中的名单拍到地上。沾了雨水和泥水的名单立马被浸湿了，上面的铅字也在水分的作用下逐渐化开，看不清了。

"我之前见过他一两次，他的工作没有什么问题啊，还有，名单上不是也有他的自我介绍吗？他不识字的话要怎么打出这些字？"

"因为文字并不是语言所必要的。他口头交流没有任何问题，在日常工作中，只要能认清位置，工作不涉及书写或阅读的话，哪怕看不懂文字也完全没问题。那张名单上的自我介绍也不一定是打出来的，据我所知，现在的电子设备可以语音通话或是录音，虽然我不太擅长手机，但我知道这些功能不需要打字也可以操作。"

秦娇在震惊之余下意识地站了起来，她捂着嘴巴，难以置信地摇着头。

"不是这样的，不是这样的。你为什么能确信他是文盲，仅凭他喊的是金荻的名字吗？"

凌晓月也跟着站了起来。

"因为这可能是他少数认识的汉字之一。'荻'并不是一个非常常见的字，但是你们家的公司名叫'荻花集团'，如果再有一个姓金的人……"

不可能吧，如果顾云霄真的是文盲的话……

"所以……他、顾云霄他，是不可能考到驾驶执照的！那我听到的是怎么回事？"

秦娇的情绪已经接近崩溃的边缘。

"我被舅舅骗了吗？他在利用我除掉自己讨厌的人吗？怎么会这样……我杀了……一个无辜的人吗？"

凌晓月想过去安慰她，可她立马转身跑开了。

"我必须要回去问他！"

"等一下！"可弱势的凌晓月根本拦不住秦娇。

离开谷底的路只有一条，就在谷底部落这一侧。一开始是个平缓的短坡，上面逐渐收拢变成一条羊肠小道，再往上就需要攀爬了，至少附近有几个可供落脚的石头。虽然有难度，但依然值得一试。

秦娇正不顾一切地往上爬，她想尽快离开谷底，回去质问舅舅事情的真相。

我正想问沈天问该怎么办的时候，有什么东西划过了夜空，打在了秦娇的背上。紧接着，是我们早上听过的哨声。哨声一阵跟着一阵，很快就响彻整个谷底。

这是怎么回事？

我看向凌晓月，显然她也不知道发生了什么。沈天问则注意到情况不太对，连忙朝那个缓坡冲过去。

与此同时，各个石头建筑里的谷底人都拿着武器出来了。他们没几分钟就全部围在了峭壁的边上，嘴里还在叫喊着什么，但是由于声音太过嘈杂，我什么都没有听清楚。

由于谷底人的团团包围，沈天问被挡在了人墙之外，对眼前的景象束手无策。

"这么说来……难道说……"凌晓月受到了打击，瘫倒在地，"都是我的错，都是我的错，要是我没有说就好了。"

手中拿着长枪的谷底人将长枪投掷出去，这时秦娇还在努力往上爬，有的枪在半途就掉落了，有的砸中了她的身体、阻碍了她的行动。除了长枪之外，还有一些小的飞镖模样的投掷物品，这些东西速度快，边缘又尖锐，极具杀伤力。我们只能眼看着狂怒的谷底人一下又一下地朝着秦娇的身体扔出手中的武器。

最后，在秦娇试着伸手去够上面的石头时，一件投掷武器刺进了她的脚踝，她一个没站稳，从上面直接摔了下来，重重地砸在了地上。

她试着撑起身子，却被谷底人围住，其中几个拿着短短的圆锥形武器的谷底人二话不说地将武器刺进了她的胸、腹部，一下接着一下。在人群之中，秦娇向天空伸出了手，像是想抓住什么似的。可很快，她的手无力地掉了下去，被谷底人所组成的高墙淹没了。

"我要是早点儿注意到就好了。"凌晓月喃喃道，声音中满是自责，"谷底人遇到雨天会躲回建筑不是因为天黑，而是因为雨是从空中落下来的。那里是谷底人'不可接近的地方'，也就是禁忌。具体来说，是高处禁忌。"

一旦试着爬上峭壁，就是触犯了谷底人的高处禁忌？

此时，谷底人已经四散开来，留在原地的是秦娇满身鲜血的尸体，她的眼睛依旧紧盯着上空，就像在向上天质问自己的命运一般。

6

我们一起将顾云霄和秦娇的尸体搬到了雷猛和方永安的旁边，凶器则交给了沈天问保管，随后我们便无言地回到了帐篷里。刚一进去，沈天问就让凌晓月去陪着姚雪寒，显然是找了个理由把她支走了。

"我们确实大意了。对于原始人而言，他们认知中的世界只有六个方向，中心和外界、出生和死亡以及天与地。对于天空的崇拜和对于土地的崇拜理应是一样重要的。而且，谷底人所处的地理位置又有点特殊，他们生活在谷底，四周都是高耸的峭壁。对于他们而言，天空禁忌已经扩展到了他们头顶的位置。凌晓月称呼为高处禁忌真是再合适不过了。"

沈天问一边说，一边在小折叠桌上烧着热水，往水杯里倒了果汁粉，还问我要不要来一杯。我实在没有心情喝，就拒绝了。

"我看得出来，你挺喜欢她的。"

她话锋一转，漫不经心地提起了别的事。

"秦娇吗？"

"是啊。她确实是个挺好的人，在你还昏迷的时候她也帮了不少忙，你可要感谢她才行。"

秦娇说自己的心中有一个天使和一个恶魔。在我看来，天使与恶魔或许真的存在于她的心中，但天使的一面才是她最真实的一面。

"就算不能原谅，也可以带着伤痛的记忆走下去。如果秦娇不是执着于复仇，或许就……就不会死。"

"你这么想就有点结果论了。如果她放下了心中的仇恨，可能就不会出现在这里了，那顾云霄、戴安娜、姚雪寒这三个人都会死，你在坠落之前说不定就会被方永安枪杀了。"

沈天问将开水倒进水杯，然后将其递给了我。我摇摇头，可她执意推给我。水杯有些温热，在平均温度较低的谷底，能够摸到这样一个暖乎乎的东西，多少也会让身心跟着一起暖和起来吧。

"而且，我也能体会她的心情，毕竟我们是一样的。"

我这才意识到她真正想说的是什么。

"如果你在说那件事的话，我真的有好几次都想告诉你，只是一直没找到合适的时机。"

"在找一个奇迹般的恰到好处的机会可以自然地说出来？这样的奇迹难道会随时发生吗？"

她的反驳言之有理，我根本没办法回答。

没错，说白了我就是在逃避而已，什么时机没到都是谎话，我只是单纯害怕说出这个真相，害怕这个真相会打破我们之间微妙的关系，害怕我会失去这个妹妹。

尽管就结果而言，我已经失去了。

"小时候我就觉得奇怪了。为什么爸爸妈妈百般疼爱你；为什么你每次和我聊天的时候都像在迁就什么，从来没有开心地笑过，也从来没有叫我妹妹；为什么我们的年纪会这么接近，从生理的角度来说几乎是不可能的；为什么我没有幼年时的记忆。"

我一直都想告诉你的，真的。可是我做不到，我是个胆小又懦弱的姐姐，对不起。在方永安的车坠下山崖的时候，我心里想的全都是这些话，因为车祸而死或许就是我最终的归宿。

"沈一心，你的爸妈撞死了我的亲生父母，然后你们家收养了我吧，出于人道主义？"

终于，沈天问说出了这番话。我一时之间不知道该怎么应对，半天之后才凑出一句不完整的话来。

"从哪里……听来的？"

"爸妈那里……不对，他们也不是我的爸妈了。我早就怀疑我不是亲生的了。可惜他们的口风很紧，不管我怎么试探都试探不出来。要不是某一次他们偷偷说起这件事，被我发觉了跑去偷听，我可能还被蒙在鼓里。

"他们私下聊天的时候说了所有的真相。我不是他们亲生的，而是出于人道主义收养的。在我很小的时候我的亲生父母骑着摩托车带我上街，结果被你们撞倒了，他们当场死亡，我又没什么亲戚，成了一个名副其实的孤儿。因为是我的父母闯了红灯，你的爸妈经过人行道的时候也没有减速，所以双方都承担了责任。但是除此之外，我的去处成了最大的问题。你的爸妈很后悔，因此为了赎罪才收养了我。这就是故事的来龙去脉了。"

我什么话都说不出口。和以前一样，我又一次错过了最佳的时机。

"听到真相之后，横亘在我心中的所有疑惑都解开了。真是不可思议啊，为什么你的爸妈把重心都放在了你身上，因为你才是他们唯一的女儿；为什么你一直对我有顾虑，不肯叫我妹妹，因为我原本就不是你们家的成员。

"很可笑吧？我这几年到底在干什么？我以为爸妈只是偏爱大女儿而已，我以为姐姐你只是因爸妈的不均等照顾而对我心怀愧意而已。所以我都不介意,这些我都不介意,我不会因为自己被冷落了而生气,也不会千方百计地想要得到你们的关爱,我只是想继续在这个家里生活下去,我只是想……有个温暖的家而已。"

沈天问的泪水簌簌地往下掉,我想像以往一样抱着安慰她,可是如今我连这么做的权利都被剥夺了。

"现在一切都没了。我所妥协的不过是我的一厢情愿而已,这里根本就不是我的家。所以我才设下了陷阱,所以我才想着用自己的尸体报复你们,所以我才想着如果在你昏迷的时候杀了你就好了!"

在昏迷的时候,我在朦胧中见到了妹妹的脸。她哭着喊我姐姐,让我不要死。她在看着我可能是真的,而她说的话,只是我一厢情愿的妄想吧。我希望她能原谅我,所以意念才扭曲了现实。

"说话啊,沈一心,你知道真相吧?"

我默默地点头。想要开口,却又没有勇气。我一直在等着某个奇迹般的时刻降临,可以让我说出真相又不伤害到她。可事实上在我期待的奇迹降临之前,我就已经不知道多少次伤害她了。

"哼,这就够了。就这样吧。"

"可以……原谅我吗?我是说——"

刚一开口,我就知道现在不是说这句话的最佳时机。

"现在你相信我的话了吧。只要触碰到了高处禁忌,就会被谷底人围攻。"

她看起来像是在岔开我的话,可我明白不是这样,这番话就是对我的回答。

"可是能离开谷底的路只有一条,那条路就在谷底部落那边,却时刻被监视着。也就是说，来到谷底的我们，是不可能活着离开这里的。这是无论怎样的奇迹都不会改变的未来。"

"天——妹妹，我只是想——"

"现在已经晚了，我们不是姐妹关系了。所以沈一心，等到不可能发生的奇迹降临的那一天，我们再来商量谅解与否的问题吧。"

第四章

1

　　这一整晚我都没有睡踏实，一合上眼睛浮现在脑海中的就是谷底人祭祀的场面、秦娇被谷底人残杀时的场景，然后就是沈天问那句无情的宣告。

　　——来到谷底的我们，是不可能活着离开这里的。这是无论怎样的奇迹都不会改变的未来。

　　我在沈天问为我准备的被子里辗转反侧，却始终没能入眠。和我一个帐篷的沈天问就睡在旁边的睡袋里，我能听到她接连翻身的声音，不知道她是也和我一样烦心今天发生的各种事，还是单纯因为我的声音吵到她了。

　　在复杂的思绪之中，我干脆放弃了睡觉的念头，睁开眼睛望着帐篷顶上垂下来的摇摆不定的灯，开始胡思乱想。

　　凌晓月本来和我们睡在同一间帐篷里，为什么她到现在都没有回来。

　　我正想着她的时候，她回来了。可她的神情却非常慌张，直接跑进来推了推正在睡觉的沈天问的身子。她想来叫我，刚好见我醒着，便紧张地说道："快出来，外面出事了，我一个人没办法……"

凌晓月都快哭出来了。

"发生什么了？"

"神殿的顶上着火了。"

2

一出帐篷，抬头就能看到石头金字塔的顶端燃起了橘红色的火光。现在天上还在飘雨，虽然雨势不大，但依旧能感觉到零星的雨水落在脸上的感觉。这样的天气也能起火吗？

我极力仰起头来，可是从我们帐篷门口的这个位置很难看到上面发生了什么。凌晓月带着我们到了另一边，也就是姚雪寒帐篷的后面。这里距离金字塔的顶端比较近，我们也因此看到了那上面确实有什么东西在燃烧。

"我一出姚雪寒的帐篷就看到上面着火了，可是我想不到什么好办法上去灭火……"

"这要怎么灭火啊！我们根本够不到上面。"

她们俩都保持着仰头的姿势，比起满脸焦虑的凌晓月，沈天问看上去要冷静许多。她判断说火势不大，现在还下着雨，而且神殿是用石头做的，没有可燃物，火势应该很快就会停下来。

这时，凌晓月忽然回过头来看着她。

"等一下……既然是这种情况，那是不是说明上面有火源？"

没错。石头金字塔的顶端一定有什么可燃物才对，不然是不可能起火的。

不对，在此之前还有一个问题是……到底是怎么起火的？就算上面有火源，也很难想象什么样的自然条件能让它在雨天自燃。除非……是有人故意为之。

"啊！你们看，"沈天问忽然指向上方，"那是不是人头？"

人头？

还没等我眯起眼睛看清楚那究竟是不是人头，沈天问就飞快地采取了行动，她说要去姚雪寒的帐篷里看看，拜托凌晓月去她的占卜屋看看罗韬和戴安娜的情况。至于我，虽然也想过去帮忙，但我腿脚不便，跑不了太快，而且这里也需要有人注意火势发展，于是我留了下来。

我仔细地观察着火光中的物体。这时候，雨势又稍微变大了一点，加速了火焰的熄灭，我也能趁此机会看清楚上面的物体究竟是什么了。

也正因此，我看到了让我终生难忘的一幕。

石头金字塔的顶端趴着一具焦尸。

沈天问和凌晓月很快就回来了。两人在路上喊着各自的发现——另外三人都好好地在帐篷里，没有人失踪。

"这么说来，上面的是……谷底人？"

"这不可能吧，谷底人怎么可能自己爬上去？"

"在说这个之前，"凌晓月插入我们姐妹俩的对话中，不安地说道，"你们不觉得奇怪吗？神殿的底座比我们的个子还要高出许多，别说身材矮小的谷底人了，就算我们也很难抓住墙壁的上沿。"

没错，虽然神殿呈现出类似金字塔的结构，但是底座却很高，也就是说，不可能有人爬到那顶上去。

搞不懂的事情太多了，而且现在也不是思考这些的时候，必须尽快上去确认上面的焦尸究竟是谁。

"凌晓月，你背着我上去。"

沈天问二话不说把双手放在她的肩膀上，稍一用力凌晓月的身子就倒下去了,两人差点儿摔在地上。

"呜……等一下,我的力气没有那么大,而且我被踩着肩膀会很难受的……对不起,这么关键的时候我什么忙也帮不上。"

没办法,因为我的腿受伤了,可能也撑不了她的重量。最后只好让我站上了沈天问的肩膀,这时候高墙的顶端刚好在我的视野前。我看到上面布满了各种说不清楚是什么的类似苔藓的植物,还有小虫在上面爬。我忍住心中的恐惧,伸手抓住了上面的石头,撑起了自己的身体。

"小心一点。"见我在上面踉跄的样子,沈天问下意识地喊道。

我心头一暖,没想到她心底还是很关心我的。带着这份感动,我小心翼翼地往上爬,很快就见到了顶端的那样东西——一具烧焦的尸体。

刚才凌晓月拜托我拍几张照片,于是我掏出手机随手照了两张,随后将焦尸往没人的地方推了下去,又对着原来的地方照了两张。完成任务后,我注意到有几根麦秆插在了石头的缝隙里,拔也拔不出来。为什么在这种地方会有麦秆?

在下面两人的帮助下,我顺利地回到了地面上。我将手机交给她们,同时说出了我观察到的奇怪现象。接着我们三人一起查看上面的照片。

"这是什么?"

沈天问指着尸体身上和周围的一些黑色的东西,与此同时,凌晓月跑到尸体边上,找到了照片上的那些黑色物体,拿在手中捻了捻之后,告诉我们是烧焦的枝叶。

再看照片,凌晓月又指出了一个奇怪的地方。

"尸体已经烧得只剩骨头了,按理说火势应该非常大才对,但是神殿上面的烧焦痕迹却不是很明显。"

"而且我不觉得这种天气下可以烧得那么旺。"沈天问点头赞同。

随后我跟着她们俩到了尸体的旁边，因为尸体已经面目全非了，根本认不出是谁的。至少我们营地里的所有人都在，可以肯定不是我们之中某人的尸体。光是知道这点就已经让我安心了。

"是谷底人吗？"我问道。

"不是，谷底人的身高没有我们那么高，而且整个身体的形态也和我们有些微妙的不同，这具尸体怎么看都是我们现代人的尸体。此外，还有个决定性的证据。"

沈天问指着尸体的双脚。

"所有谷底人的脚上都串了一段动物骨头，可是这具尸体的脚掌却是完好的，这就证明死者不是谷底人，而是我们之中的某人。"

"可是我们所有人……"不需要她们来纠正，我自己就注意到了话中的漏洞，"你们的意思是……这是金荻的尸体？"

凌晓月没有回话，只是无言地看着那具焦尸。

这时，沈天问提出了自己的看法："为什么事件都是在神殿附近发生的？雷猛死在了神殿旁边的地上，金荻死在了神殿的顶上，只有谷底人会对神殿抱有这种程度的执着。莫非真的是谷底人干的？"

这个问题我们都无法给出答案。

片刻之后，凌晓月从尸体边上站起身来，向着神殿的另一边快步走过去。

她一定想到了什么吧，我们没有多问，先跟了上去。凌晓月经过神殿，朝着我们的两辆车子坠毁的地方而去。

事到如今，车子的残骸里难道还有什么线索吗？

可凌晓月并没有进入车子里，而是在周围寻找着什么。很快，她瞄了眼残骸后面的地方，随后兴奋地挥手叫我们过去。

"怎么了？"

"你们快来看，这里是不是有烧焦的痕迹。"

我凑过去一看，残骸后面的峭壁上确实黑漆漆的，应该就是烧焦的痕迹。可是这样的痕迹也有可能是我们的车子爆炸导致的。

听了我的问题，凌晓月指了指地上的草丛。

"你们看，这里有一片没有烧焦的草地对吧，也就是说草地内侧的烧焦痕迹是我们的车子导致的，外侧就不是了。"

沈天问明白她的意思了，锤了下自己的手心。

"是不是这个意思，这里才是金荻真正遇害的地点？"

凶手在我们坠落之后，将金荻囚禁在了车子残骸背后的峭壁旁，巧妙地用残骸挡住了我们的视线，而且他很清楚我们绝对不会再去残骸那里了。凶手在那里用什么东西——或许是残骸里的大型零件，例如车门之类的——挡住了上方的雨水，并烧死了金荻。

在杀害金荻之后，凶手出于某个目的，将金荻的尸体搬到了神殿的顶端，并在尸体上堆放杂草和枝叶，再次点火，伪装成金荻是在神殿的顶端被烧死的。

沈天问的解释合情合理，几乎解决了所有问题，我和凌晓月都很赞同。然而这里面却有几个让我很在意的地方——凶手为什么要在今天这个下雨天杀死金荻？凶手为什么一定要让金荻的尸体出现在金字塔的顶端？

"等一下，你们没注意到吗？"沈天问制止了我的提问，转而抛出了新的问题，"这是一起不可能犯罪啊。"

118

"如果你是说我们都爬不上去的话……"

"不是这个，"沈天问直接否定了我的话，随后去问凌晓月，"我想确认一下，尸体一定是金荻吗？我的意思是……会不会是被人调换身份什么的？"

"应该不会。如果是替换了身份的话，不管是金荻替换了某个额外的人物，还是某个额外的人物替换了金荻，既然凶手原来的身份并不会带来不便，那么替换身份也就没有必要了。"

"这样的话，那我就继续说下去了。"

接下来，沈天问从另一个角度提出了另一个不可解的问题。

谷底人拥有高处禁忌，他们是不可能爬上神殿的；戴安娜仍处于昏迷状态，罗韬、姚雪寒、沈一心的腿都受伤了，也不可能爬上神殿；凌晓月在客观上没有足够的力气攀爬；而唯一有能力的沈天问，因为昨晚始终和沈一心在一起，所以拥有不在场证明。

"我可以证明她一直跟我在一起，因为我一宿都没睡。"我连忙补充道。

因此，在整个谷底，都不可能有人把金荻的尸体放到那么高的位置。

不可能有人完成的不可能的罪行……

这时候，我们已经走到了河边。之前我们三个都投身于案件调查中，根本就没有注意到谷底人已经在河的对岸聚集起来了。这很正常，因为谷底部落中有人专门负责监视对岸的情况，他们一定也注意到了神殿上方有不明的火焰，注意到了那具烧焦的尸体。

此刻，谷底人正像向上天乞求的信徒一样将双手朝着前上方伸出，其中有几个谷底人还在说着什么。

"Wuluthiu hehaeto, thiethiu hehaede。"

"Non wotithiyau shoe wawe thiade。"

"Laluyu thiade。"

我还没有听明白他们的话是什么意思，那些兀自发声的谷底人就闭上了嘴。随后，这些谷底人以高亢的声音齐声喊道："Wotidufuyu shoede！"

接着，就是悲怆的哭泣声。当然其中带有一些表演的成分，应该也是一种仪式。

简短的仪式结束后，手持火把的谷底人四散离去，其中有些人瞪着我们，眼神中满是怒气。毫无疑问，谷底人对我们的敌意增加了，情况一下子变得更加糟糕了。

他们所侍奉的神殿居然成了不可能犯罪的舞台，新的尸体居然出现在了神殿之上，这或许就是谷底人对我们怒目相向的原因吧。

3

天渐渐亮了起来，新的一天又开始了。

我们在谷底的第三天。

荒野旅社的两辆车上一共载了十个人，如今五人已经成了冷冰冰的尸体，剩下的五人中，也只有我和凌晓月还能正常地自如行动。我们的前景不容乐观。

现在沈天问正一边打着呵欠一边烧早饭，我也觉得自己睡眠不足，走起路来有些头重脚轻的。凌晓月也是满脸倦容，而且她的疲倦不全是来源于生理上，总觉得她的精神也比前两天更加萎靡不振了。

在这段时间里,我去看了罗韬的情况,并将我们目前遇到的事告诉了他。在一个晚上接连失去三位同伴,这本是让人倍感意外的事,可罗韬却不为所动。对他来说,眼前的戴安娜才是他的整个世界。他一动不动地跪在那里,眼睛里布满了血丝。看来他真的一次也没有合过眼,就这么看着自己的爱人过了一天又一天。

"睡一会儿吧,或者站起来吃点东西吧。还有腿上的餐巾纸,要不要换一下?"

如今唯一有医学知识的秦娇已经不在了,我们也只知道要换一下餐巾纸,却不知道中间有没有什么讲究,要是我们没弄好的话就糟糕了。

不过现在也不需要担心这个了,因为罗韬根本就听不进我们的话。

离开占卜屋后,我正好碰上凌晓月走到河边上,她的手中还拿着一张从本子上撕下来的纸,上面写着各种看不懂的单词。我过去和她打了个招呼,她却像如梦初醒一样,看来精神确实不太好。

"这是?"

"我把祭祀时候的唱词抄录下来了。因为是根据发音凭着直觉记下来的,可能不太规范。如果你能帮我打开录像的视频检查一下的话就更好了。"

"等等,你没打开录像……你是全部记下来了吗?"

凌晓月不解地看着我,仿佛这是一件稀松平常的事。

我连忙打开录像确认了一遍,居然真的一点也没错。我知道她是个很聪明的人,但没想到她居然拥有这么强大的记忆力。之前也是这样,在我们初次和谷底人交涉的时候,凌晓月可以记住她所听到的每一句话，这真的太不可思议了。

我对眼前的这个紫发占卜师更加好奇了。她究竟是何方神圣？纸上完整地记录下了祭祀的唱词。

第一阶段

Huyu——thieu laluya——thiaya——
Huyu——thieu lalua thiaya——
Woiwowayu——hue wotihuwa——
Wowayu——shoawei——Weyu——nanmie——
Shua——shua——doukuyu——

第二阶段

Wowau weye nanmieto, Woiwotithiyau shoade。Shuathiau woinaquede。

Wotiyhiyau wea dufuto。

Wotithiyau wea dofude。

Wotithiyau shoathiato。

Waweu weyethiade。

第三阶段

Kagaya——woiwotithiyayu——loxieya——thiawawe——
Thiayu——fuchiya——Doukuyu——shie——thia——
Thiayu——funin——Dofuyu——shua——thia——
Non woiwotithiyau wea thiade。

Haang woiwotithiyayu——choa thiawawe——

Woiwotidufuyu——shea thia——

Woiwotiulayu——shea thia——

Non woiwotithiyau wea thiade。

Wi woiwotithiyayu——zhea thiadouku——

Wotithiyayu——shoashia——

Wotithiyayu——shoeshae——

Non woiwotithiyau wea thiade。

第四阶段

Woiwotithiyayu——shoe thie——

Woiwotithiyayu——shoa thia——

Woiwotithiyayu——laxea fuchi——Sheayu——douku——

Woiwotithiyayu——laxea funin——Shuayu——funin——

Hei——woiwotithiyayu——shoe——wotidufu——

Laluyu——woithie——wuluthi——

Wuluyu——woithie——shoa——thea——

Wuluyu——thia——shoa——thea——

　　这段如乱码一般的字母真的能解读吗？我瞄了凌晓月一眼，发现她饶有兴致地盯着纸上的字母看。

　　"能得出什么结论吗？"我问道。

　　"现在还没有，不过还是有突破口的，就在那些'wo'开头的词语上。从唱词中可以看出来有很多'wotithiya'作为主语的句子。如果能分析出来这些唱词是什么意思的话，或许就能明白这个词究竟是什么意思了。"

"这个词不就是指我们吗？"

"在我们看来或许是这样，可是在谷底人看来就不一定了，也许是某种更形而上的东西，也可能是具体的什么东西。"

凌晓月有些累了，她坐在了河边，双手抱着膝盖，额头抵在了两臂上。

河对岸的谷底人依旧按照他们的习惯生活着，只是整个谷底部落都弥漫着一股紧张的气息。我注意到过来河边打水的人里，有的非常害怕，只是草草地将动物皮做成的皮袋在河里浸了一下就拿出来了；有的则非常警惕，偷偷看了我们一眼后马上移开目光，然后又偷偷地盯着我们看；其中还有更加危险的，就是一些对我们抱有明显敌意的人，光是看表情就能看出他们心中的怒意。

看来昨晚接二连三发生的死亡事件直接影响到了谷底人对我们的印象。这样下去，好不容易建立起来的食物供给关系可能要功亏一篑了。

"营地这边就拜托你们两个了，我想去谷底部落再调查一下。"

"欸？这种时候？"我有些担心地看着河对岸躲在石头建筑后面聚在一起的谷底人，其中一个正挑衅似的瞪着我们。"你也看到了吧，他们现在对我们的印象可不好。"

"嗯，我知道，可是我无论如何也想调查一下祭祀中的唱词是什么意思，这是我现在唯一能做的事了。"

"和破解这两起命案有关？"

凌晓月沉默着，看来这是单纯出于她的好奇心。

"我的意思不是现在满足好奇心不合适,而是真的很危险。"

也不知道是不是我的语气太过强硬了,凌晓月毫无征兆地哭了起来。之前都是一副要哭的样子,现在是真的哭出来了,让我不知道该怎么安慰她。

"都是我的错……如果我没指正秦娇的错误就好了,现在她还能好好地和我们一起生活吧,都是我的错……金荻的事也是,在这么关键的时候,我居然什么忙也帮不上。我真的是个很没用很弱小的人,几乎一无是处。"

不是这样的,凌晓月明明那么聪明,这两天帮我们解决了很多谜团。可是话到了嘴边,我却怎么也说不出口。因为我明白,在自己心中的某个角落,一定也在责怪凌晓月吧。

要是昨晚她没多嘴就好了,这样秦娇就不会死了。

"别往心里去了,谁也不知道谷底人会有这种禁忌。如果我们知道的话,肯定会马上拦住她的。要说错的话,也绝对不是凌晓月你一个人的错。"

她没有接我的话,而是沉浸在自己的情绪中。

"不管再怎么软弱,我也想帮上一点忙。现在营地里一定没有人愿意去接触谷底人,所以这是无能的我唯一可以做的事了。我真的很害怕,我的护身符已经没有用了,我可能真的会死在谷底部落,我真的很害怕很害怕。可这是懦弱的我也必须要鼓起的勇气。"

凌晓月想去谷底部落调查祭祀的唱词,并不单纯是为了满足自己的好奇心,而是了解他们的信仰与文化,为友好的交流做准备。

在最糟糕的情况下前往谷底部落,凌晓月能拿出这么大的勇气,已经称不上懦弱了。我在心里说道。

"不管怎么样,我还是陪你去吧。营地交给沈天问就可以了。"

"欸?可是万一营地里出了事……"

"不会的,谷底人好像不会过桥到这一边来,所以留在营地反而更安全一些。"

也不知道我说错了什么,凌晓月突然之间没声音了。

我想去摇她的肩膀,结果手一碰上去,她就浑身哆嗦了一下,下意识地往后挪了一些。我这才想起凌晓月不喜欢身体接触,正当我想道歉的时候,她有些兴奋地反过来问我:"我们来这儿的几天里,谷底人是不是一次都没有走过那座桥?"

仔细一想确实很奇怪,为什么谷底人不过桥?难道有什么特别的理由,让他们坚决不到桥的这一边来吗?又或者,这是某种奇怪的"禁忌"?

不过凌晓月像是在思考别的问题,喃喃地说着:"要是这样的话就奇怪了……"

我想问她想到了什么,但她看着不像是想解释的样子,而是终于有了精神,站起身,将写有祭祀唱词的纸塞进裙子口袋里。她的双眼直视着河对岸的谷底部落,眼中终于有了希望。

"为什么谷底人绝对不过桥,答案一定在祭祀的唱词中。我一定会找出这个答案的。"

4

我们沿着昨天的路走到了中央广场。和昨天不一样的是,今天凡是遇到我们的谷底人都立马躲开了,其中有些甚至叫着孩子们躲进了石头建筑里。

中央广场上坐着三个孩子，两男一女，一位年长的谷底人用树枝在地上画着什么，他的手中还拿着不同的工具。其中一个小男孩喊了句什么，年长者便回头叫了一声，于是一位在田地那边干活的谷底人过来了。两人见到我们，立马把三个孩子全都带走了。

"Laxanu xiathide。"昨天那个和蔼的老人过来了。他是整个谷底部落唯一一个见到我们不躲开，甚至还主动迎上来的人。

"Non laxan, non xiathi。（'laxian'和'xiathi'是什么意思）"

老人指着一个刚好跑过的小男孩说"xiathi"，我认出来这个小男孩就是昨天在河边和我们打招呼的那个。他兴奋地跑了过来，老人见状连忙高喊道："Hu shoe。"

之前凌晓月推理出了"hu shoeu an"是"不要跑过去"的意思，这么推测的话，老人现在说的应该是"快点跑开"的意思吧。

那个小男孩识趣地离开了，只是离开前还不忘对我们调皮地眨了眨眼睛。

"Xiathiu shuayato, thiu laxande。Hahethi on fuchithi on luxithi on thiede。"老人继续解释道，尽管他说了那么一长串，我却什么都没有听明白。

凌晓月若有所思了一阵，随后问道："shoeu shoau shuau……non……（'shoeu'、'shoau'、'shuau'……这些词是什么意思？）呃……"

虽然她不能很好地说出来，可她脸上苦恼和困惑的神情已经很好地表达了她的意思，老人笑了起来，像在说顺口溜一样说道："Shoa shoe choa choe xioa xioe shia shae xiia xiae shea shie zhea zhie xiea xiie shua shue xiua xiue。"

"Non non non……（等等……这些都是什么……）"

不行了，凌晓月已经有些词不达意了。就连她都败下阵来了，我也知道自己肯定搞不明白这些都是什么意思的。

老人的玩笑结束了，语气也恢复了正常。

"Xiathi shua shekiyishe xiuthito, nanmiau zheade。"

这时，远处过来一个年轻的谷底人，对老人说："Welaluyu yude。"

"ya。"

简短的交流之后，老人离开了我们，朝靠近桥那边的地方走去。远离谷底部落的那块峭壁附近是放置尸体的地方，因为就在我们走过桥之后的右前方，而且没有什么遮挡，所以我们很容易就能知道那块地方的功能。

"过去看看吧，"凌晓月提议道，"或许是葬礼。"

说是过去看看，但看谷底人对我们的态度，我们也不好靠得太近。

最后我还是拉住凌晓月不让她跟过去，我们就这么躲在石头建筑的后面，看着谷底人三两成群地往峭壁那边聚拢。

他们中有两三个人绑着一个由枝叶和麦秆编成的人偶，放在了整个墓地靠近部落的一侧。也正是这个特殊的位置让我注意到，墓地整体占地呈三角形。

"那些有尸骨的地方，就是谷底人的墓地吧。"凌晓月眯起了眼睛，全神贯注地盯着墓地的方向看，"看起来有点像三角形，应该只是巧合吧。最靠近我们的地方和右前方都像是人的骨头，但是左前方……看到那个肋骨了吗？应该是四足兽的骨头。如果是鹿的骨头……我们昨天傍晚吃饭时，谷底人都是将吃剩的骨头直接丢在了地上，不会特意收集起来，也就是说这不是谷底人的食物残渣。应该是豹子或是老虎之类的动物的遗骨吧？"

凌晓月自言自语说了好多，都是我不知该怎么回答的话，最后只好硬着头皮回了句："为什么他们不吃这些动物呢？"

"我想是分界线的缘故吧。"

这时候，葬礼正式开始了，凌晓月也就闭口不谈了。她想问我要手机录像，可惜我的手机马上就要没电了，现在只有我和姚雪寒的手机还能使用，以防万一最好还是保持电量比较好。凌晓月只好遗憾地接受了这个残酷的现实。

谷底人在尸体旁边痛哭，但这应该只是仪式的一环。尽管如此，他们也没有低下头去看尸体，而是保持笔直的站姿，仰起头来看着天空。在其他谷底人哭丧着的时候，一个较年长的谷底人站了出来，高唱着什么。因为距离太远，周围的声音太吵，我们并不能听清楚内容。

在一段简短的歌唱之后，年长的谷底人喊道："Wi wotihuwa。"

其他谷底人仰望天空，同时将手臂向天上高高举起，齐声高喊同一句话。

接着，年长的谷底人喊："Wi wotidufu。"

其他谷底人像是鞠躬一样弯下身子，将手臂伸到了接近地面的地方，但没有去触碰地面，同时齐声高喊同一句话。

"Wi wotiula。"

谷底人面朝河流的方向，平举双手。

"Wi wotiheya annan wotiwei。"

随后又恢复仰望天空的姿势。

最后——

"Wi wotiyeya, shoeu thia xiuthi annan wuluthide。"

说罢，旁边的谷底人用手中的火把点燃了假人，熊熊的烈火在原地升起。谷底人向着火焰举起手来快速摇晃一阵后，仪式才结束。

"刚才你说的分界线是什么意思？"

"谷底人生活的区域非常狭窄，这或许是观念所导致的。其中一个显著的特点是，他们对大地心怀畏惧。"

凌晓月的解释让我摸不着头脑。大地是人类的母亲，按理说大地给人类提供了生产生活的材料，而且不像水火一样，一旦失控就会酿成灾难，为什么谷底人会惧怕大地？

"原因可能在于收成吧。食物都是由大地提供的，那么粮食长得不好的时候，自然也能联想到是大地所为。而且从昨晚的高处禁忌可以看出，谷底人拥有极强的'内'与'外'的概念。"

在这里解释有些不太方便，于是凌晓月带着我往桥的边上走去。可是走近了我才发觉凌晓月没有要回去的念头，而是走到了墓地的边上。这时候谷底人已经四散离开了，墓地附近只有我和凌晓月两个人。

"最近几天我们也注意到了谷底人的一些习惯，例如天黑或者下雨天都会躲进建筑里，取水或耕地的时候高喊掌管河流和田地的神明的名字，还有在脚心处用动物骨头刺穿的行为也是为了在形式上'避开'和地面的接触。这些都是畏惧乃至逃避的表现。能不接触就不接触，如果需要接触就靠喊出神明的名字来表示尊敬。"

靠近了墓地之后，就能更加清楚地看到地上的尸骨了。所有的尸骨上都留有烧焦的痕迹，我因此联想到了昨晚见到的那具烧焦的尸体，亲自见证之后，我才明白伪装是不可能的。谷底人的尸骨和我们现代人的尸骨完全是两个样子，根本就没有伪装的可能。

除此之外，正如刚才凌晓月所说，三角形区域靠近部落的一侧是刚才他们焚烧尸体的地方，而另外一侧的尸骨并非集中在两个点，而是混杂在一起。其中既有大型动物的骨头，也有谷底人的骨头。

"这又是怎么回事？这里也没有其他谷底部落，这些和动物放在一起的人是谁？看骨头的形态，也是谷底人才对吧。"

"没错，这也是我刚才说的，谷底人是极其胆小的文明，将世界分为内与外。从墓地上就能看出来，靠内的是谷底部落自己的尸骨，是靠焚烧来处理尸体的；但是靠外的则是谷底部落之外的生物的尸骨，只是放在那里自然腐败而已。他们区分内与外并不仅仅是依靠地理位置。我猜想，所有不服从集体命令的人都会被视为'外'。"

"嗯？这是怎么回事？"

"不知道你有没有听说过，原始人类的生活具有一种类似共产主义的状态，也就是所有人都为部落劳动，然后共同享用劳动所得。可以说，原始人类都是彻底的集体主义者，谷底部落当然也是如此。我们刚才也看到了，每个谷底人都有各自的分工，一旦有需要，其他人也会主动填补劳动力的空缺。这就是集体主义的体现。"

我终于跟上了凌晓月的思路，只是还不明白，为什么集体主义会和刚才的话题产生联系。

"不听从集体命令的人就会被驱逐？"

"不是这样的，因为根本没有命令，所有的劳动都是自发的。但是有一种人会被驱逐，那就是触犯了禁忌的人。"

话题终于到了我所熟悉的领域。昨天我们提到过"禁忌"这个词，知道这是"不可接近"的含义。当时在说这个话题时，秦娇还好好地活在这个世界上，和我们一起为生存而行动。没想到仅仅过了一天，她就离我们而去了。

"所有触犯了禁忌的人都会被驱逐，成为'外人'？"

"没错，但不止如此。你想，如果生活中每天都有人告诉你不要去碰乌龟，你还会去碰吗？"

我不知道为什么凌晓月会以乌龟为例，而且这个例子该怎么说呢……还挺可爱的。

"应该……不会吧。"

"没错，所以谷底部落中明确触犯禁忌的人应该不多。但是会有另一种情况，也就是不知道是谁触犯了禁忌的情况。"

我终于明白了她的意思。

就好像河流泛滥的时候，在谷底人看来这是河流之神发怒了，在报复谷底人。但是他们平时都好好地对待河流之神，都很尊敬，那么河流之神为什么会愤怒？于是谷底人就会从自身寻找原因，最后要么是某人主动承认，要么是某人被揭发，总之结果就是为了部落的稳定，这个人将会受到惩罚。

而之前凌晓月说，谷底文明是很怯懦的，他们并不只是惩罚这些"触犯"禁忌的人，而是将他们视为"外人"加以杀害，将他们的尸骨同外面的动物放在一起。

虽然残忍，但这就是原始人类的生存之道吧。

"如果用人来形容的话，谷底文明就像是个胆小又内向的人吧。"我开了个小小的玩笑，"就像凌晓月一样。"

"欸……呜……对不起。"

一旦离开了感兴趣的话题，凌晓月立马又怯生生的，变得很

"谷底文明"了。

结束了考察,我们回到营地。凌晓月说她要去搜集一下谷底语的名词,一个人急匆匆地跑开了。正好也差不多到了沈天问烧好饭的时候,我要去帮一下忙分餐给两位伤员,也就顾及不到凌晓月这边了。

一想到昨天晚上我和沈天问之间的对话,我便不免有些害怕起来。可害怕解决不了任何事,这一次我无论如何,也要把我的真实想法原原本本地告诉她。

5

时机正好,沈天问从神殿的后面出来,手里端着碗,正要到姚雪寒的帐篷去。她见到我来了,也没有打个招呼,只是冷淡地说了句:"罗韬那边我已经去过了。"

既然她都这么说了,也就是不需要我来帮忙的意思了。尽管如此,我还是跟在她的身后,寻找时机说出我的想法,可就在这个当口,却被一件意外的事打断了。

"那是谁?"

一个小孩正在姚雪寒的帐篷后面不知所措地站着,他的手中抱着一个鹿皮袋子,里面装满了水。

他看到是我们来了,欣喜地高举起手中的皮袋。我认出来他就是在河对岸跟我们打招呼的那个小男孩,最近好像经常见到他。

"你们不在的时候,我一个人辛辛苦苦地在河边来回跑,大概是他看到之后就想来帮忙吧。难得他这么好心,可我是不会用的,你来应付吧。"

沈天问绝对是生气了。是因为我跟凌晓月两个人在谷底部落而把她一个人丢在了营地？只可能是这个原因吧。

不管怎么样，虽然我不太懂谷底人表达感谢的方式，但是笑容始终是最好的回答。面对我的笑容，男孩也开心地笑了，看来不需要对话，交流也已经建立了。

我们进了姚雪寒的帐篷，里面的沈天问立马露出了嫌恶之情。我只好说自己也没有办法，这个男孩像是无论怎样也要进来看看的样子。和沈天问不一样，姚雪寒本人看上去对小男孩没有丝毫反应。

沈天问坐在姚雪寒身边给她递早饭，我则是帮忙准备洗脸用的水。小男孩递给我的皮袋真的是帮了大忙。当然，沈天问对我的做法很不满，认为哪怕是这么小的孩子也不能相信。不过只要不是喝下去，应该就没事吧，她兴许是想到了这里，才什么都没有说的。

早饭只是把罐头里的午餐肉稍微加热了一下而已，尽管如此，依旧不够我们这么多人来分。之前计划着和谷底人搞好关系后靠他们来提供食物，现在这个想法也因为两次变故而落空了。

昨晚发生了顾云霄被杀的事，不巧的是姚雪寒也在现场。本来是想带她出来放松一下的，结果却适得其反。沈天问带她回去的时候，她的精神状况看着就很糟糕。

我有些担心地注意着姚雪寒的神情，沈天问也和我一样，眼睛时刻不离她的方向。

"Hu！"

身后突然传来一声莫名的喊叫。

回头看去，那个小男孩在帐篷里面蹦蹦跳跳的，一会儿跳到这里一会儿蹦到那里，一刻也安定不下来。在吸引了我们的注意后，他朝我们冲了过来，扑进了距离最近的沈天问的怀里。沈天问把他推开后,他又到我这里来了。我一时不知该拿他怎么办,想到之前凌晓月说的"an"是"不要"的意思,就连忙"An an an(不要靠近我)"地说着,也不知道他能不能理解我的意思。

"Hu shoeu an(请你不要过来)。"

这时,多亏了沈天问帮忙解围。听她这么说,我才想起之前我们分析过这些词语的意思。遗憾的是我就算记得,也很难直接组织成语句。这也是我和沈天问以及凌晓月之间的差距所在吧。

"谢谢。"

就算我道了谢,沈天问依旧是没有一点反应。看来她是真的不打算原谅我了。

小男孩被我们呵斥之后,有些沮丧地到了帐篷门口。他没有离开,而是坐在地上玩弄手中的皮袋。

"我那个弟弟也是这样。"身后的姚雪寒冷不防地说了一句。

我和沈天问不约而同地朝她看去,她已经放下了手中的小碗,一双眼睛正直直地盯着小男孩的方向。

之前秦娇也跟我们说了,姚雪寒的家里有个五岁的弟弟,而且她们家重男轻女,就算这个弟弟对姚雪寒做了很过分的事,他们也不闻不问。

"你们看出来了吗?他很喜欢你们,所以缠着你们,拼命在你们面前用夸张的动作炫耀自己。我很明白,我的弟弟也是这样,整天缠在我的身边,就算我不理他,他也一直在烦我。不信的话你们看。"

我们俩在姚雪寒的示意下看向小男孩。

此刻,他正像是在玩杂耍一般将皮袋往空中抛。见到我们都在注视着他,兴致更加高涨了,往上抛得越来越高,速度也越来越快。直到某个临界点之后,皮袋在空中翻了过来,里面的水都洒在了他的身上。那样子真让人忍俊不禁。

我平时就很容易被逗笑，眼前这个滑稽的场景更是让我忍不住发自内心的笑意，哧哧地笑了起来。男孩见我笑了，高兴地伸直手臂鼓起掌来，然后在帐篷里学着猴子或是别的四足兽的样子爬来爬去，这下更是让我笑得合不拢嘴了。

"别笑了。"沈天问叱责一般地拍了下我的大腿，"还是快点把他赶出去。这里是我们的营地，谷底人绝对不能进来。"

就算沈天问没有下逐客令，小男孩此时也已经玩得尽兴，起身离开了。他离开前还做了一个特别的手势，不过我们也不是谷底人，不可能明白那是什么意思。

终于送走了这个小客人后，姚雪寒也已经吃完了早饭，将碗放在一边了。此刻她正双手撑在身后，像是刚刚起床一样眨着慵懒的眼睛，瞧着帐篷上小小的塑料窗户。

这时，她说了句让我们都很意外的话："我不想再过这样的生活了。"

"嗯？"

"昨天看到顾云霄坚持去看祭祀，我有些被感动了。人生或许是需要勇气和决心的。一直以来我都过着随波逐流的生活，不管在家中怎么受尽凌辱，在学校里怎么被人伤害，我都只是默默地承受。现在也是如此，失去了双腿之后，我也只能接受这个现实，坐在这里等着死亡到来的那天而已。生不如死说的就是这种感觉吧。不过现在我终于决定，不再随波逐流，只是被动地接受一切了。我要改变自己的命运。"

这是我们相遇以来，姚雪寒第一次用如此坚毅的语气说话："我的人生应该由我自己来掌控。"

6

离开了姚雪寒的帐篷后,我本以为我们是要回到自己的帐篷,可没想到沈天问一声不吭地拉着我的手,一直把我带到了放置尸体的地方。如今这里已经放了五具尸体,其中方永安的尸体姿势有点奇怪,应该是秦娇来寻找凶器的时候搞乱了。旁边并排放置着雷猛、顾云霄、秦娇和金荻的尸体。

如今我再一次强烈地意识到,我们的同伴只剩下一半人了,这是个非常惨烈的事实。

沈天问带着我到了雷猛的尸体边上,这才松开我的手。她直接用双手去扒开雷猛的伤口,仔细地往里面窥探。

"怎么了?你和凌晓月好像……为什么都不喜欢直接把话说完?"

"等你有了类似的灵感就知道了,这种事情一口气说不完,必须要静下心来理一下。听我说,毫无疑问,凶手不在我们中间,而是谷底人。"

虽然之前她也说过类似的话,我们也都同意了有这个可能性,可随后凌晓月又否定了谷底人是凶手的可能。不过这段推理沈天问没有听到,她还对谷底人抱有怀疑也是难免的。

"你说是谷底人杀了我们,可就像我之前说的,如果他们要杀我们的话,完全可以赶尽杀绝啊。"

"放下你那种现代人的思考方法吧,用更加客观的眼光去思考这个问题。我问你,'wotithiya'是什么意思?"

这个词是谷底人用来指代"我们"的词。之前凌晓月说到这个词的时候也很谨慎地说,它的含义还有待挖掘,可能并不是单纯指代"我们",还含有其他神明之类更抽象的概念。

因此，就算问我这个词是什么意思，我也答不上来吧。

"我问你，你觉不觉得缺失了什么？你们在河对岸举行的葬礼仪式我这里也看到了，最后明摆着是在祈求神明保佑吧。里面有天空、有大地，或许还有掌管生死的神明。那么是不是还有个很常见的神明，却始终没有被提及？"

见我不得要领的样子，沈天问放弃了等待，直接回答了自己的问题。

"那就是动物。"

"动物？"

"没错，动物崇拜是原始信仰最基本的形式之一，其中既有对人类有益的动物，也有对人类有害的动物，但是大体是一样的——希望这些动物对部落有益，并祈求他们不要伤害部落。但是我们到目前为止，还没有在谷底获得有关动物的任何信息吧？"

"你的意思是？"

"我想说，这个信仰或许已经出现了，只是我们不知道而已。想到这里，我大概猜到了'wotithiya'的意思——是指'动物'。在谷底人的眼中，我们是动物。"

我们同样是人类，却被谷底人视为了和野生动物无异的生命形式？这也太难以想象了。

可若站在谷底人的立场上来思考，沈天问的猜想确实有一定道理。因为我们和他们的长相明显不一样，如果他们自认为是人类的话，对他们而言，我们确实是动物的一种。

如果'wotithiya'是动物的话，那么唱词里的那么多'wotithiya'为主语的词，实际上都是动物的意思？谷底部落曾经因动物而发生过什么吗？

不对不对，在这之前还有更关键的问题需要解决。

"你的意思是，雷猛和金荻都是被谷底人当作动物杀害的？"

"准确来说是狩猎。"

"可是这些尸体明明都在……啊——"

一股恶心的感觉从胃底涌到了喉咙口。也不知道是不是幸运，我今天都没吃过什么东西，就算想吐也吐不出东西来，只有胃酸在烧灼着我的喉咙，刺激着我的神经。

"就是这么残酷的事实。雷猛被杀之后之所以还留了全尸，只是因为他是第一个被杀害的，谷底人在尝试狩猎的难易程度罢了。再加上当时我们都在附近，他们随时有被围攻的可能，于是他们丢下了尸体，马上离开了。"

"可是谷底人平时不会过桥……"

"谷底人平时也不会进入丛林。你忘记了吗？只有在需要狩猎的时候，谷底人才会拿起武器进入丛林。"

这确实是一个我从没想到过的理由，而且确实合情合理。

如果没有狩猎的必要，他们根本不会到桥的这一边来。

"至于金荻的尸体，看到篝火的时候我们就该明白了。昨晚不是祭祀吗？祭祀有牺牲是很正常的事，原始人通常都是用动物来充当供奉给神明的祭品。这么一想就合理了，在祭祀活动的最后，我们就是用篝火烤肉吃的——"

"别说了！"

我有些强硬地阻止了她的话，再这么说下去，我的胃恐怕会受不了的。如果做完祭祀后我们大口吃的烤肉就是金荻尸体的话，那么……

最终我还是受不了了，跪倒在地吐出了一些刺激性的液体。液体中飘来了一股腐臭的味道，更增强了我的吐意。

"可是不对……"我双腿都没有力气了，只能这样跪在地上，"凌晓月不是说雷猛的伤口有金属粉末吗？那是人为的吧？既然我们和祭祀中用的牺牲是同一类，那为什么我们还会受到招待、过去参加仪式？"

"我们为什么会参加，包括为什么金荻的尸体最后会在神殿上面，谷底人又是怎么在不违背禁忌的情况下做到的，其中或许有什么深层的信仰因素，这点我也不是很清楚，可以去问问凌晓月。至于金属粉末的问题，恐怕那不是金属，而是矿石中的颗粒，像是二氧化硅之类的。这些结晶在光照下也会一闪一闪的，恐怕我们是将这错认成金属了。"

确实，按照沈天问的想法，几乎所有的问题都得到了解决。

难道这就是真相吗？我们马上就要一个一个葬送在谷底人的口中了吗？

第五章

1

就在这时候,凌晓月艰难地拖着一只鹿的尸体和一袋果子回来了。见到我不舒服的样子,她惊慌失措地丢下手中的食物,小跑着过来关切地看着我,问我是不是吃坏了肚子。

"不是的,刚才沈天问说谷底人……"

最后我们还是回到了帐篷内,坐下来好好谈论这个话题。我将沈天问的推理大致复述了一遍,不清楚的地方也由她本人进行补充。凌晓月听完之后立刻就否定了这个推理。

"这么说有点对不起沈天问,对不起!"她先是为自己即将说的话道歉,"如果这段推理是正确的话,那么最早来到这里的沈天问就危险了,因为当时沈天问身边没有其他同伴。而且既然他们能为了狩猎雷猛而过桥来到这边,也可以为了狩猎沈天问而来。真的很对不起,感觉说了你的坏话。"

沈天问表示自己没往心里去,况且她说得也有道理。

至于金属粉末是矿物成分的想法,也被凌晓月否定了,因为两者还是有很大区别的。而且谷底人的武器制作不算精良,就算留下粉末,也只会是灰尘或者石头颗粒,不会有大量的矿物成分残留。

"金荻的尸体呢?就是被烧焦的那具尸体?如果雷猛事件的结论没有改变的话,那么金荻呢?他真的是被谷底人……"

我不安地说道,希望凌晓月能否定这段可怕的妄想。

"也不是。这也是我现在想要告诉大家的。我询问了谷底人常用的几种名词,只要看了这个你们就知道为什么'wotithiya'不是动物了。"

```
大型猫科动物 hifae
熊类 thishua
鹿 eikun
鸟 wowa
……
```

第一张便笺纸上面列着许多动物和植物的名字。

动物的分类我们也能明白,因为不同类型的动物外观特征都很明显,不存在很大的认知上的差异。

只是在其中看到了鸟,让我觉得有些不可思议。回顾来到谷底的这几天,我们好像一只鸟都没有看到,就连鸟叫声都听不到。问了凌晓月,她回答说谷底的鸟类都集中在丛林里,丛林之外几乎没有。

接下去的植物则要复杂很多,上面写满了问号。最后能搞清楚的只有食用植物、非食用植物和药用植物这三类。每个大类的构词法都很类似,例如药草类都是以"da"开头。

"这就是理由了。在我们昨晚参加祭祀之后,他们给我们递来的肉叫作'thishuanari'和'eikunnari',显然是指熊肉和鹿肉。既然这些动物来源的肉都有明确的名字,也就不可能是金荻

谷底地形草图

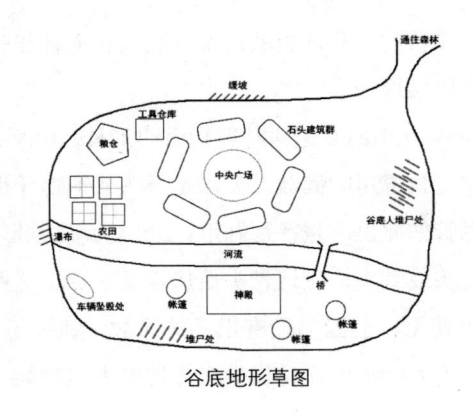

的尸体了。"

接着她拿出了另一张便笺纸，上面画着谷底的地形以及谷底部落各建筑的大致分布。

"我觉得这个也很重要，是关于谷底人所使用的工具的。"

凌晓月从口袋中掏出了第三张便笺纸，上面同样记录着一些谷底语及相对应的可能释义。

火把 nanmia
农活用的剪刀类似物 naufu
狩猎用的长枪类似物 nayaye
狩猎用的匕首类似物 nahaya
采集用的飞镖类似物 nachacha
警戒用的弹弓类似物 naluxi
……

"我和一心已经在田地里见过 naufu 的使用了，就是在播种者蹲着或者站着的时候可以用来割除接近地面的杂草。此外，还有用来插秧和收获的工具，也就是说谷底人在播种和收获时都不需要直接用手接触地面。

"nayaye 和 nahaya 是两种狩猎用的工具。nayaye 看起来像长枪，不过是投掷用的武器，尖端是石头或动物牙齿做的，磨得很锋利，尽管如此也不是特别好用；nahaya 是锥形的，很短，材质同样是石头或骨头，应该骨头更加常见一点。这种短的武器可以在近战中使用，但因为没有把手的缘故，抓握不是很方便，所以往往是在用 nayaye 使目标失去抵抗能力的时候，作为辅助工具使用。

"nachacha 是将石头磨出几个突起的尖做成的，因此看起来有点像飞镖。谷底人一般用它来摘取树上的果子，就是我们昨晚吃的那一种。瞄准挂着果子的树枝投出飞镖，果子就会掉下来。由于锋利度不够，只能通过反复的撞击、震荡使果子掉下来。此外，在有动物入侵部落的时候，谷底人也会用这个来攻击敌人。

"naluxi 是将木头中间凿空，用一种有弹性的枝条当作橡皮筋，将小石头作为子弹的武器，在中空的木头内拉动枝条便可以将小石头弹射出去。这种武器最为稀少，是只有负责警戒的几个谷底人才拥有的。

"所有这些工具都是特定人群所拥有的工具。早上我和一心在中央广场见到的，就是几个年幼的谷底人在长到一定岁数后，选择自己工作方向的场景。之后根据部落的需要，分工还可以动态调整。这不是法律法规所决定的，而是自然形成的。"

连着说了很长一串话之后，凌晓月稍作休息，同时拿起一颗果子用手擦了擦外皮后，小小地咬了一口，用果肉的汁水润了润喉咙。

"我之所以会知道这些，也是因为我跟着谷底人去狩猎和采集果子，亲身经历了他们的生产生活过程。这些工具证实了我的一个猜想——谷底文明还处在相当蒙昧的阶段。"

　　谷底人是比原始人还要原始一些的人类。他们刚刚从猿类进化而来，会使用一定的语言，也会使用一定的工具，有了最初的信仰，但依旧不熟悉这个世界，小心又谨慎地探索着外面的世界。

　　听着凌晓月的解释，我逐渐明白了刚才她为什么会说谷底文明怯懦。他们才刚刚诞生没多久，相比大自然而言，他们还很弱小。

　　紧接着凌晓月翻出了最后一张便笺纸，上面记录着谷底部落对不同建筑的叫法。

农田　dufu
农作物仓库　douku
器具仓库　tuku
休息场所？　funin
休息场所？　dofu
神殿　weihu
哨所　luxia

"这些是建筑的名字吗？"

"是的，通过这些词，我们就可以来破解唱词了。"

　　事到如今，破解唱词又有什么意义？既不能帮我们在谷底生活下去，也不能帮我们了解一系列死亡事件的真相。

　　然而凌晓月的下一句话却出乎了我的预料。

　　"只要破解了唱词，大部分的谜团就都能解释了。事件到此为止，再也不会发生悲剧了。"

2

"你说什么?"

几乎是同时,沈天问和我都快站起来了。兴许是感受到了来自我俩的压力,凌晓月尴尬得脸都快红透了,连忙挥挥手解释说:"不是这样的不是这样的,对不起对不起,是我说得太过火了。"

"刚才你说谜题已经解开了?"

"不管是雷猛之死还是金荻之死?"

"按照你的说法,果然和谷底人有关?"

"凶手是谁?"

在我们的连连逼问之下,凌晓月逐渐招架不住了。她最后猛地站了起来,向我们连着鞠了好几次躬,好像成了只会说"对不起"的机器人。

"对不起对不起,我不应该这么说的。我也只是有了一些猜想而已——还只是猜想,没有经过证实也没有证据可以确认。而且我也不是很聪明,如果提前说出想法的话会被带偏,反而会错过正确的道路,所以请你们不要让我提前说出猜想了,反正只是猜想而已。对不起,不应该说这种好像自己已经知道全部真相的话了,我不是侦探,也不可能推理出真相,是我太自大了,对不起!"

凌晓月连珠炮似的说了一长串话,最后以一句干脆利落的道歉配上深深的鞠躬做结,让我和沈天问都不知道该怎么应对比较好。

"那你现在可以告诉我们什么?"

"我只能解释一部分的唱词。"

凌晓月弱弱地说道，重新坐了下来，将之前写下的唱词拿出来给我们看。这个动作也多少缓和了她的紧张情绪。

第三阶段

Kagaya——woiwotithiyayu——loxieya——thiawawe——
Thiayu——fuchiya——Doukuyu——shie——thia——
Thiayu——funin——Dofuyu——shua——thia——
Non woiwotithiyau wea thiade。

Haang woiwotithiyayu——choa thiawawe——
Woiwotidufuyu——shea thia——
Woiwotiulayu——shea thia——
Non woiwotithiyau wea thiade。

Wi woiwotithiyayu——zhea thiadouku——
Wotithiyayu——shoashia——
Wotithiyayu——shoeshae——
Non woiwotithiyau wea thiade。

"之前我们发现了'to'和'de'具有类似于逗号和句号的作用，然后在第三阶段的这几个句子里，只要是拖了长音的地方都没有这两个词，相应地在唱词里经过了一点变化。然后像是第一句的'kagaya'，从格式上来看这个词和'wi'对应，我们实际听过的类似的词语就是'kaga'，这样考虑的话，'ya'应该也和'to'或'de'一样，只不过是长音里才会出现的结构助词。同样的还有'woiwotithiyayu'，正常的句子里应该是

'woiwotithiyau', 如果将这些都去掉的话——"

第三阶段

Kaga woiwotithiya loxieya thiawawe

Thia fuchi Douku shie thia

Thia funin Dofu shua thia

Non woiwotithiyau wea thiade。

Haang woiwotithiya choa thiawawe

Woiwotidufu shea thia

Woiwotiula shea thia

Non woiwotithiyau wea thiade。

Wi woiwotithiya zhea thiadouku

Wotithiya shoa shia

Wotithiya shoe shae

Non woiwotithiyau wea thiade。

"其中'douku'和'dofu'是仓库和休息场所的意思。'thia'这个词在平时的对话里经常出现。从语境来看，使用这个词基本都和自己相关，我觉得可以猜测它的意思是'我们的'。这样一来，'non woiwotithiyau wea thiade'这句话的意思就可以解读出来了：'为什么桥的另一侧的你们要怎样对待我们'，于是'wea'大概是不好的意思，例如破坏、折磨、使我们陷入痛苦，等等。"

Kaga woiwotithiya loxieya thiawawe
(请求 wotithiya ？？ 我们的 XX)
Thia fuchi Douku shie thia
(我们 ？？ 粮食仓库 ？？ 我们)
Thia funin Dofu shua thia
(我们 住所？ 住所？ ？？ 我们)
Non woiwotithiyau wea thiade。
(为什么你们要使我们痛苦)

这时，沈天问也说出了她的想法。

"中间两句有两个'我们'，看起来有点奇怪。会不会第二个'我们'是第二句话的宾语，因为在原句中'douku'和'dofu'的后面都有'yu'，如果'yu'是'u'的变形的话，那么'u'这个音一直出现在句子中，而且是较为前面的某个词语上，我想这或许是主语的标志。既然第二句话缺了谓语，那么'shie'和'shua'也就是'粮食仓库怎样我们'和'住所怎样我们'。我觉得这里可以扩展一下意思，翻译成'粮食养育我们''土地养育我们'会更好一点。这样一来'shie'和'shua'说不定是表示'养育'含义的词的不同表达方式。"

沈天问拿出了笔，在纸上圈圈画画。我凑了上去，低声念出了她写的东西。

"我们种下的田养活我们，我们建立的居住地逐渐繁荣？"

"这样一来，'fuchi'和'funin'就是'播种'和'建造'的意思了吧？"

凌晓月认同了沈天问的想法，补充了一句："'funin'在这里应该是名词或动词均可的用法。"

Haang woiwotithiya choa thiawawe

（？？ wotithiya 进攻 我们的？？）

Woiwotidufu shea thia

（尊敬的土地之神 ？？ 我们）

Woiwotiula shea thia

（尊敬的河流之神 ？？ 我们）

Non woiwotithiyau wea thiade。

（为什么你们要使我们痛苦）

凌晓月重新取回了讨论的主导权。

"然后下一段，我们可以读出中间两句也是对应的。'wotidufu'是土地之神的意思，这在我和一心一起参观田地的时候可以看出来，下一个'wotiula'在葬礼上也提到了，当时谷底人面对着河流的方向，因此应该是指河流之神。这么看下来'shea'应该是'保护'我们的意思。这段话应该是在威胁'wotithiya'，这里有两个神明在保护我们，警告它不要伤害谷底人。这里也可以推测一下，'wawe'会不会是领地的意思呢？"

Wi woiwotithiya zhea thiadouku

（尊敬的 wotithiya ？？ 我们的粮食仓库）

Wotithiya shoa shia

（神明 来 ？？）

Wotithiya shoe shae

（神明 ？？ ？？）

Non woiwotithiyau wea thiade。

（为什么你们要使我们痛苦）

"最后这段话因为可解读的词语内容太少了，现在还不清楚是什么意思。但是和'sh'这个音有关的词语如今已经出现了很多，如果能弄清楚这些词的意思就好了。"

说到这里，我又想起来那个老人开玩笑一般说出的一大堆读音接近的词，这些让我们苦恼的词好像也都在其中。

"那么凌晓月，你发现什么了？"

"嗯……让我们回到第二段吧。"

第二阶段

Wowau weye nanmieto, Woiwotithiyau shoade。Shuathiau woinaquede。

（？？。wotithiya 来了。？？）

Wotiyhiyau wea dufuto。

（wotithiya 破坏？？）

Wotithiyau wea dofude。

（wotithiya 破坏住所）

Wotithiyau shoathiato。

（wotithiya 向我们过来了）

Waweu weyethiade。

（领地 ？？）

"这是……什么意思？"我忍不住问道。在凌晓月一点一点的解释下，唱词中句子的意思一点点变得清楚起来，我对之前在

151

谷底部落的遭遇更加好奇了。

"'wotidufu'一词和'douku'或'dofu'很相似,这说明了二者之间的关系。这些表示神明的词语都是由某个现有的词语衍生而来,由'粮食'与'住所'扩展出了'土地'的概念。'wotithiya'也是如此,在我们所有接触过的词语里,与之最相像的词是——'thia'。"

沈天问下意识地说了句"怎么会",我也是这么想的。因为按照凌晓月的说法,"wotithiya"根本就不是别人,而是谷底人自己。

"刚才我们也见到葬礼的场景了,在葬礼上唯独没有提及'wotithiya',为什么呢?我做了一个猜想,莫非'wotithiya'虽然是神明,但却不需要敬拜。在胆小的谷底文明看来,哪怕是土地也不敢轻易踩踏,生怕触怒土地之神。那么唯独什么神明不需要敬拜呢?"

也就是谷底人自己。

既然"wotithiya"是谷底人自己的话,那自然不需要敬拜了。

"沈一心,还记得我们在中央广场见到老人时他的介绍吗?"

当时几个谷底的小孩正在一个大人的带领下做着什么,按照凌晓月的推测,他们应该是在决定今后从事的任务。这时候我们问老人他们在做什么,老人的回答是——

——Xiathiu shuayato, thiu laxande. Hahethi on fuchithi on luxithi on thiede。

——Xiathi shua shekiyishe xiuthito, nanmiau zheade。

就在我回忆的时候,凌晓月却云淡风轻地将老人的话完整地复述了一遍,听得我完全呆住了。

这种如乱码一般的话,她到底是怎么记得那么清楚的?!

"具体的含义我们还不得而知，但是其中有'nanmia'这个词，也就是'火把'的意思。后面的'zhea'与'shea'读音接近，刚才推测'shea'是保护的意思，那么'zhea'也有可能是相近的意思，但现在还不好说。可以肯定的是，在解释年幼者的成长时，提到了'火把'这样的词实在有些怪异。而相对应地，在第二段的唱词里还有一个类似的词——'nanmie'。"

——Wowau weye nanmieto, Woiwotithiyau shoade。

"也就是说，'wotithiya'和火有关？"

"没错。按照我的猜想，谷底人原本住在我们的营地这一侧，然后因为一场大火，谷底人被逼到了河对岸。而造成这一切的元凶，就是'wotithiya'。"

沈天问紧接着问了个关键性的问题：

"既然如此，那为什么我们也是'wotithiya'？按照你的说法，'wotithiya'不应该是谷底内部崇拜的神明吗？"

"确实如此，因为'wotithiya'是谷底文明内部的带给谷底人巨大生产力突破的祖先，也就是说这是一种祖先崇拜，而并非所有祖先都是'wotithiya'，是某一些特定的祖先才是。联系我们刚才说的与火有关的传说，葬礼上谷底人都是用火焚烧尸体，以及为什么在车子残骸中生还的我们被称为'wotithiya'，我能得到的答案就是——"

Wotihiya 最初是谷底人中利用火的祖先，如今已经被泛化，变成了造火之神。

3

我们还想再听下去，可意外不期而至。帐篷的门帘被掀开了一角,罗韬正倒在那下面。他那布满血丝的眼睛睁得大大的,手上满是鲜血。因为腿不方便,他是在地上一路爬过来的。

一瞬间,我还以为是谷底人朝这边发起总攻了。

"小妹们,求你们快去看戴安娜!别来扶我了,快去看戴安娜,她从刚才开始就抽搐,而且抽得很厉害!求你们快去救救她,求你们了!"

没时间再去管谷底人的事了,沈天问扶起罗韬,我和凌晓月连忙朝占卜屋的帐篷奔去。

我们刚一进去,就听到了戴安娜轻微的呻吟声。一摸额头,发现她正在发高烧,浑身都冒出了汗,脸色苍白,嘴唇也干燥得裂开了。

不管是谁都能看出来,现在戴安娜的情况很糟糕。秦娇已经不在了,我们中间又没有人有医学知识,但尽管如此,我们也不能放着戴安娜不管。

"怎么办?先换纱布吗?"

缠在戴安娜右腿的餐巾纸上血迹明明不多,为什么还是发生了这种事。

"怎么办怎么办……对了,要不要去找谷底人?"

从凌晓月的口中听到了意想不到的答案。

我们本来只想在谷底人那里找食物和药草的,从没想过要让他们来看病,也不知道谷底人到底能不能过桥来。如果不行的话,我们还要把戴安娜搬过去,先不说人手够不够,这中间会不会对戴安娜造成二次伤害也是个不容忽视的问题。

现在这种情况下,不管是什么方法都只能先试试看了。尽管脑子里冒出来不少问题,我还是赶紧答应了,正好这时沈天问带着罗韬进来了,我想跟她说一句我们先出去找谷底人了,可她却无视了我的话，让罗韬在旁边等一下后，跟着凌晓月出去了。

是因为我们要去找谷底人，让本来就对谷底人抱有怀疑的沈天问不开心了吗？但是我和凌晓月还什么都没说，她应该不会因为这个而生气吧？莫非是有别的原因？

不过现在也不是想这件事的时候，还是把戴安娜放在第一位吧。于是我留在占卜屋里照看戴安娜，一边摸她的额头，一边喊她的名字，试着唤醒她的意识。

罗韬当然不可能乖乖地坐在原地。他想起身，却因为伤腿而摔在了地上。他爬到了戴安娜身边，双手紧紧地握住她的手腕，上面的各种挂饰发出刷啦啦的声响。

"戴安娜，你再坚持一会儿，一会儿就好了。求你了再坚持一下。我们说好了今年就要结婚的，还记得吗？我已经把戒指都买好了，婚礼的会场我也都安排好了，就等你醒来了，就差我们回去了。我们还说了要白头偕老的，这些你都忘了吗？戴安娜，戴安娜——"

罗韬越说越激动，说到最后都哽咽了，甚至连哭声都发不出来，只能发出些干干的声音。他的头低垂下去，就像是磕头赔罪一样。

"对不起，对不起，戴安娜，我还没给你幸福，我还没让你过上幸福的生活，我真是个人渣，如果我能一直陪着你就好了。能再给我一次机会吗？求求你了，戴安娜，这一次我一定只看你一个人，一定每天陪在你的身边，一定好好地对待你。求你了，再给我一次机会吧，求你了，睁开眼睛吧。求你了，戴安娜——"

凌晓月和沈天问一起回来了，沈天问简短地交代了一句：

"把她搬到桥对面去吧。快点。"

"谷底人那边没问题吗？"我问道，可沈天问却像没听见一样。

"应该没问题吧。"

凌晓月的声音听起来没什么自信，可我知道她向来如此。罗韬像是抓住了最后一根救命稻草，连擦干泪水的心思都没有，连忙伸手帮忙抬起戴安娜的身体。他的腿上明明还有伤，每走一步都显得痛苦不已。

出了帐篷后，我看到桥的对面站着四个人，而且都是熟面孔。疤痕男、田地里播种的女孩、驼背老人，还有一位在祭祀上塞给我烤肉的中年男人。那个自来熟的小男孩也跑过来了。

我们将戴安娜抬到河对岸。几位谷底人早已铺好了一堆干草，我们一到就立马将戴安娜平稳地放在了上面。

这时候，戴安娜的抽搐已经缓和下来。比起症状缓解，我觉得这更像是症状恶化的表现。握着她的手，我能感觉到她的体温正在下降。

疤痕男一看症状似乎就心知肚明一般，回头喊："Shaete。"

女孩的脸上闪过一丝悲伤的神情，但还是丢下一句"dapou shoade"就离开了。小男孩也不再活泼地跑来跑去，而是认真地看着现场的状况，最后跟着女孩一起离开了。

驼背老人凑近戴安娜的伤口瞧了一下，然后又用双手轻轻摸了一下，对那个严肃的中年男人下了命令："Shoeu fuchithito, dapou an。"

"Non nada。"

"Dapilu。"

男人听令后立马往外跑去，结果刚好碰上了女孩。此刻，沈天问正双手抱胸站在我们边上，目不转睛地盯着身旁的谷底人。

现在我和凌晓月什么也做不了，只能陪在戴安娜身边，给她鼓励和希望。

这时候，疤痕男问了老人一个问题："Non juyu weade。"

"Non waweu yude。"

"Yau annan ye。"

"Lekuyu wotithiyade。"

老人来到凌晓月的面前，露出很不好意思的神情："Non juyu weato, waweu yude。"

我不明白他的意思，只好看着凌晓月。她现在的表情也很难看，用颤抖的声音轻声问道："Non juyu（'juyu'是什么意思）。"

老人拍了拍自己的腿，这下子我也明白了。

他在问我们要截肢吗。如果把腿去掉可以保住性命的话……

"罗韬，他们想——"

不需要我们来解释，罗韬已经理解了现在的处境。他的眼泪已经哭干了，过分冷静的语气反而让我心里难受。

"砍吧。如果能救她的命，不管做什么都没关系。只是在砍了她的腿后，把我的也砍了吧。"

他的语气很坚决，不容任何人反对。

老人显然感觉出他已经同意了，便对疤痕男说了句"Ya"。疤痕男转身去拿东西。与此同时，女孩和中年男人也回来了。

就在这时，戴安娜经过一次较剧烈的抽动后，仿佛丧失了所有力气一般，身体倏地瘫软下来，不再动弹了。

不管是我们还是谷底人，此刻都停下动作，仿佛连呼吸都忘记了一般，沉默地看着一动不动的戴安娜。

罗韬仿佛一下子失去了全身的力气，就这么直直地跪倒下来，眼睛紧盯着戴安娜的脸庞，泪水在他的眼眶中来回打转。

他搓着戴安娜的手,晃着她的手臂,叫喊女友名字的声音也越来越响。

"戴安娜!不要睡过去,戴安娜!戴安娜快醒来,求求你了,现在不是恶作剧的时候,我们……我们还有……"

罗韬慌慌张张地从口袋里掏出戒指,那是之前秦娇在车子的残骸里翻找出的他的求婚戒指。好不容易拿出戒指后,他颤抖着将其放到戴安娜的面前,像是在问她戒指好不好看一样。尽管她已经不可能再看见,也不可能再回答了。

他发出嘶哑的哽咽声,抬起戴安娜的手,将戒指送到了她的无名指上。戒指戴上去的那一刻,罗韬再也忍不住了,趴倒在戴安娜的尸体上号啕大哭起来。他撕心裂肺地喊着女友的名字,仿佛这样就能留住她的生命一般。

我不想看到这么悲痛的场面,便将视线从这对恋人身上移开。老人在尸体前站定,高举起手来,后面的谷底人也都一起举着手,齐声说道:"Wotidufuyu shoede!"

随后,他们便默默离开了。直到这时候,小男孩才姗姗来迟,满是血痕的手上拿着许多根上还带着泥土的新鲜药草。看到面前的景象后,小男孩手中的药草掉了下来,双手却像是没有意识到一样依旧保持捧着的动作。

疤痕男和女孩将小男孩带走了,神情严肃的中年男人和老人也先后离开。沈天问将双手搭在了悲痛欲绝的罗韬的肩膀上,尽管没有出声,我也知道她在默默地哭泣。

"别哭了,罗韬。还有凌晓月你也是。"沈天问的哭腔反而让人更想哭了,"接受戴安娜已经离开的事实,然后带着这份悲伤,勇敢地活下去吧。"

她的鼓励起了作用。罗韬从戴安娜的身上逐渐起身,然后用自己的健腿支撑着身体站了起来。这时候那几个谷底人已经快回到部落了，旁边还站着一排谷底人围观这里的情况。

罗韬向他们走近几步，用最响的声音喊道："谢谢你们！"

谷底人真的能听懂"谢谢"的意思吗？我相信他们能。就算语言不相同，心意总是能相通的。

于是我和凌晓月也跟着喊道："谢谢你们！"

4

等罗韬终于安静下来后，我们几个一起帮忙，将戴安娜的尸体搬到了神殿侧后方我们存放尸体的地方。一路上，罗韬依旧在喊着女友的名字，虽然声音像是在哭，可是眼中已经一滴泪都流不出了。

安置好戴安娜的尸体后，我们四个都安静地站在旁边，默默地注视着如今已离开我们的同伴。

方永安、雷猛、顾云霄、秦娇、金荻、戴安娜。

我依次叫出他们的名字，想象着他们生前的样子。里面有我比较熟悉的人，也有不熟悉的、只见过一两次面的人；里面有我喜欢的人，也有我讨厌的人。如今，不管我对他们怀有怎样的想法，事实就是他们已经离开了这个世界，只留给我们这些幸存者悲伤的回忆。

沈天问说我们是不可能离开谷底的，因为唯一可以离开的路被堵死了，离开谷底的机会就如奇迹一般虚无缥缈。可是我仍然怀有希望，期待着奇迹终有一天会降临。到了那时候，我们姐妹俩、凌晓月、姚雪寒、罗韬，我们五个人能够活着离开这里。

可是奇迹真的会发生吗？我在心中问自己。

罗韬没有回帐篷，而是坐到了河边，伸直自己的伤腿。上面的餐巾纸已经满是血迹了，可他本人却一点都不在意。在戴安娜去世之后，罗韬好像整个人都放空了。

这么多天以来，我们还是第一次好好和罗韬说上话。

在这趟行程开始之前，我还以为他是个轻薄的男人，总是对女生说些轻佻的话，还一直在女友面前故意撒娇，这些都让我对他的印象不太好。

可是到了谷底，面对昏迷了很久的戴安娜，罗韬这才表现出他真实的品格。在轻佻的外表之下，没想到他还挺专一的。

"我是为了和戴安娜在一起才从家里出来的。"

罗韬说道，语气中满是怀念。

"你们也都看到戴安娜了，从她的外貌穿着也可以看出来，她是个很叛逆的人。她在与自己对抗，与家人对抗，与时代对抗。就是这样的她深深地吸引着我。"

正如我们能想到的，罗韬的家人并不看好戴安娜。在他们眼里，戴安娜就是个不正经的女人，老一辈们都希望自己的孩子能够成家立业，有个安稳的生活，可戴安娜的理念却与他们完全相悖。

女方与男方家长的第一次见面，以戴安娜一声不吭地离席告终。这样无礼的态度也惹恼了罗韬的父母，他们叱责自己的孩子不长眼睛，找了个这么没有教养的女朋友回家，还坚决不答应他们的婚事。

"后来，戴安娜跟我说，这样周旋下去问题是得不到解决的。她说她要走了，如果我想再跟着她的话就跟上去。我也知道这样不好，我的家人都很关心我，他们真的很爱我。可是我真的很喜欢戴安娜，为了她我什么都愿意做。所以我离家出走了，从那之后就再也没回去过了。"

我回想起和罗韬刚见面，发现是老乡的时候，他问过我这样一句话。

——也不知道奶奶她怎么样了，我到现在都觉得很对不起她啊。

当时他是怀着怎样的心情问出这句话的呢？

"但是没有经济来源也不行，为了和戴安娜一起生活，我做了很多昧良心的事。我知道方永安是个拐卖妇女的人渣，还是假装什么都不知情，邀请看起来不错的女孩子加入荒野旅社，她们最后是平安回家还是被方永安拐走我就不知道了。我也是笨啊，以为不知道她们的结局就能撇清自己的责任了。"

他说的话我怎么完全听不懂？

荒野旅社难道不是一个旅游爱好者组织吗？为什么变成了一个拐卖妇女的地方？

随后罗韬才跟我解释，荒野旅社从一开始就是为了拐卖妇女而成立的，所谓爱好者免费旅游只是幌子罢了。基本上报名的人来者不拒，无论男女，对于男的和不在方永安选择范围内的女的，他都会平安地送回去，只有目标人物才会被方永安拐走，从此下落不明。之所以会让目标范围外的人也参加，同样也是为了遮掩方永安的罪行。

光靠报名荒野旅社的当然不够，而借着这个地方交通不便，为想要穿过山路到另一个镇子的落单人士提供搭便车的服务才是重点。这也是罗韬的工作，物色合适的落单女孩，问她有没有搭便车的需求。据他所说自己已经看久了，轻易就能分辨出人群中哪些人是急着想到另一个镇子去的。

拐卖妇女获得的利益是巨大的，完全可以抵消维持荒野旅社运营的资金,甚至还能获得不小的利润。这也是罗韬一直以来的经济支撑。当然,戴安娜对此毫不知情,她想来荒野旅社看看,但每次都被罗韬以各种理由拒绝了,只是这次实在拗不过,这才答应了戴安娜。

当时我把沈天问的照片给罗韬看,他说好像有点印象,实际上只是骗人的,为的就是把我骗上车而已。凌晓月想必也是类似的情况。如果不是因为这起意外事故,或许我们已经被卖到不知名的地方去了。

"你生气了吧?这也很正常,我完全能理解。这就是上天对我的惩罚啊。我害了那么多女孩,这就是我对她们见死不救的惩罚。可是惩罚归惩罚,让我一个人受罪就好了,为什么要把戴安娜牵扯进来?她什么错都没有啊。"

要说生气的话,我现在确实很愤怒。很难想象在我之前有多少女孩上了他们的当,如今这些女孩又身处何方。可是现在又不是生气的时候,而且罗韬对戴安娜的真心又是千真万确的。对于最爱的人刚刚离世的罗韬,我实在是生不起气来。

"不好意思说了这么多,你们回去吧,我一个人在这里待着。我也真是,一点忙都帮不上,到头来还是要拜托你们几个小妹妹。"

"没关系的,现在也不是商量平等分工的时候。"

沈天问说完,带着我和凌晓月往旁边走去。我回头看了一眼,发觉罗韬正满脸忧郁地望着高耸的峭壁,和打在峭壁上的落日的余晖。

5

不管怎样,过去的都已经过去了,我们现在还有更多的事情要做。凌晓月带回来了一整头鹿，可我们没有刀具，不知道该怎么处理这么大的食物。沈天问提了个建议，说用她收起来的匕首来分割。不过想到那把匕首上沾了顾云霄的血，总觉得用它来切鹿肉会让人失去食欲。

不过现在也不是抱怨的时候了，只要用河水冲一下，应该就没有问题了。然而沈天问去裤子口袋里搜的时候，却发现匕首不见了。

"奇怪，早上还在的。"

"是掉了吗？"

她没有回答我的问题。我本以为是这个问题不需要回答，可凌晓月问的"会不会刚才掉在桥对面了"，她却直接给了回答。

"有可能。我的裤子口袋有点大，匕首放进去有点空。可能是掉在什么地方了。"

从刚才开始她就有点不对劲了，不管我说什么话她都无视。此前她说了要和我断绝姐妹关系，但偶尔说几句话还是没关系的，可现在无论我说什么她都不回话。我以为她是因为戴安娜的死而受到了打击。但是凌晓月来和她说话，她还是会正常地回答，应该不是这个原因。

我的心中有个结论逐渐成形——莫非她发现了那件事的真相？

如果真是这样的话，我必须要好好解释一下才行了。

我真的是这么想的，可结果还是因为不清楚她内心的想法究竟是什么，觉得现在还不到时机，打消了心中的念头。

最后我们还是决定求助于谷底人。她们俩把好不容易拖回来的鹿又拖了回去。我在河边挑了个合适的角度，让自己能看到河对岸的中央广场。罗韬依旧坐在原地，看我像是在寻找什么，把我叫了过去。

果然，在罗韬的位置上，刚好可以在石头建筑的缝隙之间看到中央广场的情形。

谷底人正围着篝火享用今天的收获，凌晓月和沈天问也在那里。疤痕男和中年男人热情地帮她们分解鹿的尸体，还顺便帮她们放在火上烤了。看到这幕景象，我不禁怀疑起沈天问的谷底人行凶论，他们真的如沈天问之前推测的那般对我们抱有那么大的敌意吗？

仔细想来，我感受到谷底人的敌意也只有那么几次。最初是因为他们不熟悉我们而警惕，后来则是因为秦娇触犯了禁忌，他们才对我们感到愤恨。但无论哪种，谷底人对我们好像从未抱有根本性的敌意。

果然，谷底人就算不是我们的朋友，也不会是我们的敌人吧。

一向不想靠近谷底部落的沈天问这次居然主动请缨，看她东张西望的样子，应该是在寻找自己的匕首吧。不过她从没去过那么靠里的地方，匕首也不可能掉在那边吧。她是还在怀疑谷底人，认为他们偷走了匕首吗？

如今我已经不会再相信这样的推理了。

凌晓月和沈天问带着少量的烤鹿肉回来，把剩下我们吃不掉的都还给了谷底人。回来的路上沈天问也还在寻找着匕首，但显然没有找到。

接下来，我们将烤鹿肉分给了罗韬一份。他谢过之后，依旧坐在原地，凝神遥望着天上的晚霞。

剩下的我们可以之后再吃，因此我们将自己的那份放在了帐篷里，留出一份去给姚雪寒。在这个过程中，我试探性地想和沈天问搭话，结果依然是无论我说什么，她都不理我。现在我终于可以完全认定她是故意的了。

在前往姚雪寒帐篷的路上,我像是终于找到了机会一般,凑近沈天问的身边问道:

"我可以问你一个问题吗?我知道你在听,你是不是发现了——"

"你要说什么?"

"我想说的是……"

你知道了那件事的真相,是吗?

就算我已经做好了说出来的准备,没想到还是错过了机会。

从姚雪寒的帐篷那边传来什么东西翻倒的声音,我的话也只好戛然而止。

我的第一反应是姚雪寒的精神会不会又变糟了,这是她把晚饭打翻在地,或者扔在凌晓月身上的声音。以凌晓月的性格或许不能稳定姚雪寒的情绪,我和沈天问连忙赶去救场。

然而令我意外的是,凌晓月并没有进到帐篷里,而是坐在了门口,东西是在帐篷外打翻的。

沈天问比我更快地明白发生了什么。她用力掀开帘子,里面呈现的是一幅残忍的凶杀场景。

我刚好抬起头,看到了房间中难以置信的一幕。我满脑子想着的都是"不可能"三个字,还有姚雪寒最后跟我说的话。

——我的人生应该由我自己来掌控。

那是看到了坚持乐观面对现实的顾云霄之后,姚雪寒所拿出的坚强的勇气。可是说出这番话的她,如今却成了一具冷冰冰的尸体。

姚雪寒趴在帐篷中央,血迹从她陈尸的位置一直延续到了帐篷角落的睡袋处,一把银色的匕首深深地插在了她的后背上。

"啊,那不是——"

没想到沈天问一直在寻找的匕首，竟成了杀害姚雪寒的凶器。

受到更大打击的是凌晓月。她呆呆地看着尸体，脸上写满了难以置信和自责的表情。

"为什么会发生这种事？这绝对不可能发生。为什么会……"

不管我们怎么逃避都无法改变这个事实。凌晓月原本认为事件已经结束了，然而摆在我们眼前的事实却是——有人杀害了姚雪寒。

第六章

1

听闻了这边的动静之后,罗韬也拖着那条伤腿急匆匆地赶来了。见到姚雪寒的尸体后,他倒吸了一口气。这还是罗韬第一次身处命案现场。

"罗韬,我们在后面做饭的时候,你见到有人进了姚雪寒的帐篷吗?"沈天问直接抛出了问题,连缓口气的时间都不给他。

"没有。我坐在河边上那么久,根本没见到有人进过她的帐篷。"

在那段时间里,我们三个始终在一起,而罗韬却没有不在场证明。也就是说,他完全有可能偷走沈天问身上的匕首,趁我们不在的时候溜进姚雪寒的帐篷将她杀害。

但是探讨这种可能性根本没有意义,很难想象罗韬会在戴安娜刚刚离世的情况下动手杀人,这种猜想虽然合理,但根本不现实。

如果我们采纳了罗韬的证词,这就意味着凶手是在之前进入姚雪寒帐篷的。在我们到神殿后的帐篷那里准备晚饭之前,我们一直在神殿前面靠近河岸的地方尝试分解鹿肉,这段时间也绝对不可能有人经过。

这么推算下来，凶手的行动时间就是在我们将戴安娜的尸体搬运到桥的另一边，让谷底人帮忙救治的时候。我们是从营地过去的，因此都是背对着营地的一侧，根本不知道有谁过了桥。唯独可以确定的是，我们几个始终在一起，而且谷底部落的大部分人都不可能绕过我们过桥。

唯一可能的就是当时离席的那几个谷底人——小男孩、疤痕男、播种女孩和中年男。

如果最后离开的疤痕男没有机会行凶的话，凶手会是剩下的三个人之一吗？以小男孩的体力，想要杀人也不是一件容易的事，那么凶手在播种女孩和中年男之间？

不对，还有个根本的问题是，谷底人平时并不能过桥。如果这也是一种禁忌，那么谷底人就不可能过桥来杀害姚雪寒，除了一个人之外——那个小男孩。

小男孩确实很可疑，因为他是唯一一个可以不关心禁忌，就这么直接出现在营地里的谷底人，可是他真的有体力杀人吗？还有他为什么要杀害姚雪寒？

不对，也有其他谷底人偷偷过桥的可能性。如果不是小男孩堂而皇之地出现在我们面前，我们也不知道会有谷底人偷偷过桥来。现在一切都说不准了。

"你知道今天有谁经过你的身边吗？"

我试着问道。如果确定了有谁经过她的身边，或许就能直接确定偷走匕首的人是谁了。

可沈天问没有回答我的问题，而是将凌晓月从地上扶了起来。后者依旧没有从震惊中缓过神来，浑身像是没有力气一样站都站不起来。

"凌晓月，一定是有人从我这里偷走了匕首。那个人一直在我身边,她能证明我绝对没有机会动手杀人。"

那个人——她已经不用我的名字来称呼我了吗?

我想好好找她说清楚,可现在不是说这个事的时候。

"凶手一定是谷底人。刚才至少有四个人离开过,而且都在我身边停留了很久。我确实在提防他们,但当时我怀疑的是他们会对戴安娜图谋不轨,没想到他们的目标居然是我身上的匕首。也是我太大意了。"

对于凶手的可能人选,我暂时没有什么头绪,于是我开始环顾整个现场。

从血迹来看,凶手进入帐篷后就在睡袋那边行凶了。姚雪寒因为失去了下半身,几乎没有行动能力,遇到凶手只能任凭宰割。凶手将她从睡袋里拉出来,然后在帐篷的中央杀死了她。

这时我注意到,姚雪寒的身旁还放着她的手机,屏幕已经摔了个粉碎。我试着开机,却发现手机已经损坏,完全打不开了。我没记错的话,手机原本是放在她身旁的,也就是睡袋的旁边。

注意到这个线索后,我的心中冒出了一个念头。

这真的是谷底人犯下的罪行吗?

如果真的是谷底人杀了姚雪寒,他们为什么要把手机毁了?

只有现代人才知道手机的用法,才知道手机具有的功能,才会因为害怕罪行暴露而将手机砸坏。因此,杀害姚雪寒的凶手应该是现代人才对。

而在场的现代人中,唯一有可能犯罪的就只有……罗韬一人了。

无论如何我都不愿意相信,之前罗韬表现出来的悲伤会是演技。我完全不能将因为失去了女友而悲痛欲绝的他,与残忍的杀人凶手的形象重叠在一起。

可是经过了秦娇那件事之后,我又不敢如此肯定了。当时秦娇也是发自内心地为顾云霄奇迹般的苏醒而欣喜若狂,只是她欣喜的理由是终于可以亲手杀死他了。

我的脑子一片混乱,本来想仰仗凌晓月的头脑,可她现在受到了很大的打击,只是一味对着姚雪寒的尸体低头致歉,就连沈天问也拦不住她。

沈天问发觉了我的目光,冰冷的视线从我的身上扫过,然后她一言不发地离开了帐篷。哪怕时机不对,我也忍不住心中的冲动,连忙跑了出去。

我在帐篷外抓住了她的手。起初她还想甩开来,幸好我用尽力气,丝毫不想放开她。论不情愿的程度,我和她是一样的,但是再怎么不情愿,这件事还是到了非说不可的程度。

"我刚才想跟你说的话题,现在可以继续说吗?"

"你看现在是做这种事的时候吗?我们只有四个活人了,现在可不是聊其他事的时候。你想把他们留在那个帐篷里吗?那里和谷底部落那么近,要是谷底人偷偷溜过来,手无缚鸡之力的凌晓月和腿上受了重伤的罗韬根本没办法应付。你快回去陪着他们一起。"

"那你呢?你现在是独自一人——"

"我死了也无所谓。你忘了吗?我来这里就是想自杀的。"如此决绝的语气,让我知道我猜得没错,她果然还是发现了真相。尽管如此,我还是想得到她的确认。

"可是……现在不说也没有关系,我只是想问,你知道真相了吗?"

沈天问深深地叹了一口气,有些不耐烦地转过身去,片刻之后还是耐着性子回答了我。

"我宁愿他们已经死了。"

2

回到姚雪寒的帐篷之后,我就站在门边,注意着桥对面的动静。

并不是说我很怀疑谷底人,只是现在这种情况下,我还是想尽可能地保证我们的安全。不管凶手是不是谷底人,守住这座桥总是没错的。

罗韬站在我的对面,和我一起注视着桥的方向。过了好一会儿,他才说出了他陪着我的用意。

"我知道你们在怀疑我。"

"我们没有……"

"我知道的。因为她也是这样。"罗韬凑了过来,悄声说了句,"刚才凌晓月看我的眼神不一样了,我知道她在怀疑我。你也一样吧。"

既然本人已经察觉,我也没什么好争辩的了。我像是投降的士兵一样无精打采地点着头,为自己这么快承认了心中的怀疑而感到羞愧不已。

凌晓月终于振作起来,跪在尸体旁检查着。她也发现了被砸烂的手机,正拿在手里左右看。

"这也没有办法,只有我是一个人行动的,被怀疑也是正常的。"

罗韬没有在意自己被怀疑的事,而是苦笑着承认了。我忽然想到,他本来的性格就非常随性豁达,会如此坦率地承认自己的嫌疑也并不奇怪。戴安娜也和他一样吧,我和她只见过一面,可我还是感受出她是个性情直率的人。两人真的还挺相配的。

"就这样吧，我能说的也只有请相信我了。我根本就没有要害姚雪寒的理由。这里交给你了，我先回去了。"

没等我阻拦，他就一个人走出了姚雪寒的帐篷。于是帐篷内只剩下我和凌晓月两个人。我很想去找沈天问解释清楚，也想去找罗韬让他不要为戴安娜和姚雪寒的事难过。可沈天问说的也有道理，凌晓月一个人留在这里太不安全了，至少要等到她看完尸体，把她送回沈天问的身边才行。

"现在好点了吗？"我问她。

"再怎么不愿意接受也要接受。我原本以为绝不会再有悲剧发生了，结果还是……莫非我原来想错了吗？可不可能是……对了，你的手机能借我看一下吗？我记得祭祀那天晚上我拿你的手机录像了。"

说不定那天晚上的录像里留下了什么线索，所以凶手才会杀害姚雪寒，并将她的手机砸烂。

可是这样的话，为什么我的手机没事呢？

莫非是因为凶手搞错了手机？

当时用来录像的手机有两部，一部是我的，一部是姚雪寒的。而拍录像的人是我和凌晓月。确实按常理来考虑的话，应该是我拿自己的手机录像，凌晓月借姚雪寒的手机。可事实上却是反过来的，凌晓月当晚拿的是我的手机。

如果凶手搞错了手机，线索就很有可能还藏在我的手机里！

帮凌晓月点开录像后，我试探性地问道："你觉得凶手是谁，在我们之中，还是在谷底人之中？"

她只是说："我也弄不懂。但是既然我们身在这里，就没有区别吧。"

凌晓月正专心地看着录像。前面一大段都是没有用的场景，我很想帮她拉动进度条，可看她那么认真，还是算了。

"我觉得现在脑子越来越混乱了。我们遇到的这些事好像都可以朝两种方向解释。"

雷猛的命案，当时认为凶手是金荻，可如今金荻的尸体也被发现了；另一种说法是谷底人干的，可这种可能性也被排除了。尸体上留下的金属粉末等线索都支持是现代人所为，而现场又留下了明显是谷底人的足迹。

金荻的命案，我们这些现代人都有生理性的证据可以证明自己无法登上神殿，可谷底人又因为存在高处禁忌同样做不到。

最后就是姚雪寒的命案，既有像被砸毁的手机这样指向现代人的线索，又有丢失的匕首只可能是谷底人所偷这样指向谷底人的线索。

我已经一片混乱，根本就无法思考了。

"我已经不知道接下去到底该怎么办了。"

"呜……我不想说得太肯定，因为我也不敢说我想的就是正确的。我觉得线索并没有指向现代人或是谷底人。既然我们身处在这样的环境中，那么所有人都应该一视同仁，而不是分为现代人或是谷底人什么的。不知道这样说可不可以……"

"那么你觉得罗韬会是凶手吗？我不想怀疑他，可如果他是凶手的话，那么姚雪寒的命案就说得通了。"

"呜……我也不知道，我还没有得出结论，所以……对不起。如果我再聪明一点就好了，或许就能干脆利落地给出答案了，对不起。"

随后我们便陷入了沉默中。凌晓月继续看祭祀当晚的录像，而我则望着桥的另一头。现在到了晚上，谷底人遵照夜晚禁忌，都回到了石头建筑中，应该不再出来了吧。

数分钟之后，凌晓月才打破了这一沉默。

"你和沈天问怎么了？啊，不好意思，我不是想打听你们家的私事。只是……只是从刚才开始，你们的关系就好像变得比之前糟糕很多，我有点担心……啊，如果我问了太隐私的问题，不回答也没关系的，对不起！"

虽然确实是隐私的问题，但其实也没那么不可说。而且我也迫切地希望有人能听我说这件事，它在我的心里已经憋了那么久了。为了不让妹妹知道，这个秘密我始终没有告诉过任何人。现在她本人已经知道了，隐瞒也就没有意义了。

"我们两个不是亲姐妹，而且我们之所以成了姐妹，完全是出于一场悲剧。"

3

那是我还很小的时候，还没有独立思考的能力，只是刚刚对这个世界有了一个模糊的印象。爸爸妈妈带着我，笑着说要带我去哪个地方。我记不太清他们脸上的神情了，但那一定是幸福的笑容。

悲剧就是在这时候发生的。我坐在爸爸妈妈之间，只觉得身体像是被什么东西抛起来一样，整个人都晕晕的。要说感觉的话……没错，就像是前不久才经历的车祸一样。那时候我的意识才刚刚觉醒，第一次认识到世界的那一刻，眼前见到的却是最熟悉的人的尸体，可以想见，当时的我该有多么绝望。

这时候，有一对夫妻抱住了我，他们在哭，他们在跟我道歉。随后的事我就不记得了。

等我真正拥有了自我意识之后，我就已经成为他们家庭的一员了。那段尘封的记忆如今再想就好像梦境一样，我也曾怀疑过，那是否只是我做的一个噩梦，因为这一切都太超乎现实了，而且我也很难想象爸妈——眼前的这对夫妻——他们曾经害死了我的亲生父母。

他们对我很好，照顾我的衣食住行，给予我家庭的温暖。我还有个很黏人的妹妹，喜欢缠着我问各种问题。说真的，我在这个家里的生活真的很幸福。

可是每当我感受到幸福的时候，脑海里就有另一个声音在告诉我："这不应该是我本来的生活。"

不管我想怎么否定，都无法否定这个事实——倒在血泊中的我的亲生父母，这不是我的梦境，而是曾经发生在我们家身上的铁一般的事实。

姚雪寒这么说过，她只想普普通通地过完这一生。我也是这么想的，我也想接受现实，幸福地生活下去。

可是我做不到。

我获得的幸福越多，夜里被噩梦惊醒的次数就越多。我越想忘记那血淋淋的场面，这幅画面反而越是清晰。

一旦脱离感出现，名为幸福的幻境就逐渐剥脱下来。如今的爸爸妈妈对我特别好，好到不像是对女儿的态度，更像是在赎罪。我读懂了这一层意思，反而无法坦然接受他们的好意了。

他们还以为那时候我很小，什么都记不住，便装作我们本来就是一家人的样子。看着他们这么极力地营造出家庭的氛围，我的心里更难受了。既是对他们的，也是对我自己的。

在妹妹失踪之后，妈妈无意中说漏了嘴，说出了这样的话来。

——你不能去，我们不能让你出事！她怎样都好，唯独你不能出事。

他们为了赎罪,将所有的爱都给了我。我不需要这么多余的爱,不仅如此,我还剥夺了他们对妹妹的爱。

想到这里,我便更加懊恼了。

至于我的妹妹沈天问,起初她什么都不知道。她好奇心旺盛,喜欢钻研,宁愿让自己受伤也想发现真相。和她在一起度过的这段时光让我真正能忘记一切烦恼。可每当我看到她纯真的眸子,我的心中就被另一种难以明说的情感所笼罩。

沈天问说我从未喊过她妹妹。我想她是对的,因为我一直都在逃避这个事实。我们不是亲生姐妹,可我又必须装作我们是姐妹,这对我而言也是一件痛苦的事。

我害怕她会知道真相。我知道她会的,以她的性格,迟早有一天会察觉到异常的地方,会凭自己的力量发现真相。到了那时候,如果她知道是自己的爸妈开车撞死了人,破坏了另一个家庭的生活,而她的姐姐只是二人赎罪的对象时,心中会受到多大的伤害。

于是我一直在等,等待一个最佳的奇迹般的时机,可以让我说出真相而不让她受到伤害。我明明是这么期望的,可结果……还是让她给发现了。

所以当她说出了意料之外的真相时,我也完全摸不着头脑。这段记忆深深地刻在了我的脑海中,不可能错才对。为什么沈天问会说她才是那个被收养的孩子呢?

很快,我发现了答案。问题可能出在了方言上。

罗韬和我是同一个地方来的,他在称呼我的时候会叫我"小妹"。在车上的时候凌晓月没有反应过来,因为她并不清楚我家的方言,可能还在想为什么要称自己为妹妹。而我能第一时间反应过来，那是因为我所在的家乡，方言中也有类似的用法。

他们会把"妹妹"当作对年轻女孩的称呼。

方言的发音和普通话并不全然相同，但是有的地区会将方言用普通话说出来。那一晚沈天问偷听到的恐怕就是类似的一句话："这些事要告诉妹妹吗？"

之后的对话或许都是用"她"来代替，所以沈天问才没发觉。她听到了"妹妹"这个词，就一心以为这是在说自己的事。而且这段故事发生在我们还很小的时候，那时候的记忆本就很朦胧，根本无法查证。

大概是罗韬过来求我们帮忙的时候，她听到了罗韬对我们的称呼了。沈天问也是个很聪明的孩子，一定马上想明白了当时她错把方言当成了普通话，结果理解错了意思。一旦把对象调换过来，真相就昭然若揭了。

最终，我还是错过了亲口告诉她真相的时机。

"我宁愿他们已经死了。"沈天问最后跟我说了这样的话，她是怀着怎样的心情说出来的？一定是失望、悲伤、愤怒等情绪混合在一起的说不清道不明的感情吧。

可我什么也做不到，甚至连安慰她也做不到。

最终我还是没有等来预想中的奇迹。

4

再这样说下去，我会被凌晓月同情和怜悯的。她为什么会突然问起沈天问的事情？我们之间确实闹了一些矛盾，可是还没那么明显吧？就算明显到了旁人一眼便知的程度，也很难想象凌晓月会在这个时候问起来。

莫非她……

刚好她的视频也看完了,我赶紧扯开了话题。

"视频怎么样,发现什么了吗?"

她想对刚才的话题说些什么,最终还是放弃了。她转而看向手机,有些不知所措地对着屏幕点来点去。问过之后我才知道她不会操作,她想将进度条拖到靠近视频结尾的位置上。

我帮她把进度条往前拉了一点,回到祭祀刚结束的时候。

"这是我们发现顾云霄的尸体之前。我的手举得很酸了,然后你来帮我关了录像。就是在这个时候,镜头晃了起来,但是在这里——"

当时我拿起了凌晓月手中的手机,所以镜头非常抖。在现在暂停的这一帧上,凌晓月指着姚雪寒帐篷门口的一个黑色的影子。

"这是?"

我立马叫了起来。虽然画面非常模糊,但我依旧可以肯定,这是一个人影。

"等一下,这时候大部分人都在广场这边吧?不在这里的只有罗韬……你难道想说罗韬是凶手?这一切都是罗韬所为?"

我想起刚才的推断。如果罗韬是凶手的话,姚雪寒的命案就变得很简单了。他始终和我们在一起,可以随时偷走沈天问的匕首,也可以在我们离开的时候进入姚雪寒的帐篷杀了她。

因为要照看昏迷的戴安娜,罗韬一直没有出现在我们的视野里,也因此获得了很长时间的不在场证明。顾云霄被杀的时候,正因为罗韬不可能在现场,所以他的嫌疑才被排除了。可是如今我们已经知道这是秦娇所为,将这起案子排除之后再来考虑的话,我们实际上根本掌握不了罗韬的动向。

莫非罗韬真的一直在假借看护戴安娜的名义,实际上在暗地里偷偷杀人吗？

——我能说的也只有请相信我了。

我还是很难相信罗韬在欺骗我们。我也不愿相信真相竟然是这样。

不过凌晓月的话却出乎我的意料。

"咦？罗韬那条腿受了很重的伤，绝对不可能爬上神殿，而且他的身高也不够，不可能从那个角度勒住雷猛的脖子。相比罗韬，戴安娜更有嫌疑吧。"

"你是说……戴安娜？可是她……"

这么说来，我们一直排除戴安娜的嫌疑，理由是她处在昏迷状态。相比腿部受伤，还是昏迷更好伪装一点。秦娇是医学专业的学生，在我们的车子刚刚坠入谷底的时候，她就已经确定罗韬的腿伤是真的，戴安娜的昏迷也是真的了。腿伤一时半会肯定好不了，可昏迷就不一定了。

如果戴安娜没有昏迷呢？

她的身高很高，符合袭击雷猛的凶手的特征；她的腿部没有受伤，可以爬上神殿；她虽然没有直接偷匕首的机会，但是可以通过罗韬偷到。如果她是主谋的话，那么痴恋着她的罗韬一定会帮忙的。至于她本人的死亡，很可能是因为自己伤情加重的缘故。

难道说……凶手是戴安娜？

"对不起！"

凌晓月突如其来的道歉将我从思绪中拉回到现实。

"对不起！我好像又说错话了。看你表情凝重的样子，应该是以为我在怀疑戴安娜吧。不是这样的，我从来没有怀疑过她，因为你很少去占卜屋送饭，所以可能不知道，我和秦娇还有沈天问都是喂戴安娜吃饭的,真昏迷和假昏迷我们都能看出来,而且还有一些不方便说的特征也可以帮我们判断……对不起!总之戴安娜绝对没有假装昏迷的可能性。我只是举个例子说罗韬不可能是凶手而已……我从来没有怀疑过他们,真的!很抱歉我说了容易让人误解的话,其实我怀疑的是沈——"

凌晓月的话戛然而止。她慌张地捂住了自己的嘴巴,就算这样她也收不回刚才说的话了。

她刚才突然问起了沈天问的事,我也想到她是不是在怀疑沈天问了。

"对不起,对不起!我不是故意想怀疑你妹妹的,真的不是故意的!只是怎么说呢,啪的一下就想到了,所以对不起!当然现在有另一种可能性,只是发生了这种事让我有些怀疑了,所以我……呜,等一下,让我组织一下语言。"

"能告诉我为什么怀疑她吗?"

"不行。绝对不行!如果因为我而导致你不信任自己的妹妹,如果我猜错了的话……不,这种可能性我自己也排除了,不对,没有完全排除,只是……呜,我也被搞糊涂了,再给我一点时间好吗……"

"没关系的,就算是错误的答案也没有关系,我不会责怪你的。"

凌晓月还在犹豫,看样子是不愿意说出自己的想法了。没办法,我实在太想知道她到底是怎么想的,只好想办法哄骗她了。

"对了,你说现在脑子有点乱,想理一下思路对吧?我听人说有种方便的方法就是对着墙自言自语。这里没有墙,不如就对着帐篷吧。等你理清思路了再来告诉我吧。"

"还有这种方法!从来都没有听说过!"

遇到了一件未知的事情，凌晓月就和要去调查谷底部落的时候一样，两眼放出了好奇的光芒。她决心试试看之后，背对着我看着帐篷壁，沉浸在自己的思绪中。只是她的说话声音实在太轻，自言自语的话就更加听不到了。我只好偷偷溜到她的旁边坐下来，集中起全部的精神来听她的低语。

她的第一句话便是我最想知道答案的那个问题。

"沈天问真的是凶手吗？"

5

根据凌晓月自言自语的内容，我大致总结出了她的思路。

第一条关键的线索在于录像中拍到的那个黑影。这确实说明了在所有人的注意力都集中在祭祀上的时候，有人偷偷地溜回去了。

下一个问题是，这个人究竟去干什么？

如果联系金荻的遇害，那么当时这个黑影所做的事就是回去用火烧死了金荻。遮挡在上空的东西可能不是为了挡雨，而是为了挡住烟雾，不让我们发现。

那么接下来就有两个问题。

第一，凶手为什么要把尸体搬到神殿顶上，又制造人被烧死的假象？

回想当时的景象，对于凶手而言获得的最大的好处是她可以从嫌疑名单中被排除。

第二，既然所有人在时间和空间上都不可能登上神殿，那么凶手为什么要制造这样一起不可能犯罪？

因为对于凶手而言，时空线索有一项暴露的话，就会直接泄露其身份，所以凶手为了隐瞒罪行，必须要制造另一种不可能。而提前焚烧尸体，随后再点燃尸体这种做法，无疑是在制造时间上的不可能。

那么，凶手就限定在了满足这个条件的人身上——在空间上可能完成犯罪，必须要制造时间上的不可能。这样的人就是当时腿部没有受伤的人——也就是凌晓月、戴安娜、沈天问，仅有轻伤的我也可以算在内。

其中凌晓月显然可以排除，因为黑影出现的时候，她还在拿着手机艰难地录像。我也是，黑影是在我抓住手机的时候拍下的，黑影当然也不可能是我。

戴安娜当然是真的昏迷，可万一她假装昏迷呢？那也不可能。因为戴安娜不会砸姚雪寒的手机。

凶手知道当时有两部手机在进行拍摄，其中一部面对着河岸，另一部背对着河岸。因为中央广场在石头建筑的包围之下，能拍到黑影只是出于巧合——或者说是某种奇迹。对于河对岸的人而言，根本不会注意到，或者说就算注意到了也不会在意。因此就算戴安娜真的假装昏迷，也绝对不可能为了销毁手机而杀害姚雪寒。

会有这方面顾虑的，只有看到我们拍摄的身处谷底部落的人。

因此排除到最后，剩下的唯一人选就是沈天问了。

这样一来还有五个问题没有解决。

第一，为什么要绑架金荻，让他成为我们之中的幽灵？

第二，雷猛遇害时沈天问拥有不在场证明。

第三，姚雪寒遇害时沈天问同样拥有不在场证明。

第四，为什么非要把金荻的尸体放在神殿之上？如果之前的推理正确，那么沈天问是先有不得不将尸体放在神殿上的理由，再为了掩盖只有自己能爬上神殿的事实而试图为自己制造不在场证明。这也就引出了第五个问题。

第五，神殿之上的金荻尸体为什么会自燃？

先来解决第一个问题。既然我们已经知道了金荻被烧死的地方是在车子残骸的后面，那里是否也是金荻藏身的地方？很有可能，因为那是我们的视线唯一的盲点。

那么为什么金荻会在那里？

联系对雷猛之死的推理，当时凌晓月得出结论，凶手是金荻，这个结论可能并没有错。因为雷猛确实是金荻所杀，只有这样才能解释为什么凶手要帮雷猛穿上外套。

当时，雷猛为了做某件事而脱下了外套。金荻杀害雷猛后，发觉了尸体旁边的外套。金荻不可能把他的外套放回有人的帐篷里，而雷猛也不会平白无故在这么寒冷的天气里在外面脱下外套，联想一下就能猜到真相。因此为了消灭这个证据，金荻才将外套穿在了雷猛的身上。

这就和第五个问题联系了起来。

为了让尸体在某个时间自动燃烧，能想到的办法就是通过导火线。

在发现尸体的现场，我们发现了插在石头缝隙中的麦秆，尸体上也有很多树叶遮挡。树叶或许是为了帮助燃烧，但麦秆的位置却很奇怪，要想卡在石头缝里，一定需要人为操作才行。

从插在石头缝隙中的麦秆，可以推测出自动点火装置是什么。通过将麦秆和树枝等易燃物品沿着石头缝隙铺设，就可以将这条隐藏的导火线从神殿顶端一路连接到地面上，只要在地面上点火，就可以让火苗顺着线往上，一直烧到神殿的顶端。实际上是很简单的手法。

正因为雷猛偶然发觉了金荻正在做的事，他好奇地出来察看，可能好心的他还会告诉别人他找到了金荻。他以为金荻被困在了神殿顶上，试着自己爬上去想救出金荻。觉得事情败露的金荻毫不留情地杀了他。

因此，金荻就不是被真正的凶手绑架，而是和真凶合作，并在真凶的建议下躲藏起来。因为一个人无法登上神殿，必须要另一个人协助才行。

至于这么做的动机，如果一开始不是为了杀害金荻和制造不在场证明而准备的话，那就是单纯为了能在神殿顶上点火而已。那么沈天问为什么要在神殿上点火？

为了验证这个动机，凌晓月才问了我过去的事。

按照沈天问曾经跟我说过的话，在看到我昏迷的时候，她曾经想杀了我。她并没有说谎，因为她在车祸现场见到我之后立马准备实施杀人计划。通过在混乱的现场拉拢另一个幸存者，让他帮忙铺设导火线，制造出神殿燃烧的假象来亵渎谷底人的神明，好借谷底人之手将我杀害然后她再自杀。

至于之后沈天问说的后悔了，恐怕也是真的。

在金荻冒险铺设了导火线甚至为自保而杀害了雷猛之后，沈天问想退出计划了，因为她还是下不了决心杀自己的姐姐。然而金荻却不愿意退出，可能他作为司机与其他人有矛盾，又或者是单纯觉得自己为了沈天问杀了人，结果自己所做的成了一场空。

总之结果就是，沈天问的计划变更了。原先的杀人计划变成了自保计划，她必须要将知道秘密的金荻铲除。她这才利用导火线，将金荻杀害并为自己制造不在场证明。这也是为什么她必须要把尸体放到神殿顶上的缘故，因为导火线就在那里，她没有别的选择。

如果之前金荻能登上神殿是因为有另一个人帮助，那么在他被杀之后，沈天问又是怎么登上神殿的？

第二天发现的方永安的尸体可以提供证据。

我们早上将金荻的尸体放到尸体存放处的时候，看到方永安的尸体位置有了变化。那时候我还以为是秦娇在寻找匕首的时候搞乱的。但实际上在场的人都看到过匕首在哪里，不需要费很大力气就能找到，绝不可能连尸体都要移动。

那么方永安的尸体之所以会移动，就是因为被另一个人以另一个目的使用了。

前一天晚上，沈天问就是利用方永安的尸体，将其当成梯子，登上了神殿的顶端。

这样一来四个问题同时得到了解决。剩下的问题就是姚雪寒死亡时沈天问的不在场证明。

沈天问身在桥的另一头，她能用什么方法远距离杀害姚雪寒？既然真凶是她，那么作为凶器的匕首又是何时不见的？

无疑，在金荻之后，沈天问又找到了新的共犯。那么这个共犯是谁？

不可能是现代人，因为我们当时都没有离场，唯一离场的是谷底人。那么答案不就很明显了吗！

沈天问的帮凶是谷底人。

为什么沈天问可以指挥谷底人？在那么短的时间内真的可以做到吗？

确实，我们从山崖上坠落，到谷底的时间只有短短几天。可是沈天问就不一样了，她比我们提前一周到达了谷底。

另外，谷底文明是刚刚诞生的文明，那么它的神话传说或许没有我们所想的那么久远，甚至可能和我们现在的时间非常接近,比如说……一周之前。

沈天问也说自己在进入谷底时,谷底部落并没有人,是有警戒者发现了她并吹哨之后,谷底人才蜂拥而出的。这就说明了一个事实——沈天问是在晚上进入谷底的。既然如此,她一定带着生火的工具。

根据凌晓月对传说的解读,谷底部落之所以迁移到桥的另一头,是因为发生了一件与火有关的事,很有可能是火灾。而谷底人将第一个利用火的人称为了"wotithiya"。

把这些信息联系起来的话,我们就得到了唯一的答案——

沈天问就是"wotithiya"。

当时的谷底人并不懂怎么利用火,因此在第一次见到现代化的生火工具之后,意外烧毁了原来的居住地。之后,他们在神的帮助下完成了新家园的重建,为了回报神,便在原来的居住地上盖起了一座神殿。在这么短的时间内完成这么大的工作量并非不可能,只要在现代人的帮助下。

也就是说,沈天问就是将火种带到谷底文明的普罗米修斯。

第七章

1

　　凌晓月思忖片刻后,说道:"大致的情况就是这样了,确实能说得通,可光是这样还不行,还不能跟沈一心说。"
　　"和我说我的妹妹是凶手的事吗?"
　　"呜哇——"
　　见到我就站在她的身旁,凌晓月就像损坏的机器人一样,语无伦次地说着意味不明的语气词,脸上也越来越红了。过了好一会儿,她才终于说了一句完整的话。
　　"你你你你你都听到了吗?"
　　"是的。也没什么吧,都是很正常的推理而已。"
　　凌晓月还想说些什么,但我也大概猜到她会说的话了,于是毫不客气地用我的问题盖住了她的话。
　　"比起这个,我更想知道你真的觉得沈天问是凶手吗?"
　　"我……我也不知道,可能是,又可能不是……"
　　"这又是什么意思?"
　　她的话戛然而止,神情悚然地看向我的身后。一时之间我还以为我身后站着凶手,吓得我连忙转身,可是我身后没有任何人。

不对,问题不是我的身后,而是河的对岸。不知道为什么,有不少谷底人出了石头建筑,正围在河岸边朝我们这里张望。他们注视的方向是神殿的另外一侧,也就是占卜屋那里。

莫非是罗韬那边出了什么状况?

我和凌晓月不再争论沈天问是否是凶手的事了,连忙出了姚雪寒的帐篷。我正关注着谷底人的动作,想着他们到底在看些什么的时候,凌晓月在我的身后惊叫一声,连着拉了好几下我的袖子。

"快看上面……那边是不是有烟?"

在凌晓月的提示下,我抬头看向神殿的方向。浓浓的烟雾在夜色中显得尤为醒目,有什么东西正在神殿的后面燃烧。从浓烟升起的方向来看。那里好像是我们临时放置尸体的地方。

难道说有人在焚尸?这又是出于什么目的,还是说……

我们俩同时想到了一个最糟糕的可能,慌忙往冒烟的地方跑去。

千万不要是她。我在心中祈祷着。我也不知道我是在祈祷她不是凶手,还是在祈祷她不是死者。我只希望她与这一切都没有关系,只是这么单纯的愿望而已。

经过占卜屋时,我想到罗韬可能在里面,便想着叫他一起。可一掀开帘子,发现他不在里面。现在情况紧急,我们也没有时间去找他了,只想快点抵达出事地点。

拐过神殿之后,前面就是我们放置尸体的地方。然而眼前的景象让我们很是诧异。

一排尸体中,只有两具尸体着火了。

然而这还不是最糟糕的事情。凌晓月使劲地晃着我的袖子,悄声让我快数一下。我按照她说的做了,结果数下来发现多了一具尸体。

是我数错了吗？我按照事件的发生顺序叫出了他们的名字——方永安、雷猛、顾云霄、秦娇、金荻、姚雪寒……最后应该还剩下戴安娜。可是现在，着火的却是两具尸体。

除了戴安娜之外，还有一个人！

"发生什么了？"

沈天问从帐篷那边过来，和我们隔着火海相望。确认她没事之后，我终于能松口气了。可紧接着，排除了她遇害的可能性之后，我不得不面对另一种更可怕的可能性……

难道真如凌晓月所说，沈天问是这一切的幕后真凶？

"能救火吗？有没有什么办法？"

"我去帐篷里把我的小锅子拿过来从河里装水，你的占卜屋里有没有能救火的东西？"

显然凌晓月已经完全慌了神，甚至连自己的占卜屋指的是什么都不知道了。现在管不了那么多了，之前凌晓月拿回来的装食物的袋子也可以用，我先丢下还在发愣的她，跑进占卜屋拿回了临时丢在那里的袋子，回到河边取水帮忙救火。

不一会儿，凌晓月也来了，她从自己的占卜屋里找出了备用的衣物，用餐巾纸做成的绳子捆住其中一端，将自己的连衣裙做成了一个大口袋用来装水。这样确实能装不少水，可是凌晓月自己却搬不动。于是我们调换了各自的工具，我拖着装满水的连衣裙往尸体那边跑去。

就这样，我们三人用尽办法想要救火，可是这两具尸体着火的地方是草地，要是不快点处理的话火势很快就会蔓延开来，到时候光靠我们三个手上的简陋工具显然是很难控制住的，而且稍有不慎可能连自己也会被卷进去。

看着尸体上的火越来越大,绝望之情油然而生。就在这时,我听到了哨声。

是谷底人遇到敌人时的哨声?为什么会在这个时候?我们被当成敌人了吗?为什么会这样?

河对岸吵吵嚷嚷的,显然不是友好的语气。

我们到底触犯了什么禁忌?

我一回头,看到的不是谷底人手持武器面朝我们的场景。他们追赶的对象是一个小小的身影。

是那个小男孩。他从谷底部落那边跑过来,两只手拿着装满水的袋子,打算和我们一起救火。

"Wotithiya! Nanulau zhiede!"

河对岸的谷底人在拼命地喊着什么,声音中满是怒气。小男孩就像什么都没听到一样,专心地帮我们来回取水。

现在没有多余的时间去思考发生什么了,我和凌晓月马上回过神来,继续手头的工作。别看只是小男孩一个人的力量,他一人可以同时拿两个装满水的袋子,而且比我们更加勇敢,好几次我都担心他会被火焰吞没。

然而就算有了小男孩的帮助,火势还是无法控制。我们发现得太晚了,而且附近的草地也提供了很好的燃料,让火海的规模越来越大。

没有办法了,我们只能放弃营地,躲到谷底部落那边去了。

男孩大概也是想到了同样的结论,他将凌晓月拉到一旁,一边做着动作一边说着什么。

他们的交谈很快结束了。我连忙问她那个男孩说了什么,凌晓月却和我们一样一头雾水。

"他说丛林里有很多小鸟尸体的地方,下面有什么东西。后面我就不太懂了。"

凌晓月还想再问些什么,可小男孩已经跑掉了。

"我们也快点撤退吧。要在这样的大火中活下来,唯一的办法就是过了桥、到谷底部落之后,再把桥移开了,这样火就不会烧过去了。"

沈天问冷静地说道。我们也都认同了她的方案,连忙沿着河边跑向木桥。

见到是我们来了,谷底人连连后退。我们没时间再跟他们解释了,立马着手准备,试着将沉重的木桥往回拉。光凭我们三个人的力量肯定是不够的,之前见到的疤痕男和中年男也过来一起帮忙,在他们的帮助下,我们才能相对轻松地将木桥移动开来。

在手上使劲的时候,我的大脑并没有休息。暂时没有生命危险之后,我多少安心了些,也有余力去思考这一切都是怎么回事了。

毫无疑问,除了沈天问之外,我们的团队里只有十个人。其他七人都已经确定了身份,因此最后被烧毁的尸体就是我们剩下的三人中唯一不见踪影的罗韬。

被烧毁的尸体是戴安娜和罗韬的。可是为什么呢?戴安娜已经病死了,为什么她的尸体还要再被焚烧一次?为什么要用这样的方式杀死罗韬?

不明白,这一连串事件从头到尾都让人摸不着头脑。

只是通过这次事件,让我进一步确认了凌晓月的推理。

虽然很不愿意相信,但我不得不面对这个现实——凶手是沈天问。

在发现姚雪寒的尸体之后,除了沈天问之外,我和凌晓月始终在姚雪寒的帐篷里,而且我一直留意桥的方向。绝对没有谷底人到这边来。

也就是说,在罗韬被杀,他和戴安娜的尸体被一起焚烧的这段时间里,桥的这一侧只有我们三个人。而且我们三人之中,我和凌晓月始终在姚雪寒的帐篷里,可以为彼此做证,唯独沈天问一人例外。

我看向沈天问的侧颜。此刻她正心无旁骛地全身用力,咬着牙搬动木桥。这份勇敢与坚持一直都是我钦羡的品质,可如今这些优点反而像是坐实了她的嫌疑一般,让我觉得她确实有可能做出这样的事来。

沈天问,你真的是杀害那么多人的凶手吗?

2

终于将木桥的另一端从河岸上移开后,我们唯一能做的事就只是看着对岸的火势越来越大,直到将我们这几天来所生活的地方全部吞没。我们的帐篷被火舌舔舐着,湮没在火海之中。

我们呆呆地注视着眼前发生的一切,只能感到无能为力。

在我刚醒来的时候,一听说我们的处境,我感到很绝望。很快,我见到了各位同伴,和他们一起商量未来的安排,虽然情况很糟糕,可我们不放弃希望,因为希望就在不远的前方。

可谁能想到,死亡事件接二连三地发生,我们的同伴在一个一个地减少,最后只剩下我们三人了,其中甚至可能有一个杀人凶手。而我们的营地如今也已经化为一片灰烬,再也不复存在了。

希望越来越渺茫了。

我忽然想到了奇迹这个词。

沈天问说我们是不可能活着离开谷底的，除非奇迹发生。如今我越来越赞同她这句话了。

是啊，我们能做的，仅仅是期待奇迹降临的那一天罢了。

我们三个人各有所思地望着面前的火海，都没有注意到身后发生的事。当沈天问发现异动时，一切已经发生了。

那个小男孩正站在昔日同伴们的面前，谷底人站成半圆形围着他。几个手持火把和武器的大人站在前面，还有一个比小男孩的年龄稍长一些的小孩也拿着武器，他们不约而同地将武器的尖端对准了小男孩。

"他们想杀了那个孩子吗？为什么啊？他只是帮我们救火而已啊！"

是因为他触犯了禁忌跑到营地那边去了？怎么会这样啊，只是跑过桥而已，怎么可能会触犯神明？我很想向这帮谷底人怒吼，可就算我能用他们的语言，我也没办法让他们理解吧。

对事物的恐惧与排斥是最难克服的，无论谷底人还是现代人都是如此。

"Wotithiyau thie ande。"小男孩仍在试图辩解。

"Haang, thiau anto, shoeu wotithiyade。"一个比男孩年轻一些的女孩叫道。

听罢，许多谷底人附和着。看来他们都认同她的说法。

"Hu lakuyu thiato, thieu wea wawe anto, yuyu thiade。"

男孩一边激昂地说着什么，一边朝自己的同伴走去。谷底人则有些恐惧地往后退了几步，而早上去狩猎的那一批人则往前站了几步，同时挥舞着手中的武器以示威胁。

这时候，男孩想说什么，却流露出苦恼的神情。他转身看向我们，见我想要走上前去，朝着我喊道："Shoeu an。"

接着，凌晓月连忙拉住我，在我耳边轻声说道："不要过去。会很危险的。"

男孩依旧在苦恼地想着什么，最后还是放弃了，说道："Laxanu thiethide。"

"Ye。"其中一个老人说道。

"Xiathide。"

"Ye。"另一个中年人说道。

"Thiade。"

最后，对我们非常友好的那个老人站了出来，站到了所有谷底人的前方，他的手中拿着自己的武器，也就是那个飞镖似的武器。老人将飞镖拿在手里掂了掂之后，做出了要投掷出去的姿势。

"Ye, thiau anto, thiede。"

说罢，老人扔出飞镖，击中了男孩的肩膀。

见此场景，我尖叫起来。沈天问也想冲上去救那男孩，可是我们俩的身体都被凌晓月拉住了，但力气太小，根本拉不住沈天问。她想冲到男孩的身边拉起他的手就跑，可还没碰到男孩，谷底人就将男孩团团围住了。我们只能眼睁睁地看着最里层的谷底人嘶吼、助威、泄愤的声音，和男孩凄惨的叫声。

我接受不了眼前的场景，蹲下身子绝望地捂住了自己的耳朵。

我不明白为什么会发生这种事。那个最初在河边对我们微笑打招呼的男孩，那个闯进姚雪寒的帐篷嬉闹的男孩，那个为了救人而摘取新鲜药草的男孩，那个在我们面临危险时挺身而出帮我们灭火的男孩。他到底犯了什么错，非得被杀死不可？

"为什么会这样……"

我哭喊着，凌晓月也在我的身边，拍着我的肩膀安慰我。沈天问面对人墙根本无能为力。她想用藏在袖子里的电击器打开人墙，可是这么做的话就无疑将我们放在了敌对的立场上。现在我们的营地也被烧毁了，无处可归的我们只能依靠谷底部落了。

最后，她还是收回了手，不甘地用拳头捶地。

杀害男孩的时间很短。很快，谷底人就四散离开，留下男孩的尸体孤零零地仰望上空，浑身沾满了血。最后一个谷底人将他的尸体同其他动物的尸体一起随意地抛弃在靠近峭壁的墓地上，任由他的尸体在空气中慢慢腐化。

我想去看男孩最后一眼，却被疤痕男挡在了面前。越过他的肩膀，我隐约看到男孩脸上不甘与悲愤的神情，也就不愿再看下去了。

回头一看，老人、播种女孩，还有那个中年男都站在外面。他们就像在等我们一样，想邀请我们到他们的住所去。

如今我们也不可能反抗谷底部落，我们没有别的选择了，只能跟着他们四个一起快步往其中一座石头建筑走去。现在是夜晚时分，谷底人是不应该外出的，因此在匆匆应对突发情况后，他们必须快点回到建筑内才行，否则就违反了禁忌。

在我们被带到谷底人住所的时候，天空飘起了小雨。

看来，今晚又将是一个雨天。

3

我们被领到了一间狭小的石头建筑里。这里也有一扇小小的窗户，中年男拿着弹弓似的武器守在窗户边上。播种女孩、疤痕男和老人则背靠着石头建筑的墙壁坐在了地上。他们闭上眼睛，安静地进入了各自的梦乡。就算是在睡觉的时候，他们也绝不低下身子，而是依靠墙壁保持着背部挺立的姿势。

火把被放在了房间里比较高的地方，就像我们帐篷里的灯具一样，挂在一个特意做出来的圈圈里。因为这些火把的存在，房间里面还是亮堂堂的。看来谷底人确实对黑暗充满了排斥，就连睡觉也必须要在光明之下。

我们三个就像是被热情的主人邀请到家里做客的客人一般不自在，只好找了个角落并排坐了下来。

像谷底人那样睡觉并不舒服，石头硬硬的，后脑勺磕在上面的感觉并不好受。再加上正在下雨，后面的石头都是湿漉漉的，冰冷的雨水顺着后颈滑进我的衣服里，实在让人没办法安心地睡在这里。

反正今天经历了那么多事，现在我也不可能睡着了。

"知道为什么会有这么多石头建筑吗？"凌晓月问道。

"因为……派系？"

显然这是个错误答案。我也明白像谷底文明这样重视集体的原始文明，中间不会出现我们当今所说的派系。

"不是哦，是为了防止近亲结婚。这个有些复杂了，还是不在这里说了吧。"

中年男人就在我们旁边。我这才第一次近距离看到凌晓月所介绍的那种工具。

那东西的材质应该是经过石头打磨后的动物骨头，长度大概有一把匕首那么长，中间是凹的，里面放着经过打磨的锐利的石头，下面还有一根柔软的枝条，两端贴在骨头上，下边可以自由拉动。看上去原理类似弹弓，应该也是谷底部落中最具威胁的远程武器。

沈天问和我们一样一时半会儿睡不着,她跟凌晓月说了一句自己要去周围看看。凌晓月连忙叮嘱她千万不能出门,沈天问理所当然地说自己不会做傻事,只是想在房间里随便走走而已,顺便调查一下石头建筑的内部结构。

在沈天问站起来后,我不安地注意着四周的动静。除了中年男之外,其他三个谷底人都已经睡了,只有他一人紧盯着窗户。他还瞪着沈天问看了一会儿,但是注意到我的目光后,又将视线转回窗外。

看来谷底人并没有因为沈天问的行为而生气,这样至少让我安心了一些。趁着她走开的时候,我偷偷地告诉凌晓月刚才我想到的事。在罗韬遇害的时候,我一直盯着桥头的方向,因此谷底人是绝对不可能出现在营地这一边的,而在营地里的人只有四个。除去遇害的罗韬,以及拥有不在场证明的我和凌晓月,剩下的沈天问只可能是凶手了,这也与凌晓月之前的推理不谋而合。

"呜……关于这个话题,其实我也说不准。"

"为什么?"

"因为沈天问是凶手的说法虽然能解决几乎所有的问题,可是我总担心真相不是这样。就好像顾云霄遇害那件事,最后是因为我们碰巧在案发之后就知道了秦娇是凶手,她是模仿犯罪。如果我们没有发现她的罪行,那么顾云霄之死也会被纳入其他案件之中一起考虑,到了那时候又会多出来一个难解的谜。"

我明白,凌晓月的意思是说,我们直到现在也无法确定所有这些案件都是一人所为。事实也确实如此,可是我很难想象凑巧聚在一起的众人,会同时出现两个以上的凶手。光是秦娇模仿杀人这条就已经很让我意外了,如果剩下的案件也不是同一人所为,实在是难以想象。

"只是……"凌晓月犹豫地说,"我还是觉得有些地方不对劲。"

接着,凌晓月随便举了几个例子。

如果沈天问在神殿上放火的目的是为了吸引谷底人的注意力,借他们的手将我们全部杀害,那么她就应该确信这件事一定会发生才对。然而事实却是目睹了营地那边的火灾后,谷底人根本无动于衷。

除此之外还有很多问题没有得到解释。一个是为什么在雷猛遇害的现场发现了谷底人的脚印,谷底人在事件中到底扮演了什么角色?另一个是为什么要把金荻的尸体放在神殿之上,仅仅是因为导火索就在那上面吗?

这段推理最关键的地方在于,沈天问一定要在来到谷底的这段时间内掌握谷底文明的信仰与文化,这就需要她懂谷底人的语言,不然她既无法利用谷底文明,也无法在杀害姚雪寒时教唆谷底人帮忙。

"其实我也不太确定是不是这样。刚好我们都在这里,不如来做个实验吧,这样也能让你放心一些,可以吗?"

真的有方法能证明吗?她看上去也没什么自信,不知道她所说的实验究竟是什么。

"我愿意,如果能证明就好了。说起来,我一直觉得凌晓月你很奇怪。"

"欸?我吗?我很奇怪?"

"是啊,沈天问一直在我耳边说这些都是谷底人干的,但是你却一直和谷底人关系不错的样子,也丝毫不担心会被他们袭击。沈天问在刚进入谷底的时候被他们追杀过,所以对谷底人抱有强烈的怀疑,那么为什么你会选择相信他们呢?"

她的嘴角微微上扬。

"没有任何证据的话,我不想去怀疑任何人。死亡总是一件残酷的事,杀人更是其中最残酷的一种。如果可以的话,我不想肯定这种可能性,除非事实摆在我的眼前,让我不得不接受。"

我好像有些明白凌晓月是个什么样的人了。

她不是侦探,对于找出真相也没有执着的追求。她只是个单纯善良的女孩,希望这个世界没有恶意,无非稍微聪明了一些,能看到我们看不到的东西罢了。

沈天问回来了,显然是一无所获。

石头建筑里空荡荡的,几乎什么东西都没有摆,看来是仅供谷底人睡觉的地方。唯一能称得上是摆设的,就只有挂得高高的火把了,就算是成年的谷底人也需要伸长手臂才能够到。

凌晓月闲聊一般说起了唱词的最后一段。

第四阶段

Woiwotithiyayu——shoe thie——
Woiwotithiyayu——shoa thia——
Woiwotithiyayu——laxea fuchi——Sheayu——douku——
Woiwotithiyayu——laxea funin——Shuayu——funin——

Hei——woiwotithiyayu——shoe——wotidufu——
Laluyu——woithie——wuluthi——
Wuluyu——woithie——shoa——thea——

Wuluyu——thia——shoa——thea——

"现在我们已经基本理解了唱词的意思,大火将营地那一侧吞噬,前面四句应该就是这个意思。从第二段开始就有些奇怪了,'wotithiya'是造火之神,'shoe'是跑出去或者走出去之类的意思,'wotidufu'代表着大地之神。看起来意思完全不通。这一段是什么意思?你有什么想法吗?"

凌晓月的表现太过刻意了,她本来就算不上合格的演员,让她故意撒谎的话表现得就更加糟糕了。尽管如此,沈天问还是什么都没有察觉到,单纯以为凌晓月是在和自己探讨问题。

"我对谷底语的了解可没有你那么深刻。"

"没关系,我也是因为有些想不明白,所以想着我们一起来思考的话说不定就能发现什么。"

确实是一个合理的理由,沈天问也爽快地回答了她的问题。

"因为没有介词才会那么难理解吧。假设将这三个词用'我''跑''你'来代替的话,我们听到'我跑你'这种语意不明的句子,当然会不理解其中的意思。但是'跑'这个词是有方向的,无非是'跑过去'还是'跑过来'的问题,所以顺畅地理解下来,应该是'我跑到了你那里',放在原文中就是'wotithiya 到了 wotidufu 那里去'。至于到土地之神那里去是什么意思,我想就是单纯的'去世了'的意思吧。因为谷底人把尸体都丢在了地上,要么焚烧要么任其腐败。这么理解应该是最恰当的。"

这是凌晓月对沈天问设下的陷阱吗?是看她能不能顺畅地解读谷底语,还是说凌晓月通过解读这句话,试图证明'wotithiya'所指代的人物已经去世了,所以不可能是沈天问?

"那么下面两句呢?"

沈天问没有立刻作答,而是满脸狐疑地看着她。

"为什么突然问我,这方面是你更加感兴趣吧?"

"啊啊,不,其实……"

凌晓月不擅长撒谎的缺点在此刻暴露无遗。于是我在旁边帮她圆了这个谎:"因为我对于谷底语完全不懂,所以她就来找你了,还说你看上去比较擅长。"

我的话果然被无视了。直到凌晓月又怯生生地复述了一遍后,她才回了句:"你也是高抬我了。"

话虽这么说,她还是答应了凌晓月的请求。

"根据之前的理论,先把 yu 之类的词去掉的话……"

  Lalu woithie wuluthi
  Wulu woithie shoa thea
  Wulu thia shoa thea

"可以发现最后两句的成分几乎一样。仅是主语发生了变化,从'woithie'变成了'thia'。"

"为什么这里是主语?"

"因为'thia'不是'我们'的意思吗?像这样——"

  Lalu(形容词)woithie(名词)wuluthi(动词)
  Wulu(形容词)woithie(名词)shoa(动词)thea(名词)
  Wulu(形容词)thia(名词)shoa(动词)thea(名词)

"我记得'lalu'是献给神明的歌唱的意思,可是这个位置并不是动词的位置,因此这里应该是形容词,可能是拥有形容词的词性吧。唱词的最后涉及了'我们',一般来说都是希望我们远离灾祸或者希望我们粮食丰收什么的吧。'shoa'是'过来'的意思，或者也可以理解成'汇聚'，这么来看说的应该是希望今后年年丰收的意思。而'woithie'和'wotithiya'具有相似性，应该是同一个词的变化吧，可能是代表'神的尸体'的意思。这么一来整句话的意思就通顺了——"

  Lalu（形容词）woithie（名词）wuluthi（动词）
  （XX的神已经离开了我们）
  Wulu（形容词）woithie（名词）shoa（动词）thea（名词）
  （XX的神将丰收汇聚过来）
  Wulu（形容词）thia（名词）shoa（动词）thea（名词）
  （XX的我们将丰收汇聚过来）

  "下一步，就是去理解这个形容词究竟是什么意思了。'wulu'同时形容了神明和我们，因此可以猜测是'受到祝福的'之类的形容词吧。前面的'lalu'应该就是'被称颂'的意思了。"
  "原来是这样啊，真谢谢你，帮了我很多。"
  她们之间愉快的氛围传达不到我的心里，因为我此刻的状态可以用坐立不安来形容。
  为什么沈天问对谷底语那么了解？如果了解到这个程度的话，是不是就能指使谷底人杀害姚雪寒了？凌晓月说这是为了验证沈天问不可能犯罪而做的实验，可我怎么感觉这反而坐实了沈天问的嫌疑？
  沈天问还是打算睡一觉养养精神。和凌晓月互道了晚安后，她调整了一下自己的坐姿，放松身体靠在了墙壁上。

过了挺长一段时间，等到她差不多已经睡着之后，凌晓月才悄悄地招手示意我靠过去一点，同时也悄悄地侧过身子来做出想要说话的动作。

我明白她要宣布她的结论了，心中也对这个结论是什么有了大致的猜想。

我配合着将身体靠了过去，等待凌晓月宣布最后的结果。只是飘进我耳朵里的悄悄话和我最先预料的截然相反。

"放心吧，她不是凶手。因为她不懂谷底语的语法。"

4

"刚才你说语法，那是怎么回事？"

为了不吵醒沈天问，凌晓月带着我站了起来，往石头建筑的另一边走去。中年男人依旧保持着刚才的动作，只是瞥了我们一眼。另一边，老人和疤痕男似乎被我们惊醒了。老人并不介意，稍微挪了挪身子又继续睡了，而疤痕男则有些不满地到另外一边去了。播种女孩安静地睡着，应该正在梦乡之中。

"这就是我说的实验，看她对谷底语是怎么理解的。其实之前我就怀疑了，还记得我们上一次探讨唱词的时候，她是怎么分析的吗？她是用主谓宾的结构来分析的。虽然结果没有错，但是分析方法是不对的。"

"我还是没明白，为什么主谓宾的分析方法不行？"

"因为我们日常中经常接触到的汉语和英语都是主谓宾的结构，但这并不是构成语言语法的唯一结构。举个最简单的例子，日语就是主宾谓的结构。"

可是说到这里我就更加不明白了，既然主谓宾的分析方法行得通，这不就说明了这是可行的吗？

"我所说的主谓宾也好，主宾谓也好，都不是唯一的，语言比我们想象的还要灵活。就拿谷底语而言，谷底语是没有明确的主谓宾结构的，甚至连动词也可以放在主语的位置。就比如说这里——"

    Huyu——thieu laluya——thiaya——

    Huyu——thieu lalua thiaya——

"这段话是取自唱词的开头，'hu'具有命令的语气，是语气助词。'thie'和'thia'都是名词，而'lalu'是动词，表示'献给神明的歌唱'。但是在下面这句话里，它变成了主语。"

    Laluyu——woithie——wuluthi——

"那会不会'lalu'这个词既具有动词词性，又具有名词词性呢？"

"不会，因为这样一来，这句话里就没有动词了。"

凌晓月的话对我来说无疑是一次冲击。

"后面的'woithie'和'wuluthi'都是名词。'woi'带有尊贵的含义，只用在少数特定的名词上，将'woi'去掉后剩下的词就是'thie'，是和'thia'一对出现的词。发现了吗？类似的词有很多，像是'shoa'和'shoe'等，后者是相反的意思，那么这一对应该也是相反的含义。'thia'是'我们'的话，'thie'就是'我们之外的世界'，也就是'外界'。至于'wuluthi'，这个构词法也很熟悉。我们已经知道了'fuchi'具有'养育'的含义,还记得我们刚到田地的时候,当时那个谷底人就是帮我们喊了'fuchithi'吗?这并非是一个人的名字,而是从事这个行为的人的名称。类似的还有表示狩猎者的'hahethi',都是在行为之后加上代表人类的'thi'来表示从事这个行为的人。

"为什么会用这种形式来表示个体,理由我们之前也探讨过了。因为谷底文明是完全的集体主义,也就是说个人在谷底部落是不存在的,他们没有自己的名字,取而代之的是自己的身份。

"当一个孩子成长到足够为部落做贡献时,就会让他自己选择想要从事的职业,这相当于是为自己找到了一个身份。从今以后,他就是这个身份集体中的一员。其他谷底人有要事要商量的时候,如果他有空闲的时间或者有能力的话,就会自愿地给予帮助。这就是谷底文明不存在个体的集体主义。

"因此在这句话里,后面的两个词都是名词,在第一个词很有可能是动词的情况下,这个词显然就应该是动词了。如果用沈天问的例子来说的话,将这三个词转换成'歌唱''世界''我们',实际上我们能理解的语序是'我们歌唱世界',也就是动词处在了主语的位置。'u'或'yu'就是为了表明主语而存在的。

"谷底语是不存在固定的主谓宾结构的,将主语位置的词语称为强调语应该更加合适。谷底人在交流时会把自己最想要强调的词——无论是名词还是动词,甚至是形容词——都置于主语的位置,因此主语才需要特别的标注。

"既然沈天问依旧以主谓宾的思路去解读谷底语,那就说明她无法真正理解谷底语。这样,她也就无法做出精细的指示了。光是杀人的指示就已经很复杂了,更不用说还要销毁手机之类的。"

听凌晓月这么一说，我也就安心了。可是紧接着又来了很多问题。罗韬遇害的时候我始终监视着桥的方向，绝对没有谷底人过来，那么余下的嫌疑人就只有沈天问了，这又是怎么回事？

"我还有个问题想问，就是——凌晓月？"

我发觉她的样子有点不太对劲，就像是见了鬼一样。她神情不安地看着我的身后。

扭头一看，沈天问居然就站在那里。

"原来是这样啊，你在偷偷怀疑我。"

"不不不不是这样的！"凌晓月连忙摆手否认，"我们只是在探讨各种可能性而已，而且我刚才也否定了你的嫌疑……呜，对不起！"

凌晓月标志性的鞠躬道歉。

"等一下等一下，我也不介意你怀疑我。我刚才就看出来你的那些问题是在试探我了。你怎么可能真的问我这种问题。不过我也没想明白这个问题是什么意思，只好如实作答了。没想到谷底语居然是这样的语法结构，你的话真是让我受益匪浅。"

沈天问一把抓住凌晓月的手，将她带离了我的身边。

"等一下，你带凌晓月去做什么？"

果然，这个问题也被她无视了。她对我的厌恶已经到了连一句话都不想说的程度了吗？

沈天问似乎在逼问凌晓月，后者看到我，露出了求救一般的神情。只是她被沈天问逼到了墙角，我也没有办法给她什么帮助了。

原本睡得好好的老人和疤痕男都醒过来了，看来是刚才沈天问的闹剧把他们都给吵醒了吧。我不知道谷底语的道歉该怎么说。仔细想想，好像从来也没有听到他们说过道歉的话。

老人和疤痕男并不关心我们在干什么，而是站起来，到了中年男的身边。他们三个聊了一阵后，老人和疤痕男到了播种女孩的身旁，和她并排着睡下了。中年男依旧睁大眼睛盯着外面。

就在这时候，他忽然举起手中的弹弓似的武器，对准窗外的一个人影。犹豫片刻之后，中年男发动了攻击，将弹弓上的石头弹射出去，打在了黑影的身旁。这时候我才看清楚，那个黑影是一头熊。

第一下攻击并没有让熊往后退，反而有点激怒它了，它从站立的姿态转为四肢着地，庞大的身体朝另外一幢石头建筑冲过去。

中年男立马拿出叶片，放在嘴边吹响了警戒的口哨。不需要其他谷底人出动，光是听到接二连三的哨声，黑熊就被吓得逃走了。危机解除后，中年男又换了一种音调吹响哨子，其他警戒者也很快发出了回应。

我想去找凌晓月问问她这是怎么回事。当我见到她的时候，却发觉她的脸色很是苍白。

"怎么了？你想到什么了？"

此时，沈天问已经离开凌晓月，到中年男身旁通过窗户查看着外面的情况。她的注意力全在那边，没有注意到我们这里的对话。

凌晓月的这种反应让我紧张起来。

莫非她又否定了自己的推理，找出了凶手是沈天问的证据？

然而她却摇摇头，脸色变得愈加苍白，眼里满是惊恐的神色。

"谷底文明是一个集体感很强的原始文明，没有个体的意识，所有人的身份都用'职业'来区别。既然如此，当时称呼那个女孩的'fuchithi annan thiethi'是什么意思？如果我的猜想成立的话,'thiethi'的词根是'thie',也就是刚刚所说的'外界'的人。从事'外界'的工作的人,那不就是——"

中年男忽然警戒地将手中的武器拿了起来,这次不是瞄准外面,而是瞄准了我们。

就在他旁边的沈天问投降似的举起双手,慢慢后退。与此同时,我和凌晓月看向老人和疤痕男,他们此刻也都拿起了身边的武器站了起来,将我们团团围住。

"Hehau fuchithi annan thiethide!"

刚才凌晓月还说了"fuchithi annan thiethi"就是指那个播种的女孩,老人现在为什么提到她,是因为听到了我们的话,还是说……

凌晓月扯着我的袖口,偷偷指了指女孩的方向。这时候我才注意到,石头建筑里唯独那个播种女孩没有起来。

她低垂着头斜靠在墙壁上,胸前插着一个黑色的东西。仔细一看,是我们带来的用来钉帐篷的钉子。之前沈天问说过,钉子的数量大于帐篷的数量,没有用的钉子就放在了车子的残骸里,没有拿出来过。

为什么营地里的钉子会出现在这里?

"Thiau lalue wotithiyade。Non hehau thia fuchithide。"

老人声泪俱下,就算我没有完全听懂他的话,也能明白他是在控诉我们的罪行。

在他们眼中,我们就是杀害播种女孩的凶手。

中年男吹起了哨子,很快,哨声响彻整个谷底部落。因为紧接着听到了很多次哨声,我发觉不同的哨声音调是不一样的,应该有着不同的含义。

显然,现在这个哨声是最紧急的,因为很快我们所在的石头建筑就被整个部落的谷底人团团包围。他们几乎都手持武器,包括我们认识的那三个谷底人在内,所有人都凶神恶煞的,散发的敌意让身处中心的我冷汗直流。我紧紧地抓着身旁凌晓月和沈天问的手,渴求她们能解答我的疑惑。

为什么事情会变成现在这样?

"我要是早点发现就好了。"凌晓月自责地说道,"为什么和我们接触的谷底人总是这几个人,因为他们还有另一重身份,那就是'thiethi',也就是'与外界接触的人',而对谷底人来说,'外界'的含义等同于'敌人',这才是真相。"

所谓朋友不过是我们的妄想,谷底人从一开始就是我们的敌人。

第八章

1

外面的谷底人让开了一条道,但这不代表他们打算放我们一条生路。

他们将播种女孩的尸体搬到了墓地边上。谷底人将她面朝下端端正正地放在了同伴们身旁,几个人在她的身边绕着圈子,高唱道:"Hei thiau fuchithi annan thiethite, shoeu wotidufude。"

疤痕男的脸上再也没有一点笑容,他用长枪推着我们往前走,让我们跟着一起到墓地那边去。周围的谷底人或是叫喊着什么,或是挥动着手里的武器。我们就好像游街的囚犯一样,在人群的怒喊声中走过这条长长的路。

"Non hehau thiade。"

"Hu shoede。"

"Non weu thiato, wuluyu wuluthide。"

"Sau wotithiya theato, non hehau thiade。"

原本在我们身后的疤痕男绕到了我们的面前,他丢下长枪,转而拿出那个匕首似的短锥子,将其紧紧地握在手中,冲着我们吼道:"Haang sau fuchithi ande!"

说罢，他作势要将手中的短锥子刺向我们。见他的动作，其他人也都同时摆好了架势。在同伴被杀之后，谷底人对我们的友好荡然无存，整个谷底部落的信念只有一个，那就是杀了我们这些外来的"敌人"！

就在这个当口，有个和我们差不多岁数的谷底女孩挡在了疤痕男的面前。

"Haheu ande！"女孩一个人和疤痕男，乃至整个谷底人对峙，"Hehau fuchithi anto, wotithiyau hehae anto, weu ande。"

旁边有谷底人喊道："Non wotidufu hehaeto, on wotiheyau hehaeto, on wotiulau hehaede。"

"Non waweu shoeto, wotithiyau zheade。"

女孩无法反驳，只是一味强调："hehau ande！"

这时候，之前对我们非常友好的驼背老人从一旁的阴影处现身。他神情严峻，看我们的眼神中满是敌意和冷漠，和之前问候的样子简直是判若两人。

他站到了纷争的最中央位置，凛然的姿态让他更像是氏族的长老，尽管谷底部落应该还没有这样的概念。

"Hei thieu！Shoeu thiede。"

"Shoeu ande。"女孩紧张起来了，"thiethiu anto, wotithiyau shoeye ande。"

可周围的谷底人都一副剑拔弩张的姿态，无论男女老少都高喊道："Haheu！Haheu！"

我们还没弄清楚发生了什么，女孩的身体忽然抖了一下。我们注意到有什么东西刺进了她的背后。定睛一看，是那个中年男人拉动了手中的弹弓似的武器，射中了她。

以此为号令,疤痕男用手中的短锥子刺进了她的肩膀,女孩发出了凄厉的惨叫声。周围的谷底人也包围过来,其中的一些人扬起手中的短锥子,还有一些人拿出了和中年男人手上类似的武器,紧盯着地上不断呻吟的女孩。

就在这一刻,旁边一个年纪较大的女性倒下了。我朝那边看去,发觉是沈天问用藏在袖子里的电击器击倒了她,在她向凌晓月伸手的时候,那个中年男人最先发现情况,将手中的武器对准了她。

"沈天问快躲开!"

我一边喊,一边朝她那边扑过去。感受到背后传来的钝痛,我知道自己受伤了。一旁的谷底人发觉我们想要逃跑,纷纷将武器对准了我们。离我们最近的一个谷底人将手中的短锥子刺进了我左边的肩膀,疼痛感让我发出了这一生都未曾有过的惨叫。沈天问连忙挥手,用电击器击倒了那个谷底人,将我从危险中解救了出来。

因为沈天问的手上冒出了谷底人从未见过的武器,他们只好充满怨恨地盯着我们的一举一动,不敢轻易上前。在他们看来,恐怕我们只是接触了他们的同伴一下,他们就被击退了,这简直是宛如禁忌之力。

趁着谷底人犹豫的瞬间,沈天问拉着我的手往外跑,凌晓月也紧跟在我们后面。墓地离丛林很近,在谷底部落满是危险的情况下,留给我们的唯一选择就是往丛林里跑了。

铺天盖地的长枪紧随而来,长枪擦过我们的身体。我看到跑在前面拉着我的沈天问跟跄了一下,她的右手被长枪擦过,划开了一道口子。

"为什么他们要杀了小女孩,她只是帮我们说话而已,不是什么大罪吧!"

连我自己都惊讶于自己的声音为什么会如此虚弱,我还以为不是什么严重的伤。

我应该不会死吧。我已经差点儿死过两次了,知道邻近死亡是一种怎样的感觉。现在还没到那个时候。

"对于集体而言,违反集体的行动是威胁性的行为。因此从她帮了我们的那一刻起,她就不是谷底人了,而被归于外界的敌人,是可以铲除的对象。"

凌晓月的体力不佳,跑几步路就已经喘得不行了。再这样下去她肯定会被追过来的谷底人抓住的,必须要快点进入丛林。

丛林就在我们眼前。只要进了那里,就能尽可能地阻挡谷底人的远程武器。在他们的狩猎者拿着近战武器过来之前,我们就可以躲在那里了。

然后呢?进入丛林之后,我们又该怎么办?拥有那么多人手的谷底人,轻易就能将峡谷间的这条丛林走廊搜查完毕。我们三个人根本就无处可藏。

"那个男孩跟我说了密道!"

凌晓月喘着气说着。

"你说什么,密道?"沈天问不敢相信自己的耳朵。

"是的,之后再跟你们解释,总之进了丛林我们就有办法了。"

我们才刚踏进丛林,就听到旁边的凌晓月发出一声短促的叫声。我想回头去看,身体却忽然失去了重心,眼前的世界立马旋转起来。

是沈天问受伤了吗?她被谷底人打到,失去平衡摔倒了,我也跟着摔在了地上。我想去找她在哪里,想问她伤得重不重,可是我到处都看不到她。

脑袋上传来一阵钝痛，好像是什么东西砸到我了。我也没有力气去确认那究竟是什么了。

在一片天旋地转中，我慢慢地合上了眼睛。

2

有人在叫我的名字。

身处烈火之中，我听到了火焰迸裂时噼噼啪啪的声响，空气中弥漫着刺鼻的焦味。我睁开眼睛，想从地上爬起来，却使不上一点力气，只能仰躺在地上，如井底之蛙一般仰望着高不可及的峭壁，以及峭壁之中被切割出来的圆形的夜空。

我现在在哪里？这是现实，还是幻觉？

周围有别人在吗？还是说只是我孤身一人？我现在还在谷底吗？其他人都去哪里了？

仿佛是为了回应我的期待一般，耳朵里传来了纷杂的脚步声。

方永安到了我面前，不屑地笑了，手上还拿着那把银色的匕首。他用匕首的一面拍拍我的脸，嘲笑道："你就这点能力吗？"

雷猛从旁边过来，他驼着背，年纪不大却像八九十岁的老人那样。在畸形的身体之下，他的本心却很善良。他安慰我："一切都会好起来的。"

顾云霄迈着健朗的步子神采奕奕地朝我这边走来。他的笑容极具感染力，那是乐观又坚强的老人所特有的爽朗笑容。他鼓励我："你们年轻人可不能倒在这里啊。"

秦娇看我受伤了，忙着在我的身上寻找伤口，看我伤得严不严重。她的手上拿着急救箱和纱布，那熟练的架势宛如一个真正的医生。她一边帮我处理伤口,一边向我保证:"你放心,一定会没事的。我会救下所有人的。"

金荻挺着一个大大的肚子,慢悠悠地来看望我了。我们之间没有什么接触,可在这种环境下,正是所有人需要齐心协力的时候。他有些谦虚地说道:"我只是一个普通的司机,帮不上什么忙。如果有什么我能做的,随时叫我。"

姚雪寒也来了。她不像刚认识的时候那样慵懒而随性,对周围的一切事物都没什么兴趣。她眼神中满是坚毅,坚定地牵起了我的手,说道:"一起加油吧。"

戴安娜依旧穿着花哨的衣服。她无奈地搔了搔脑袋,像是在犹豫该说些什么好。可能是一时半会想不到比较合适的说辞,便有些自暴自弃地说了句鼓励的话。虽然简短,可她的心意也传达到了我的心里:"加油。"

罗韬过来牵起了我的手,撒娇似的在我的手边蹭来蹭去,就算被戴安娜拉着领子他也不愿离去,两眼汪汪地问我:"等我们离开之后,一定要和我们一起吃晚饭哦。我和戴安娜会好好招待你的,所以答应我,一定要活着离开,好吗?"

我想回答些什么,可是嘴巴就像是失去了知觉一样,无论我怎样使出力气,嘴巴都发不出一点声音来。

仅是一眨眼的工夫,我的同伴们就都不见了。我仓皇地想要抬起上半身来寻找众人的身影,结果连起身的力气都没有了。

自己又是一个人了。在与世隔绝的另一个世界里,自己孤身一人。无助、悲伤、绝望,仿佛被整个世界遗弃了,比死亡更甚的恐惧。

"请你一定要没事。"

没有什么自信的柔弱的声音,还有奇怪的敬语,这是凌晓月的声音。

和她的声音一同响起的是另一个熟悉的声音,像是——

我的妹妹沈天问的声音。

"没事吗?姐姐,一定要没事啊……"

是妹妹吗?你没事就好。姐姐能看到你平安无事就满足了,就觉得一切的努力都是值得的。

沈天问的脸被泪水和鼻涕糊满了,我甚至能感受到冰冷的泪水滴到了我的脸庞上。她正晃着我的身子,哭着喊:"姐姐,姐姐!快醒醒,快醒来啊!"

妹妹……不要哭了,姐姐就在这里啊。

我想要伸出手,却发觉自己的身体一点也不听使唤。

"姐姐!千万不要死啊!姐姐!"

这是现实还是幻觉?一定是幻觉吧,可我宁愿相信这是现实。哪怕是幻觉,这次我也不想再错过了。

我试着伸出手,但果然做不到。我只好尽力去活动那麻痹的舌头,扯动自己的声带,让气流冲过狭窄的声门,竭尽全力发出声音来。

"妹……妹。"

她惊喜地睁大了眼睛,不再哭喊了,而是将手放在了我的脸颊上。感受着从她手心传来的温度,我恍然发觉这并非我的幻觉,而是现实。

我的舌头并没有麻痹,上半身还留有知觉。我唤起了双手的意识,用它们撑起了我的身体。沈天问让开了一点,等我终于支撑起上半身后,这才过来抱住了我。感受着妹妹的温度,我终于找回了自己的意识,这才算是回到了现实中。

我现在所身处的地方并非谷底,而是一座山洞。空间有些局促，头顶上方不远处就是山洞的顶部，那里似乎是一条长长的天然隧道，通往另一个空间。时不时的滴水声打破了山洞内的静谧，仿若这个冰冷怪物的心跳声一般。

怎么回事？刚才我们还在丛林里被谷底人追杀，现在为什么会在这里？

环顾四周之后，我的视线又落回到了沈天问的身上。此刻她的泪水和鼻涕都混在了一起，弄得满脸都是。妹妹这般滑稽的模样我还从未见过，实在是有些好笑。

"果然，我刚坠落到谷底的时候，那个在我面前哭的人就是你。明明还说再也不会叫我姐姐了，为什么要勉强自己说这种话——"

"都这时候还说这个干什么！你知道刚才有多危险吗？你差点儿就死了啊！"

沈天问像是在发泄情绪一般前后晃着我的身体，却又害怕触及我的伤口而不敢用力。

"为什么要救我！我是在帮你们打开一条路，你们完全可以丢下我跑出去的，完全可以不管我就让我死在那里的，为什么要救我！"

"因为你是我的妹妹——"

"是没有血缘关系的，背负着罪孽的妹妹。"

罪孽……你哪有背负什么罪孽啊。令我成为孤儿的人是你的爸妈，而无法发自内心原谅他们的人也是我，你从来就没有犯过什么错啊。

"要说有罪，那也是我有罪。"

"姐姐的罪在刚才就已经赎清了。"

记忆中沈天问的那张灿烂的笑颜，终于在我的面前复苏了。

"因为你终于真心地叫我'妹妹'了。"

3

沈天问擦干了泪水,拉着我站了起来。我们走到了更加宽阔的地方,沿着隧道往里走一段就到了另一个较大的洞穴。寒气让我的身体不由得抖了起来,再加上微微的冷风拂过我的脸庞,更是让我打了个哆嗦。

"凌晓月呢?"

"她在寻找另一个出口。"

沈天问往右指了指洞壁上的一个缺口,往上有一个用杂草盖起来的狭小洞口。从洞口到地面大概有两米的落差。

"如果有其他谷底人知道这里的话,他们就应该能联想到小男孩经常出入这里,但实际上他们没有发现,这就说明他们不知道这个洞穴的存在,是小男孩自己一个人发现的。于是凌晓月推理出,这里的落差很大,而且没有可以抓手的地方,男孩下来后从这里一定是回不去的,所以这个洞穴一定有另一个出口,很可能还与桥的另一头相连。"

"为什么?"

"我跟凌晓月说小男孩曾经出现在营地里,看起来不是第一次过来了。以谷底人对营地那一侧的顾忌程度,应该是不会允许他轻易过桥的。还有一点是小男孩敢于触犯禁忌。如果小男孩一直都能接触到桥的另一头的话,心中对于禁忌的认识会越来越薄弱,也就不会排除一切外界的事物了。她是这么说的。"

我想爬上去看看,结果肩膀传来一阵撕裂般的疼痛,让我收回了身子。沈天问担心地蹲下来,看了看我的伤口后,让我还是不要乱动比较好。

"没关系，我只是不小心拉扯到了，接下来就没事了。对了，我肩膀上的绷带是……"

"我本来想撕自己的衣服，但是我穿的这种背带裤不太好撕，然后凌晓月就用她的袜子当作绷带了。另外她还带了之前谷底人救治戴安娜时用的药草，帮你敷上了。"

为什么？既然谷底人是敌人，为什么凌晓月还要相信他们的话？说不定之前谷底人都是在骗我们啊。

刚好这时候凌晓月回来了，省得我们再去找她了。

她先是小心地看了眼我的伤口，问我有没有什么大碍。看我确实恢复过来后，她才安下心来。

"这是哪里？小男孩说的密道就是这个洞穴吗？"在凌晓月半蹲身子帮我确认伤口情况的时候，我抓住机会问道。

"嗯。小男孩跟我说了在丛林里有个与外界之间的通道什么的。标志是'shueshuwowa'，一开始我也不明白是什么意思，但是猜想'wowa'是鸟类的话，那么这个词可能是指小鸟。结果我真的在丛林里找到了四只小鸟的尸骨。这些骨头整齐地排成一个扇形，显然是有人故意这么放的。我就在圆心那里找，果然找到了一个很小的洞口。"

就结果而言，是小男孩救了我们。从他当着众人的面过桥到我们这边的那一刻，他就做好了被同伴排除在外的准备了吧。想要告诉我们秘密通道的事，也像是他在看到了自己的未来之后，特意留下的遗言吧。

谢谢你，没有名字的小男孩。希望你来世能得到幸福吧。

此时此刻，只有我们这些外乡人能为他祈祷了。

现在，我们正躲在只有小男孩知道的密道里，暂时不用担心会被谷底人追杀。虽然前景还很糟糕,首要的食物问题就是一个大麻烦,可我现在也没有多余的心思去想这些了。

我累了,沈天问也累了。

接连的死亡,紧迫的威胁,在终于从危机中解脱出来的这一刻,我们已经不愿意再去思考了,只想好好享受这片刻的安宁。

我们挑了个平坦的地方面对面坐了下来,悠闲的样子就像是一起在外野餐的高中同学,完全看不出是正处在死亡边缘的落难者。不过或许正因为是这样绝望的状况,我们反而能安下心来,不为一些无关紧要的事担心吧。

于是我迫切地问了个非常在意的问题。

"为什么谷底人从一开始就是我们的敌人?第一次接触的时候,虽然他们表现得很警惕,但后来不是很友好地招待我们,还帮戴安娜疗伤吗?我不太理解为什么会有这么矛盾的行为。"

回答我的自然是在这方面调查了很久的凌晓月。她唯独在谈及谷底文明的时候,显得胸有成竹。

"原始文明对于'神明'或类似概念的感情是很复杂的。还记得唱词第三段的内容吗?"

第三阶段

Kagaya——woiwotithiyayu——loxieya——thiawawe——
Thiayu——fuchiya——Doukuyu——shie——thia——
Thiayu——funin——Dofuyu——shua——thia——
Non woiwotithiyau wea thiade。

Haang woiwotithiyayu——choa thiawawe——

Woiwotidufuyu——shea thia——
Woiwotiulayu——shea thia——
Non woiwotithiyau wea thiade。

Wi woiwotithiyayu——zhea thiadouku——
Wotithiyayu——shoashia——
Wotithiyayu——shoeshae——
Non woiwotithiyau wea thiade。

"在几乎平行的三个段落里，出现了三种语气。第一种是'kaga'，也就是请求；第二种是'haang'，刚才我们也听到了这个词，代表发怒或者威吓；第三种是'wi'，也就是尊敬。这刚好对应了原始人对于'神明'的三种感情——乞求、威吓和尊敬。

"如果代入原始人的立场，就很好理解这三种感情了。以'雨'为例。种田需要水，如果不下雨，河水就会干涸，作物就会枯死，供给部落的食物就会短缺，部落的人口就会减少；而如果雨水太多，河水泛滥，同样会对部落造成损害。但是雨水对部落的发展又是极为重要的。

"所以如果真的存在一个雨水之神，原始人一定希望雨水之神能够将降水量控制在适合作物生长又不至于变成灾难的范围内。为了达到这个目的，原始人会通过祭祀的方式表达自己的尊敬，让雨水之神高兴，不让神明降下灾难。如果降水偏少，原始人就会向神明乞求；如果降水过多引发灾难，原始人就会威吓神明。

"只是谷底人比较特殊，他们的神明概念还很模糊，但是基本的要素都已经齐全了。因此回顾一下就能发现，谷底人对我们的态度并非是友好或是敌对,而是在试探。如果我们是为谷底带来好处的神明,他们就会恭敬地对待我们;如果我们给他们带去了灾难,他们就会威吓我们,甚至会铲除我们,只因为我们表现出了脆弱的一面——秦娇在祭祀那晚的杀人和被杀证明了这一点。但是在这之前,在他们不知道我们究竟会怎样对待他们的时候,他们采取的措施就是祭祀。"

也就是说,那几个和我们接触的谷底人,并不是单纯地接触我们,而是在祭祀。

在凌晓月的梳理之下,我们大致明白了事情的来龙去脉。

首先是沈天问出现在了谷底部落,她被视为外界的敌人而遭到谷底人追杀。幸运的是谷底人无法过桥,至少不能堂而皇之地过桥,因此过了桥的沈天问逃过一劫。

此后两方一直和平地生活着,直到我们的降临,人数的增加让谷底人担心了起来,不知道我们有何打算,对他们来说究竟是敌是友。

在我们商量着要如何试探谷底人的同时,谷底人之间也在商量着要如何试探我们。其结果就是,根据集体主义的原则,来自不同领域的谷底人共同组成了一个特别的队伍,只有这个队伍能破例和我们接触,也就是"thiethi"。

这些thiethi(接触者)通过和我们进行当面的交往,判断我们究竟是不是敌人,并由他们来恭敬地向我们献上谷底部落的诚意,好让我们保佑他们。

在我们第一次前往谷底部落的时候,其他谷底人都很紧张,以为我们会对他们造成威胁。在我们表示一定程度的友好之后,thiethi(接触者)便出场了,他们为了祭祀我们这些神明,邀请我们前往他们的部落参观,还在晚上歌唱、设宴。

不是我们正巧碰上他们的祭祀，而是我们本来就是祭祀的对象。

在那之后，发生了我们神明之间互相残杀的事。这些谷底人并不关心，但是想要逃出谷底的秦娇让他们误以为是去寻找救兵的。这样一来谷底部落就会被波及。为了防止部落遭遇灾祸，他们才紧急出手杀死了秦娇。

接下来，谷底人的thiethi（接触者）一直在向我们这些剩下的神明表示敬意，希望我们不要降下灾祸，直到现在。

因为播种女孩的死，谷底人一致认为这是神明导致的。这显然成了谷底人敌意爆发的导火索，他们认为崇敬我们并没有用，态度就转变成了威吓，甚至铲除。

最后帮我们说话的那个女孩，因为站在了我们这一边，被视为敌人而惨遭杀害。这就说明到了这个阶段，谷底人已经放弃了向我们表示尊敬以求得我们恩惠的想法。

他们将拿起自己的武器，为了部落未来的发展，将我们这些给谷底部落降下灾祸的"神明"赶尽杀绝。

4

我早就料想到会是这样的情况，可真的走到这一天时，心中还是有种说不出的绝望。沈天问也一定和我抱有同样的想法，因为我看到她的神色黯淡下来，一直以来的活力也都见不到了。

凌晓月安慰我们说，她沿着这条隧道走，可以发现洞穴的另一个出口。正如她之前所猜想的，只要从这边过去就能绕开谷底部落回到营地。她上去观察了一下，因为大雨的关系，营地那边的火已经灭了，此外为了防止火灾蔓延而搬走的木桥也被谷底人搬回去了。应该是在她们失踪之后,谷底人为了找出他们,回到营地这边翻找过了吧。

现在谷底人为了杀死我们,都能集体过桥了,看来是绝对不能回去了。

就算现在能回去也没有用。谷底部落还有哨所,只要被他们发现,一定又会遭到攻击。而且就算出去了,唯一的出口也在谷底部落那里,如果我们不能穿过谷底部落,也就永远没有逃出去的机会。

在我们想到逃出去的办法之前,还是留在矿洞比较安全。话是这么说,我们也不可能一直待下去,除了最重要的食物问题,还有另一个重要的问题——

沈天问指了指我。

"必须要让她得到治疗。我们只是简单地处理了一下伤口,如果感染的话就麻烦了。"

一定要尽快想到逃出去的办法。

不只是逃出这个洞穴,而是要一鼓作气逃出谷底。

这时候,凌晓月忽然提了个不相关的话题。

"我发现了一个有趣的东西,要一起去看看吗?"

沈天问有些担心地看着我,我告诉她没事的。而且一直坐着也不好,到时候需要奔跑的话就麻烦了。最好尽快恢复自己的行动力。

我们不明白凌晓月发现了什么。既然是她发现的东西,一定有特别的用处吧。而且现在我们也没有别的选择了,不管是怎样的线索,我们都只能选择去看一下,说不定将来就会对我们的逃脱有所帮助。

我们往洞穴的深处走去。和我想象中满是五彩缤纷的水晶,或是遍地石笋的景象不同，这里平平无奇，就是一条毫无美感，甚至有些丑陋的山洞而已。四周的石壁凹凸不平，像极了癞蛤蟆的皮肤。整条路弯弯曲曲的，虽然在走直线，可两边的石壁却像是扭了好几个弯。在这里走只会让人心里难受，我一刻也不想留在这里了。

走了好一段路后，前面出现了岔道。凌晓月告诉我们左边就是通往营地的路，但现在我们要走的是右边的路。

经过一段非常狭窄的，哪怕一个人走也要侧过身子的小路后，前面豁然开朗，别有洞天。

石壁组成了一个类似椭圆形的空间，中间是个小池塘，里面还能看到几条小鱼在游动。抬头看天，上方便是星罗棋布的夜空。在城市里生活的我，从没想过能看到这么美丽的夜空。

"好漂亮啊……"

我忍不住赞叹道。

可是沈天问的心思却完全没有放在这片美景上。她拽了拽我的手臂，残忍地将我从眼前的夜空拉到了地下的冰冷尸体边。

"这是？"

我一下子警觉起来。还活着的现代人就只有我们三个了，这个趴在池塘边上的男人是谁呢？

凌晓月走近尸体，将他的身体翻了过来。一张泡得发烂的脸转向我们，因为太过异常，我第一反应并没有被吓到，而是以为他带了什么面具。要不是凌晓月满脸歉意地道歉，然后把尸体的脸转了过去，我还不会意识到那张苍白而肿大的脸居然是人脸。

"那个人是谁？"

沈天问想走近了看，却因为害怕而缩了回来。之前雷猛和顾云霄的尸体都很完好，第一次见到这样的尸体，就连沈天问也不敢靠近了。

那张脸已经完全看不出原来的样子了，可我还是觉得有些熟悉，好像在哪里见到过。

究竟是哪里？

凌晓月给出了答案。

她翻开尸体的衣服，从里面掏出了证件。

"他就是金荻。在车祸发生的时候大概想跳车，结果不知怎么被甩进了这个山洞，坠落而亡。"

在提醒之下，我终于也想起来了。没错，那张脸确实是金荻的脸，虽然只见过一两次，但我敢保证没有错。

可是这样一来……

沈天问说出了我心中的问题。

"之前神殿上那具被烧毁的尸体，如果不是金荻的话……那会是谁？"

那具尸体绝不可能是谷底人的，可是如今我们现代人里死去的人，他们的尸体都已经找到了。

唯一没有看到尸体的是罗韬，可是在神殿上的尸体出现时他还活着，不可能替换尸体的身份。

那个被烧死的现代人，究竟是谁？

5

沉默了许久之后，沈天问终于忍受不了内心纷乱的思绪，情绪有些失控了。

"真是的，完全搞不明白了，这到底是怎么回事？为什么会发生那么多奇怪的事？"

我也是如此。在经历了那么多奇怪的死亡事件后，我的精神状态也开始变得不稳定了。我们的同伴为什么接二连三地被杀，究竟是谁想谋害我们？这具多出来的尸体又是怎么回事？我现在脑子里都是这些悬而未决的问题。

而我们之中唯一有希望解决这些问题的，只有凌晓月。

"凌晓月，你知道真相了吗？"

可凌晓月只是摆起手来，笑着说道："我不可能知道啦，我没有这种才能，根本做不到的。你们太高看我了。"

"可是你之前也很漂亮地推理出了秦娇就是杀害顾云霄的凶手吧？这次也可以试试嘛。"

我也加入劝说的队伍。不管怎么样，我们想要知道真相。

"首先，雷猛之死是怎么回事？之前你推理出凶手是金荻，现在金荻显然不可能是凶手，因为他在车祸发生的时候就已经死了。那个谷底人的脚印是怎么回事？凶器是什么，凶手又是怎么杀害他的？

"其次，就是那具多出来的尸体是怎么回事？他的真实身份是谁？其中有替换身份的诡计吗？如果有的话，就相当于平白无故多出来两具尸体了，这么做根本就没有意义。还有，这具尸体陈尸的现场是个密室，谷底人因为禁忌无法登上峭壁，而我们现代人要么因为客观因素，要么因为不在场证明而全部被排除了，凶手究竟是怎么做到的？凶手为什么一定要制造这起不可能犯罪？"

凌晓月被我们两个的气势吓到了，慌忙辩解道："你们姐妹俩等一下，我们现在最先应该考虑的不是逃出去的问题吗？"

这个问题已经不重要了，不管怎么想我们都是死路一条。除非奇迹发生，不然我们根本不可能逃出去。与其不明不白地死去，还不如趁现在赶快把心中的所有困惑都解开。

沈天问一定也是同样的想法，我会这样也全都是被她影响的，毕竟我们是一起生活了二十年的、没有血缘关系的亲姐妹啊。

我无视凌晓月的话，继续说下去。

"然后是姚雪寒之死。凶手什么时候偷走了沈天问身上的匕首？当时能自由行动的只有过来帮忙救治戴安娜的谷底人，其中只有四人有机会——女孩、疤痕男、小男孩和中年男人。凶手就在他们之中吗？可是，姚雪寒的手机被凶手砸烂了，这个举动又意味着是现代人所为。在视频中发现了祭祀时有人在我们的营地里，这个人是谁？"

沈天问稍显惊讶，因为她没有跟我们调查，自然不会知道这些线索。

"接着是罗韬之死。在谷底人走后我始终守在桥边，谷底人绝对不可能过来。因此，有机会杀人的只可能在我们三人之中，可是我们三人都不可能是凶手，这是为什么呢？"

沈天问跟着问道："是罗韬在自导自演吗？那具尸体我们并不能明确判断是他。和金荻一样，除非我们有客观的证据证明那具尸体是罗韬，或者另外找到了他的尸体，否则我们无法确认那就是罗韬的尸体。这会是被替换的尸体吗？如果是这样，那么被替换的是谁？替换的目的又是什么？"

见我不说了，沈天问又补充了最后一个问题：

"最后是那个谷底女孩之死。凶器是在我们这边拿的钉子。按照刚才的说法，唯一可能过来的只有那些thiethi（接触者），也就是疤痕男、小男孩、老人和中年男人，凶手就在他们之中。杀死那个女孩的是谁？动机是什么？这起案件和发生在我们营地的一系列案件有关吗？"

我们姐妹俩将这几天遇到的所有问题都一股脑地倒了出来。我们因为一下子说了太多话而有些口干舌燥，凌晓月则已经抱起头，看上去非常头痛。

"呜呜呜，我也不知道，就算你们这么问了，我也不知道答案啊。"

看她的样子不像撒谎，是真的不知道吧。之前她也说了，自己不是侦探，不能像侦探那样漂亮利落地解决案件，阻止悲剧的发生。我也从她身上感受到了一种质朴的纯真。

她能解决顾云霄的案件，真是如我之前所想的那样，只是单纯比我们看到的东西更多一点，仅此而已吗？

难道这就已经无计可施了吗？

我看向沈天问，发觉她也垂头丧气的，看来也是很失落吧。我们就要在一片迷雾中不明不白地死去了，要么被谷底人杀害，要么饿死在洞穴里。

看我们的情绪都这么低落，凌晓月兴许是想活跃一下气氛吧，她像幼儿园老师一样拍了拍手，吸引我们的注意。

"不如来想一下怎么逃出去吧。"

"怎么可能，我们逃不出去的。"沈天问自暴自弃地说，"能离开的路只有一条，还是在谷底部落那边。秦娇的结局我们也都看到了，就算三个人一起冲上去也做不到吧，又不是很好走的路，中间有很长一段路需要时间来攀爬，着急的话不等谷底人杀我们，我们自己就会掉下来摔死了。"

无论怎么想都是很绝望的情况。

可凌晓月看上去却很乐观。

"我之前想到了一个逃出去的办法，但是我不确定会不会成功，一直没有告诉大家。现在也没有时间再去验证自己的想法了，所以只好死马当活马医。你们愿意听吗？真的很对不起，如果我能在事情变得这么糟糕之前确认一下就好了。真的对不起。"

现在这种情况还能有什么方法呢？不过能有想法总是好的，不管会不会落空，希望有多么渺茫，我都会去抓住这个转瞬即逝的微光。

"即使最后真的错了，一切都是空欢喜，也没有关系吗？"

我们姐妹俩都很坚决地说没有关系。

"而且一旦行动了，很可能会被发现，到时候可能就没有重来的机会了。这样也没有关系吗？"

我们的回答依旧没有变。

凌晓月终于安下心来，准备说她想到的逃生方法了。可刚要开口，却又像犯了难一样皱起了眉头。

"怎么了？有什么问题吗？"

"不……先说结论的话有点太突然了。可是从哪里开始说比较好呢？"

摇头晃脑地思考了一阵后，凌晓月还是无奈地叹着气，放弃了选择。

"还是从头开始说起吧。"

6

听完凌晓月的逃脱计划，终于到了做最后准备的时刻。凌晓月说自己的想法要自己负起责任来，所以一个人去确认路线，制订详细的作战计划了。

这也刚好，她给我们姐妹俩留出了一段单独相处的时间。

奇迹般的机会,说的就是这个时候吗?

不,这绝对称不上奇迹,只是最后的结局之前,不得不面临的时刻罢了。

"我有话想跟你说。"

"我也是。"

她对我露出一个勉强的微笑。我想我脸上也是同样的表情吧。

我们坐在了池塘边上,面朝一个看不见尸体又能看见夜空的地方。夜空依旧那么美丽,那么遥不可及。

接下去我们要做的事真的是赌上了自己的性命。一旦凌晓月的推理错了,或者我们的行动失败了,那等待我们的无疑就是死亡。尽管风险那么大,我们还是愿意去做,因为这或许就是我们唯一的机会了。

或许,现在是我们姐妹俩最后一次对话了。

有些事情,必须要说出来了。

尽管心中有很多话想说,真正到了这个时刻却还是什么都想不到。我只能像个愚钝的木头人一样,从无关紧要但又密切相关的事开始聊起。

"你觉得凌晓月的那番话怎么样?"

"还说自己不擅长推理。刚才她说的那些,不都是实打实的推理吗?还真是对自己的才能没有自信啊。"

"你觉得怎么样?可靠度有多少?"

"我吗?我还是挺相信她的,虽然她有点理想主义。"

我从地上随手摸起一块石头,打在了水面上。她也学着我的动作,扔出了一小块石头。这样悠闲地坐在一起聊天,我们姐妹俩好像很久都没有做过了。

"理想主义是什么?你是说她的计划一定会失败吗?"

她没有直接回答我的问题，但是她想说的话准确地传到了我的心里。

"谷底人是蒙昧，而不是愚昧。"

随后便冷场了，我找不到合适的话题，刚才的话题也继续不下去了。

这时候，沈天问主动切入了正题。

"沈一心，我想问你一个问题。"

"你不是叫我姐姐了吗？"

"那是另一回事。"她别过脸去，但我依然能借着月光看到她脸上淡淡的红晕。"别打岔，这个问题很重要。你是怎么看我这个妹妹的。"

我的妹妹是怎样的？我能想到好多词。她好奇心旺盛，会考虑别人的感受，敏感纤细虽然有些谈不上，但也勉强算是她的一项特质吧，还有就是……很会照顾人。

见我一直不说话，她便自顾自地说下去了。

"我眼中的沈一心呢，是个一直藏着心事的人，哪怕真正开心的时候也只会假笑。现在我已经知道原因了，你一定是记得小时候发生车祸的场景，所以才融入不了这个家庭吧。对你而言，我们一家都是杀人凶手，或许连我都不例外。我一直不知道这件事，一直把你当成我的亲姐姐，想一直陪着你，直到你露出真正的笑容。"

我又何尝不是呢。我想忘掉过去的回忆，我想从车祸中走出来，我想真正地获得幸福。我也和你一样，把你当成我的亲妹妹，想要一直陪着你，直到我们都获得幸福啊。

"所以沈一心，在你眼中，我会不会很可笑，因为这点事就大动肝火离家出走。在知道是我误会了之后，你会不会在想，

'我这个当事人都没有说什么，你又怎么能理解我'。想过也好，没有也罢，都不重要。我只是想说，我离家出走的原因不是别的，而是我对自己曾经的包容产生了怀疑。既然我和姐姐根本就走不到一起，那么我的愿望又成了什么？我想和姐姐一起幸福地生活下去的期望又成了什么？

"从那一刻起，我恨你，恨到想要杀死你的地步。不是因为你抢走了我爸妈的爱，而是因为你抢走了我的希望。你能明白吗？"

我能明白。在你说出来之后，我就明白了。

我一直在担心能不能融入这个家庭，一直在想我的事和爸妈的事，却从来没有考虑过我的妹妹她是怎么想的。如果我能早点知道她对我抱有怎样的感情，我们之间的隔阂即使不能消失，也能很快解开吧。

"沈一心，这就是我想问你的问题——你真的抢走了我的希望吗？我希望你能认真地回答。"

我还是第一次见到沈天问这样的表情：无比认真、无比伤心、无比期待，但是在此之外，又有某种说不清道不明的东西——或许可以称之为爱慕。

面对如此认真的妹妹，我也认真地给出了我的答案。

"我一直都想成为你的亲姐姐。"

沈天问捂住了嘴，一副要哭出来的样子。

第一句话说出口后，后面的话就自然而然地吐露出来了。我已经在自己的脑海中将这段话排练过无数遍了，为的就是等到机会说出口。我现在终于等到这个机会了，尽管这个机会还是来得太迟了些。

"你知道吗？我一直都很痛苦。爸妈以为我还小，记不得小时候的事,可是我记得,记得清清楚楚。我忘不了过去,没办法就这样和你们开开心心地生活在一起。但我又想和你们在一起,想和你们成为一家人,因为这二十年的时光真的,真的很幸福。尤其是你。"

我将她的身子拉了过来,轻柔地抱住了她。

"和你在一起的日子真的是我最开心的时光,我甚至想象不出这个世界上究竟还有什么别的事能让我更加开心。我一直都想成为你的亲姐姐,可是我一直都跨不过心中的那道槛。

"我这二十年都被过去的阴影所笼罩,根本没办法向前迈出一步,根本无法真的成为你的姐姐。我以为我不说出来就没有关系,就像爸妈以为只要不说出来我就不会记得一样。真是大错特错了。如果我早说出来就好了,如果我早点告诉你,我很喜欢这个妹妹,我想当好你的姐姐,我能早点这么说就好了。"

沈天问强硬地用手挡住了我的嘴,阻止我继续说下去。

"不,这不怪你。如果我能早点说出对姐姐的感情,能早点说出我的希望,这之后的事可能都不会发生。我一直都想告诉姐姐的,每次在姐姐幸福地假笑的时候,我都想拉过姐姐的手,说'我喜欢姐姐,希望姐姐也一直陪在我身边',可是哪一次我都没有这么做,生怕我理解错了姐姐的心思,反而伤害了姐姐。要是我能早点……"

我们都在寻找那个奇迹般的时刻,能够自然地将我们的所思所想全都说出口。然而比起可遇而不可求的奇迹,我们身边明明有那么多机会可以创造出这样的机会,可我们却一次都没有抓住它,每一次都让它从我们的身边悄然溜走。

如果我能早点说出来,或者妹妹她能早点说出来的话,或许我们现在仍然在家里过着日常的生活,不会流落到这种地方吧。

可现在说什么都晚了。

7

凌晓月回来了。她告诉我们都已经准备好了，下一步就是出发了。我和沈天问就像视死如归的战士一样，坚定地站起身，朝着战场出发。

另一条路的弧度非常大，甚至让我产生了自己在走螺旋楼梯的错觉。经过了差不多一个半圆的路径后，我们在中途停了下来。凌晓月告诉我们，上面就是通往神殿背面的通道。

正如凌晓月之前猜想的那样，这里的坡度比较缓，就连小孩子也能轻松地爬上去。

我们从地下钻了出来，小心地注意着四周。之前肆虐营地的大火已经被雨水浇灭，大地因为火烧而成了一片焦黑色。在我们的视线前方就是那座石头金字塔，也就是凌晓月所称的神殿。

她的计划就是从神殿的后面打开一条通道。考虑到承重的关系，这条通道不能开得太大，但又会增加风险。如果被里面的某人发现的话，说不定我们会处于相当被动的局面。

凌晓月说自己的想法由自己来负责，勇敢地挑起了这副重担。老实说就算把这项任务给我，我也不敢肯定我能做得更好，所以凌晓月这样说时我们只能接受。

任务开始了，凌晓月立马着手拆除神殿下面的石头，我在旁边辅助，如果发现什么问题立马将应急用的石头或木材递过去。沈天问则蹲在神殿的墙角边上，偷偷摸摸地往外瞄。

因为担心通道太大会很危险，开了一个小孔之后，凌晓月就决定先钻过去。如果这时候她被里面的某人打了头，那么一切就都完了。

我紧张地看着凌晓月匍匐在地上一点一点往里面挪，生怕中途发生什么意外。幸好，她平安地进去了。我把沈天问叫了过来，接下来就是我们两个进去了。

等我们三个终于全都进到神殿里，有闲心观察室内之后，我们才被眼前的景象震撼到了。

"凌晓月好厉害，完全说中了。"

"所以那个人在——"

凌晓月做了个嘘声的手势，然后指了指上方，我和沈天问一起朝空中看去。果然，在黑暗之中出现了一片火光，正一点一点地从高处降下来。等到这个人下到地面之后，我们终于在火光之后看到了这个人的脸。

到了关键时刻，凌晓月反而有些紧张了。她半天都说不出话来，等对方都要走过来了，才拼尽全力将自己想说的话说了出来，同时不合时宜地鞠了一躬。

"请问你就是——"

第九章

1

"还是从头开始说起吧。"

凌晓月端坐在附近一块凸起的石头上,开始向我们介绍她的计划。她本人声称这不是推理,不过在我听来她所说的无疑就是推理。

"先从雷猛那件事说起吧。我犯了一个大错误,看到他的外套上没有破口,而里面的衣服却有,就认为雷猛是在室内遇害后被伪装成在外面遇害的,或者是因为要干重活而脱下了衣服。但是无论怎样都说不通,为什么凶手或者雷猛本人要这么做?

"但实际上问题远没有这么复杂。因为雷猛穿的是短外套,短外套上不留下痕迹是有可能的——在他直起身子抬起手的时候。"

凌晓月自己也站起来,高举起双手做了示范,她身上穿着连衣裙,虽然幅度没有短外套那么大,但还是能看出来有一点轻微的升高。如果是牛仔短外套的话,效果应该会更明显吧。

"雷猛本来就是驼背,如果他站直了再举起手的话,外套的下摆就会被拉起来,伤口就是在这时候形成的。"

沈天问激动起来,她此刻也想到了自己的答案。

"因为有人在身后勒着他的脖子，对吧？"

她冷不防地从我身后勒住了我的脖子，吓得我本能地抓住了她的手。她的动作让我也明白了那一晚发生了什么——有人从后面偷袭雷猛，在他的身后勒住了他的脖子，在雷猛反抗的时候，凶手用凶器捅死了他。

"可是为什么凶手要用这么不方便的凶器？圆柱形的凶器只能想到凳子腿之类的东西。比起这个，匕首、钉子、剪刀之类的锐器在帐篷里都能随手找到。顾云霄的命案是因为凶手想要伪装，这才限定了凶器。但是对于第一起案件的凶手而言，没有限定凶器的必要吧。这么想的话，凶手莫非没办法自由行动，因此是无法轻易获得便利凶器的姚雪寒？"

沈天问说得很有道理，我也这样认为。我们所有人都可以找到便利的工具来杀人，唯独姚雪寒因为失去了双腿，移动范围很有限，能够拿到的凶器也就少了很多，才只能将就使用圆柱形的凶器。

"应该不是这样的。"凌晓月无情地否定了我们的猜测，"其他人都有可能，唯独姚雪寒不可能。因为她失去了双腿，没有了支撑点，就算她勒住了雷猛的脖子，也要两只手勒在他的脖子上才能保持稳定，没有多余的手来行凶。"

想象了一下当时的场景。如果是一个正常人行凶的话，因为两条腿稳稳地站在地上，所以只用一只手就能把被害人往自己的身体上勒；但对于一个失去下半身的人，想要限制被害人的行动，仅用一只手是做不到的。

那么杀死雷猛的凶手究竟是谁？

"告诉我答案的是戴安娜。之前我一直没有注意，直到戴安娜病危的那一天，我才终于看到罗韬握住了戴安娜的手，也终于发觉了真相。我真的太笨了，如果再聪明一点的话，就不会被他杀的前提给圈住，寻找一个不存在的凶手了。"

沈天问迷惑不解，我也想不明白戴安娜和雷猛之死又有什么关系。

"欸，你没有发现吗？我还以为戴安娜手上的饰品很明显的。"

在她的提醒下，我终于恍然大悟，连连点头。

没错，我想起来了，在刚见到戴安娜的时候，我就注意到了她的穿着非常有个性，手上戴着那种长条的饰品——圆柱形的银白色饰品。

一切都对上了！

"这么说来，凶手是……戴安娜？"

可凌晓月依然摇头。

"她处在昏迷状态，这点得到了秦娇的确认。而且还有罗韬始终在旁边陪着她，至少在雷猛死亡的时候，她是不可能犯罪的。不对，不是他杀，雷猛死于意外。

"只有在雷猛伸展身体的时候才能形成这样的伤口；戴安娜的首饰和凶器的特征非常类似；戴安娜不可能在谷底制造出这样的伤口。那么答案不就很明显了吗？

"雷猛是在车祸发生的时候受的伤。"

在车祸发生时，金荻那辆车是横过来被方永安的车撞上的。戴安娜坐在了中间那排，如果雷猛坐在她旁边的话，冲击力会让他伸展开身体，这时候旁边的戴安娜因为惯性往雷猛那边倒过去，就是这时候，她手上的饰品刺入了雷猛的腹部。

"可是这样的话，在那个时候雷猛不就应该已经开始失血了吗？为什么我们完全看不出来他有失血的迹象？"

"他是在身体伸展开的时候受的伤，因此当他回到正常的驼背姿势时，他的伤口被挤压，从而阻止了伤口的扩大。失血确实存在，但没有我们想象的这么严重。恐怕他自己也不舒服，但没想到会是那么严重的伤，所以一直没有跟我们说。"

"为什么——"

沈天问没有问下去。我们都明白他为什么没有跟我们说自己受了伤。

在我醒来之后，也发觉自己的腿上受伤了，可当我听到其他人的伤势更重，而且人手还不足时，心里就会觉得自己一点小伤根本不要紧，还是快点去帮忙好了。

雷猛一定也是怀有同样的想法吧。

在当时，顾云霄、戴安娜和姚雪寒的情况都很危急，而我们中间唯一懂医学的就只有秦娇，其他人只能在旁边帮忙。在这种情况下，如果雷猛以为自己只是小伤或者只是肚子疼的话，恐怕也会忍着吧。

我又想起雷猛过来找我们，告诉我们姚雪寒醒来的时候，他的脸色看上去很不好。那时候我还以为是姚雪寒的情绪崩溃了，雷猛一个人拉不住，所以有些慌张。但是现在看来，可能那时候他的失血状况就在一点点加剧吧。

"那他的脖子为什么会被勒住？这也是……意外吗？"

凌晓月非常肯定地说道："是的。刚才我说过姚雪寒要想保持身体的稳定，只能两只手抓住他的脖子。这就是事情的真相。雷猛的脖子被勒住，是姚雪寒害怕摔倒而保持平衡的本能。

"雷猛当时为了让失去双腿的姚雪寒重新振作起来，背起她走出了帐篷。到了神殿门口，或许因为两人在玩闹，或许是遇到了谷底人，总之出于某个原因，雷猛直起了身子，伤口也在这个时候撕裂开来,大量的鲜血涌了出来。

"突然大出血的雷猛背不动姚雪寒,在他倒下的瞬间,姚雪寒怕掉下去而本能地抓住了他的脖子,但最终还是两个人一起倒在了地上。雷猛很快就因为失血失去了意识,姚雪寒因为害怕——既可能是害怕雷猛的突然死亡,也可能是害怕附近的谷底人,她没有向我们求救,而是自己爬回了帐篷。

"因为她是睡在睡袋里的,而且也一直表现出情绪不稳定的一面,拒绝其他人靠近,因此没有人注意到她衣服上的泥土痕迹。"

原来如此,确实这种解释可以和现场遗留下的痕迹完全对应上。这就是雷猛死亡的真相了吧。

这么说来,第二天我们邀请姚雪寒去参加谷底人的祭祀时,她会不会就是想到,参加了祭祀就能掩盖自己身上的泥土痕迹呢?我心里吃不准是不是这样,事到如今也没办法问她了。

在祭祀的时候,谷底人第一次见到姚雪寒,表现出对她很强的敌意。当时我以为是姚雪寒失去了下半身,让谷底人觉得她不同于常人。但是之后谷底人在救戴安娜的时候,很自然地想到了截肢的方法,这说明截肢在谷底人中间也不是奇怪的现象。

那么当时为什么谷底人对姚雪寒的出现有那么大的反应?

联系刚才凌晓月的推理就能找到答案了。当时,恐怕有谷底人在雷猛死亡的现场——应该就是当晚我注意到的少了的那个火把。那个谷底人看到了趴在雷猛身上的姚雪寒,之后雷猛就倒地死亡了,他一定吓坏了吧,回去后便把自己的所见所闻告诉了同伴。他们都以为是姚雪寒夺走了雷猛的生命,因此才会在祭祀的时候对姚雪寒表现得那么警惕。

"对不起,如果我没有往他杀方面想的话,或许就不会走偏了吧。对不起！"

说起来，凌晓月确实说过自己不愿提前说出自己的想法，其理由就是自己的思路会被人带偏。这么想来，在发现雷猛尸体的当晚，沈天问就以为雷猛是被谷底人杀害的，于是在通知众人的时候都说了"有人杀害了雷猛"，也是因此凌晓月的思路才会被带偏了吧。

"解释雷猛之死非常必要，因为这可以说明姚雪寒同样不是被人杀害的，而是自杀。"

2

"自杀？"我和沈天问异口同声地叫出声来。

不对，那个现场怎么看都不是自杀吧，真的有人在自杀时能捅自己的后背，现场还像是挣扎过一样吗？

"自杀的理由我们都已经明白了。姚雪寒因为自己见死不救而自责，同时失去了双腿这一事实也一直在折磨她的身心，更糟糕的是在那之后顾云霄和秦娇也先后死去，周围人的接连死亡在她看来仿佛是由她引起的一样。这些我们都能理解。可是……"

沈天问看上去比我还不能接受这个结果。

这是毫无疑问的，因为在我们最后见到她的时候，她终于从阴影中走出来了，眼神中还充满了勇气。

——我的人生应该由我自己来掌控。

她当时明明是这么说的……

不对，一旦想到了自杀的可能性，这句话反而更像是自杀的宣言。姚雪寒说她的人生一直在受人摆布，自己早已放弃了抵抗，消极地跨过一天又一天。可是现在，她说自己拿出了勇气，要改变自己的命运。在看不到一点活下去的希望时,她所说的勇气,很可能不是指活下去的勇气,而是——

自杀的勇气。

我逐渐相信凌晓月的话,也认为姚雪寒是自杀的了。不过沈天问显然还不能接受。为了说服她,凌晓月给出了自己的解释。

"作为凶器的匕首,沈天问一直放在身边,对吧?对于谷底人而言,匕首是他们不熟悉的武器,如果他们要杀人,也应该选择他们熟悉的武器。匕首在沈天问的口袋里,事先不知道这一情况的谷底人更不可能冒险偷走匕首。因此,谷底人所为这个论点在各个层面上都难以成立。结果就是,我们必须把匕首被偷走的时间往前调。沈天问那天始终和沈一心在一起,除了她和我之外,沈天问最后见到的人是谁呢?就是姚雪寒。"

"可是她……啊,是这样啊,在我坐在她旁边给她送早饭的时候!"

当时,沈天问坐在姚雪寒的身边给她递早饭并等着她吃完。小男孩在我们的身边跑来跑去,吸引我们的注意——不对,当时还是姚雪寒故意抛出话题,让我们去注意小男孩的动作。

只要发现了匕首,并且将我们的注意力都转移开,姚雪寒想要偷走沈天问裤子口袋里的匕首也是轻而易举的。

可如果姚雪寒真的是自杀,那么看起来像他杀的现场是怎么回事?

凌晓月进一步给出了解释。

"还记得前不久的事吗?播种女孩遇害了,谷底人将她的尸体搬到了墓地,并将她面朝下放在了同伴身边。"

因为是刚刚才发生的事,此刻我还记得很清楚。几个谷底人合力将女孩的尸体面朝下放好,嘴里唱着我们早先听到的葬礼上的词。

说起来，祭祀那晚的唱词里不也有类似的句子吗？神明到土地之神那里去，代表这位神明的死亡。凌晓月解释过，谷底人无论做什么事，都绝不会低头，哪怕是收获作物或睡觉，他们也都是使用工具或者靠着墙壁，绝对不让面部朝向地面。他们还从小就在脚掌处穿过一截骨头，为的就是在形式上避免与地面接触。

唯一的例外可能就是尸体。如果谷底人知道生物的尸体会腐败的话，将其想象成是回到了土地之中也不足为奇。因为土地和生存与死亡的话题息息相关，他们才不会轻易接触土地。可在同伴死后，为了让同伴回到土地之神的怀抱中，或是为了让同伴在土地之神那里过得更好，所以才让他们面对地面，表示对土地之神的尊敬。

这就是谷底人的土地信仰的体现吗？

"那么……将尸体翻转过来的是谷底人，也就是从戴安娜的帐篷里出去的那几个谷底人中的一个？"沈天问情绪有些激动地接连抛出了好几个问题，"是那个女孩，还是疤痕男，又或者是那个小孩？究竟是谁？"

在我看来这个问题不是很关键，但沈天问就是这样，喜欢穷追到底地问下去。她和凌晓月在性格上或许有几分相似之处。

唯独在这个问题上，我的思路比沈天问快了一步。因为仔细想想，唯一能这么做的人只有一个。只是沈天问还需要理论上的证明才能满足吧。

"这个问题的答案也很重要。因为不是所有人的尸体都会被翻过来。在秦娇被杀的时候，她的尸体就这么被丢在了外面。同样，那个小男孩和为我们说话的女孩也都是直接丢在了那里。但是播种女孩的尸体却被翻了过来。这就说明谷底人只会把视为同伴的人的尸体面朝下。

"既然如此,如果有人将姚雪寒的尸体翻了过来,这就是友好的表现。这个区别对我们来说非常重要。"

也就是说,和我们的逃生计划息息相关吗?

我很想问问究竟是什么关系。只是凌晓月既然有自己的思路,还是不要随便插话比较好。

"可是完全没有线索啊,我们只知道他们什么时候出去了,却不知道他们出去都做了什么。"沈天问穷追不舍地问道。

"这个问题沈一心应该能回答。"

见我一脸茫然,凌晓月反而有些不可思议地看着我。

"欸?"

"嗯?"

我们俩就这么对视了一会儿。见到两人都在看着我,吓得我声音都变了。

"等一下,我有发现什么了吗?当时我也没有做什么特别的事才对。不会吧,真的是我吗?"

沈天问也帮我一起说道:"凌晓月说清楚一点嘛。我们两个都不明白你在说什么。"

"嗯,好吧。在姚雪寒自杀的前提下,再来看这个现场,就会发现一个耐人寻味的地方。

"谷底人将姚雪寒的尸体从睡袋里拉了出来,拔出匕首,将她翻过身。因为不知道匕首该怎么处理,这个谷底人生怕动用了神明的物品,只好把匕首原位放回去。既然如此,为什么匕首会插得那么深?

"还有一个更加关键的问题。既然是谷底人搬动的尸体,那么砸烂手机对谷底人来说有什么意义?他们不可能知道手机是什么东西，更不会为了销毁手机里的录像而将手机砸烂。因此手机一定有其他用途。

"将这两点结合起来，答案就自己出来了。就像我们在捶打钉子时要用到锤子一样，那个谷底人并不是将匕首刺进去，而是将匕首尖对准尸体后，用手机当作锤子，一点一点敲打进去的。"

想象着当时的场景，我有种世界观被撼动的感觉。我从没想过在谷底人的眼中，匕首和手机居然会是这样的使用方法。

可是还有问题。手机再怎么说和锤子相差得也太大了，这和文化或者文明程度无关，因为扁平的手机根本不能很好地发力，如果要选择敲打的工具，理应有更好的选择才对。

"这就是问题的关键，"我这么问出来反而正中她的下怀，"手机并不是很好的工具，同时在帐篷里还有另一个触手可及的物品——那就是灯具。"

姚雪寒帐篷里的灯具和我们帐篷里的是一样的，都是油灯风格的灯具，而且因为我们工具的限制，灯具的位置非常低，一进帐篷就能看到。就算是比我们矮小的谷底人，也能轻松拿到。

"灯具的形状更接近自然的石头，使用起来也比手机要方便很多，而且灯具也在谷底人能够看到的正中央的位置上，尤其是谷底人还不会低头走路，相比放在地上的手机，还是半空中的灯具更容易注意到。

"那为什么这个谷底人没有这么做呢？我想到的答案只有一个——那个谷底人够不到，他的身高不够。"

在 thiethi（接触者）的五个谷底人之中，唯一一个身高够不到的人就是那个小男孩了。他是唯一一个真正对我们表现出友好的人，也是唯一一个不会在意过桥禁忌的人。正是他，在发现了姚雪寒的尸体后，出于好意，做了一番"多余"的工作。

就像我们这些外乡人为小男孩之死悼念一样，小男孩也在为不认识的外乡人之死而悼念。

——上天已经抛弃我了，就算我死了也不会有人来哀悼我吧。

这是姚雪寒在第一天晚上自暴自弃时说的话。

她的在天之灵能不能听到小男孩的哀悼声呢？一定能听到吧。

我想起小男孩带着药草回来的时候，手上有血痕。我当时还以为他是摘药草的时候受了伤，但这可能是……

"那个人在一开始敲打时，匕首是立不稳的，所以他必须要抓住匕首。对于不会用匕首的谷底人而言，自然不会注意到锋利的地方。因此这个谷底人回来的时候，手上一定会带着血。这也可以帮助我们确定，那个为姚雪寒之死而哀悼的人，就是小男孩。

"这给了我们一个信息，在看到类似形状的工具时，小男孩是怎么思考的。这也正是破解谷底女孩死亡的关键。"

3

没想到姚雪寒的事件会和播种女孩之死联系到了一起。凌晓月说这是破解案子的关键，可我却想不明白这个连接点究竟在哪里。

"这又是怎么回事？这两件事有什么联系吗？"

"应该是有的。我们使用的工具和谷底人使用的工具虽然有相似的地方，但本质依旧是不同的。像匕首、钉子这样的东西在谷底都没有出现过，也就是说在谷底人的眼中，这两样东西都是完全不熟悉的。想象一下我们在第一次用手机的时候……呜，这个例子好像不太合适。"

因为在场的人里只有凌晓月不用手机，就算她举这个例子，我们也很难理解吧。

于是我帮她想了个例子。

"比如我们第一次使用刷卡门禁？"

既然她也是大学生，这总应该可以理解吧。

再怎么和现代社会脱节，必要的生活知识还是会有的，就算是凌晓月也不至于不明白门禁是什么。

"这个例子不错啊。如果我们面前有一张卡和一个四面体，其中一面是屏幕，一面是方框，一面画着钥匙的形状，还有一面什么都没有，你们会把卡刷在哪一面？"

没想到一个普通的例子到了凌晓月嘴里却变得有点抽象了，但我还是大概理解了她的意思。我们姐妹俩同时说出了自己的选择，本以为会是一样的答案，可结果却出乎我的预料。

我说了方框，妹妹说了钥匙。

"为什么？刷卡不是刷在方框上吗？"

"是钥匙吧，这不是解锁的意思吗？方框要有'IC卡'的标识才代表刷卡的意思吧？"

"是这样吗？我们学校里好像不是……"

说到这里，我们终于明白了凌晓月的意思。对于同一样事物的使用方法，不同人有不同的答案。

实际上，凌晓月想说的不止于此。

"我们作为熟悉门禁的人，不会去刷屏幕和什么都没有的地方，而会去找标识。但是标识也有各种形态，这些都是在我们的经验中逐渐形成的。如果没有这种经验的话……比如说一个老人，在拿到门禁卡的时候，就很可能会去刷屏幕。而根据经验的不同，就会出现不同的选择倾向。在日常生活中我们会根据环境选择，比如机器是什么样的，或者位置的特殊性等，但是把这些外在的辨识信息都去除后，我们能依靠的就只有我们的经验。

"这就是谷底女孩之死的关键。在拿到匕首这样不熟悉的工具时，小男孩联想到的工具是类似我们所使用的锤子和钉子。那么钉子在谷底人眼中是什么呢？钉子的长度长于他们的近战武器，又短于他们的远程武器。这么一件陌生的武器，不同的谷底人会根据他们不同的习惯，采取不同的使用方法吧。"

不同的谷底人根据自己的意愿参与不同的工作。我和凌晓月看到过年幼的谷底人长大后，会有专门的人将工具放到他们的面前，任由他们选择的场景。也就是说，不同分工的谷底人之间，使用的武器也是有限制的。

农作用的剪刀类似物　naufu
狩猎用的长枪类似物　nayaye
狩猎用的匕首类似物　nahaya
采集用的飞镖类似物　nachacha
警戒用的弹弓类似物　naluxi

当初凌晓月还特地为我们准备了一张清单，上面标示出了从事不同工作的谷底人各自所用的工具。在我们的嫌疑人之中，中年男用的是 naluxi，疤痕男用的是 nayaye 和 nahaya，老人手上的武器是 nachacha，平时的工作应该是采集果子。

按照凌晓月的说法，不同工作的谷底人在使用钉子这件不熟悉的武器时，会按照各自使用工具的经验来选择使用方法，这又是什么意思？

"两位可能都已经注意到了。我也和沈一心交流过，谷底文明是非常怯懦的文明，不愿接触外界，对外界的一切都敬而远之。因此在谷底文明里，最常见的是远程武器。在几次谷底人集体攻击的现场，我们最先见到的都是远程武器。

"因此，对于一般的谷底人而言，在他们拥有长枪般的远程武器这个前提下，钉子也是一种远程攻击的武器。可是谷底女孩却是被近身杀死的。既然如此，使用naluxi和nachacha的中年男和老人都不可能杀人了。而谷底部落中唯一的近战武器nahaya，只有一类人在使用，那就是专门参与狩猎活动的人。

"杀害谷底女孩的人，就是那个脸上带疤的谷底人。"

4

在推理出杀害谷底女孩的凶手之后，凌晓月话锋一转，将这个话题暂时搁置了。

"欸，接下去就没了吗？他的动机是什么？"

"而且仅凭使用工具的经验，好像也不能完全确定凶手就是他吧？"我也问道。

面对我们姐妹俩的追问，凌晓月只好慌忙解释。

"对不起对不起，动机我真的不知道，因为我不是谷底人。说明凶手是他也还有另一个证据，只是现在说这个还太早了，所以就先放着了。呜呜呜，对不起，我不应该在中间打断的，对不起！"

明明她已经想得那么全面了，要是能更加自信一点大胆一点就好了。

"然后……两位不介意的话，现在就让我们进入下一个重要的问题吧，也就是火把。"

——Xiathi shua shekiyishe xiuthito, nanmiau zheade。

这是在我们看到年幼者选择自己未来的方向，老人为我们解释时所说的话。凌晓月认为这句话不明白意思也没有关系，关键在于其中的词"nanmia"，也就是火把。

这个词是与年幼者的成长这个话题一同出现的。

我们之前走进谷底人的石头建筑时，他们的火把都放在了比较高的位置。至于原因，我们现代人也能理解，因为火是一把双刃剑，使用好了能为生产生活带来便利，使用不好就会引发火灾。就像我们的父母会将锐器放在高处一样，谷底人害怕孩子乱用火把，便将火把放到了高处，等到他们长大之后再交给他们。

"这些信息都告诉我们，在谷底部落小孩子是无法获得火把的。

"既然如此，那我们最初见到的那五个火把是谁？这五个人都是thiethi（接触者），但是后来我们见到的五人中，有一个人是不应有火把的，因此这五个thiethi（接触者）只能有四个火把。"

紧接着，凌晓月又列出了更多的证据。

比如在祭祀那晚，谷底人拿出了很多新鲜果子。谷底部落当然不会有保存食物的技术，这些果子基本都是新鲜采摘的。虽然谷底的远程武器比较发达，但是依旧不能做到那么高效率地采摘果子。根据凌晓月的描述，他们采摘果子时，需要用飞镖去砸结果的树枝，基本要尝试好多次才能砸下来一个。要能获得祭祀当晚那样的数量，光靠飞镖是不可能的。

因此，在谷底部落里必须有人爬上去，直接从树上摘下果子来。

大家在石头建筑里的时候，外面正在下雨，而根据高处禁忌，所有谷底人都必须在室内，出现在室外的一律是敌人。既然这样，为何中年男在看到有人接近的时候没有立刻进行攻击？在认为下雨时外界只有敌人会出现这样的世界观下，他完全没有犹豫的必要。会犹豫就代表，在谷底部落存在这样一个人，他能正常地走入大雨之中。

为什么唯独神殿在桥的另一头？如果神殿是谷底人为了满足祭祀的需要而建立的话，连桥都不能过去的谷底人又是如何前往神殿祭祀的？雷猛尸体旁的那个脚印是谁留下的？如果当时小男孩不在那五个举火把的人之中的话，又会是谁在神殿附近留下了脚印？

更重要的是那些唱词。

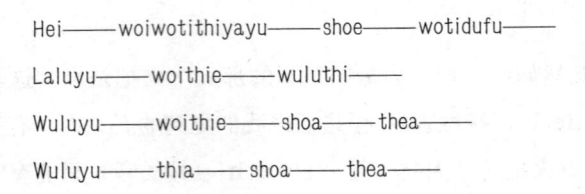

Hei——woiwotithiyayu——shoe——wotidufu——
Laluyu——woithie——wuluthi——
Wuluyu——woithie——shoa——thea——
Wuluyu——thia——shoa——thea——

"根据我们之前所说，在相应的词语后面加上'thi'代表从事这项工作的人，就像中文里在相应的职业之后加上'者'或'家'一样。

"在唱词里出现了'wuluthi'这个词，显然，是'thi'将'wulu'这个动词变成了一个名词，也就是做这件事的人。

"那么这个人在做什么呢？在祭祀用的唱词最后，一般会用什么动作结尾？'wulu'和'lalu'具有一定的相似性，这是否意味着二者会有一定的内在联系？以及含有'w'这个辅音的词，根据我们现在获得的词语信息，基本都与神明或尊敬的意思相关，动词会不会也是如此？"

"你的意思是……祈祷？"沈天问一下就跟上了凌晓月的思路。

"没错。和'thiethi'不一样，thiethi（接触者）是'与外界接触的人'，从下雨时他们的表现就可以看出来，他们本身是不能触犯禁忌的。而只有一群人能无视禁忌，那就是真正与神明建立联系的'祈祷者'，也就是'wuluthi'。"

"从结果来看，我们见到的所有谷底人无论怎样的情况都没有触犯禁忌，但是触犯禁忌的人又确实存在。也就是说，从事'wuluthi'这个特殊职业的只有一个人，而且这个人，在中途就消失了。"

消失的祈祷者。

原本谷底人选出的五个thiethi（接触者），其中一个就是wuluthi（祈祷者）。这是理所当然的，因为这个"wuluthi"是谷底部落与外界（神明）接触过程中最不可或缺的人物。我们第一晚见到的那五个火把，除了其他四人之外，还有一个人就是wuluthi（祈祷者）。只是之后小男孩对我们产生了兴趣，同时"wuluthi"失踪了，所以一增一减正好是五个人。

而小男孩从来都不是thiethi（接触者），这也是为什么他会被杀，因为他是不被允许与外界的我们接触的。

"那么这个人……这个祈祷者，现在在哪里？"

"应该就在神殿里。"

5

"请问你就是祈祷者吗？"

因为太过紧张了，凌晓月说起了中文。在一片寂静之中，她又慌忙起身连忙摆手，慌乱的样子让我们看得直为她担心。

好在她还是很快镇定下来。

"Non wuluthide？（请问是祈祷者吗？）"

对方从阴影中走了出来，虽然是不熟悉的谷底人的脸，却让我觉得好像在哪里见过。

很快，我便想到是在哪里见过他了。

在祭祀开始之前，谷底人看到姚雪寒之后显得很紧张，那时候有个谷底人走了过来和我们搭话。眼前的这个谷底人正是那时候来搭话的有些紧张的年轻男子。

按照凌晓月的推理，能和我们接触的人只有thiethi（接触者），也就是老人、疤痕男、播种女孩、中年男和未知的祈祷者。其他四人都已经接触过了，那么这个过来搭话的人就是剩下的祈祷者了。

对于初次见面的陌生人，而且还是前不久追杀我们的谷底人，别说凌晓月了，就连我和沈天问也会感到紧张。

"Non loxieto, woiwotithiyau laxeade。"

忽然，这位祈祷者后退几步，面露惊恐之色。

"Wotithiyau hehae thiade。"

"呃……不是。等一下，呜，我应该怎么说……"凌晓月抱着头，让自己的大脑冷静下来，"呃……Hehau an……to（我们不会伤害你的），呃……"

凌晓月的表现让我们捏了一把冷汗。只是我不会用谷底语说话，根本帮不上忙。

"Please help us（请帮我们）！啊，不对……"因为太过紧张，凌晓月都开始胡言乱语了。

这样下去就麻烦了，我和沈天问对视一眼。她的眼神告诉我，一切都交给她吧。

"Kaga wuluthiu——（请祈祷者——）"

第十章

1

祈祷者在神殿里?这不可能吧!因为神殿不是实心的石头金字塔吗?到处都看不到门,他要怎么进去?

"祈祷者进入神殿的方法应该就是利用方永安的尸体,将其当成梯子后登上神殿的顶端,然后再把尸体踢开来。最后祈祷者应该是在金字塔顶的位置挖了个洞下去,最后再把顶端的石头盖回去,就这样进入了神殿。

"让我产生这个猜想的原因是沈一心跟我说的话。自从姚雪寒死后,她就一直守在桥边,只要对面的谷底人想要过桥来,就绝对不会逃过她的眼睛。但是这段时间里却发生了罗韬的命案,而我们三个都不是凶手。按照这样的思路思考下去,得到的答案就是这里还藏了一个人。我们唯一不能进入的地方就是神殿了。一旦推测出谷底部落存在一个祈祷者后,就能将二者联系到一起了。"

听凌晓月的说法,似乎是祈祷者杀死了罗韬。为什么?他应该没有动机杀我们吧?还有为什么要连同戴安娜的尸体一起焚烧,这里面又有什么理由?

"凌晓月,能解释一下戴安娜和罗韬的尸体被烧是怎么回事吗？如果祈祷者只是为了躲在神殿里，又为什么要杀人？"

偏偏是这个时候，我的肚子叫了起来，打破了原本严肃的气氛。沈天问嘲笑我这时候都还想着吃东西，我也不太好意思地躲开她们的目光，轻声辩解说我只是挺久没有好好吃东西了，实在是有点饿。

原本紧张的气氛顿时变得轻松起来。凌晓月甚至开起了玩笑。

"我的帐篷里好像还放着一个拼火，运气好没被烧掉的话就可以给你吃了。"

"这是什么冷笑话吗？"

"欸？没有吧。"凌晓月有些委屈地说道，"我没有开玩笑啊。"

"你不是故意发音不准，说什么'拼火'嘛，应该是'苹果'吧。"

"为什么你会这么想？"

她完全没料到这个问题，只是呆呆地说："欸，这能有什么原因，不就是谐音吗？"

"可万一我说的就是'拼火'呢。"

看凌晓月认真的样子，我知道这并不是一个简单的打趣，沈天问也不再开玩笑了，她认真地予以回应。

"因为放在这个语境下'拼火'并不成立，这个词是用在黑帮火拼上吧？"

"没错，所以你才会自动将这个词'翻译'成了'苹果'，以为我在玩谐音的玩笑吧。"

沈天问立马猜到了凌晓月这段话的意图。

"你的意思是，祈祷者杀害罗韬，是因为谐音？"

"没错。"

说到熟悉的话题，我也终于有了可以发挥的地方。

说到不同语言间的谐音，是不是就像"空耳"一样，这个词语来源于日语的"そらみみ"，现在已经变成了一种娱乐手段，在这里可以简单理解为将一种语言的一句话谐音成另一种语言的另一句话，后者虽然有意义或无意义都可以，但果然还是有意义的会更有趣一些，也会传播得更广一点。

"祈祷者是把我们说的某句话曲解成了谷底语的另一句话？"

凌晓月肯定了我的观点，接着说了下去。

"我们在祭祀那晚吃烤肉的时候，都听到了谷底人向我们介绍吧。'烤肉'一词被称为了'tainari'，另外我们吃过的动物的肉有'thishuanari''wowanari'和'eikunnari'，而代表熊的词语是'thishua'，代表鹿和鸟的词语分别是'eikun'和'wowa'。接下来要做的就是像解方程一样，比如将'熊'带入到'熊肉'里，于是'肉'就是'nari'，接着烤肉中的'烤'就是'tai'。

"谈及那位遇害的谷底女孩时，他们用的称呼是'fuchithi annan thiethi'，其中'fuchithi'和'thiethi'的意思我们已经知道了，那么其中的'annan'也很简单了，就是表示并列的'和'的意思。类似的例子还有很多，这里我只是举最近的这个例子。

"现在，如果我们把这两个词合起来……"

我们将这两个看似无关的词轻声念了出来。

Tai……annan……

Tai annan——

戴安娜！

难道说……是因为罗韬喊戴安娜的名字，让藏身于神殿内的祈祷者误解了他的意思吗？

"等一下，你先别急着接受，我还有两个问题，"沈天问站到了我的身前，"第一个，罗韬一直在喊戴安娜的名字，如果那个祈祷者一直藏在神殿里的话，应该很早就听到了才对。他要么很早就行动了，要么就发现自己是误会了，为什么会变成现在这样？"

"因为罗韬从来没有离开过帐篷，祈祷者一直都没听到过罗韬喊戴安娜的名字。唯独今天，一方面是因为我们将戴安娜搬到了桥的对面，另一方面是因为戴安娜的离世，罗韬喊她名字的声音变得更响亮了，这才第一次传到了祈祷者耳中。"

"第二个，语法不对吧。既然之前谷底人使用'annan'这个词的时候，都是将两个什么东西并列，这句话并没有第二个名词啊。在谷底人听来应该是意思不通的一句话才对。"

"因为语言先于语法。在我们的日常生活中，也不会完全按照语法规则说话吧。重要的不是完整性，而是传达性，也就是将意思清晰地传达给对方的能力。

"在祈祷者听到'戴安娜'一词的时候，错听成了'Taiannan'，他可能好奇过这句话是什么意思，但是听到罗韬悲怆的叫声，这份悲伤也传达到了祈祷者的心里。于是他才认定，这句话的意思就是'将我们一起烧了'。

"而火烧是谷底人的丧葬习惯，对于谷底人而言也有特别的意义。他们并不知道烧死是不是我们这些'神明'的习惯，他只是照做了，既然'神明'希望的话。"

可是罗韬为什么没有挣扎？如果他挣扎的话，说不定就不会被杀了。

正当我想这么追问的时候，一个答案在心中悄然成形了。转念一想，或许罗韬是自愿被烧死的。能和戴安娜在一起，这说不定正是他的愿望。

在祈祷者焚烧他们俩的身体时，罗韬会不会向他表示了感谢呢？

"正因为罗韬的事件，让我确定了祈祷者就在神殿里。此外，其他的thiethi（接触者）听到这句话没有任何反应，但是祈祷者却会帮助我们实现。这和小男孩所做的一样，都是一种友好的体现，这让我们和他的对话有了可能。"

2

"呼……终于要说到逃脱计划了。"

凌晓月看起来已经很累了。她还开玩笑一般地说，自己平时说的话加起来可能都没有现在这么多。

"但是在这之前，还有一件事需要尽快解释，同时也是了解谷底文明最关键的问题——神殿上的那具尸体是谁？"

神殿上被焚烧的尸体，是这一连串事件的一个关键点，同时也是现在唯一没有被解开的谜团。

"要弄清楚这个问题，我们必须分析那晚祭祀上的唱词。

"第二阶段的内容是'wotithiya'对谷底部落的破坏；第三阶段的内容是谷底人用不同的方式对'wotithiya'劝说，希望他不要再破坏了；第四阶段的内容是'wotithiya'死后，由祈祷者代替谷底人献上信仰，祈祷'wotithiya'保佑谷底文明风调雨顺。

"我们还没有分析的，恰恰是这段唱词的关键背景——究竟发生了什么？为什么'wotithiya'会破坏谷底部落？"

第一阶段

Huyu——thieu laluya——thiaya——
Huyu——thieu lalua thiaya——
Woiwowayu——hue wotihuwa——
Wowayu——shoawei——Weyu——nanmie——
Shua——shua——doukuyu——

"同样，让我们对这段话进行处理——"

Hu thie lalu thia
Hu thie lalu thia
Woiwowa hue wotihuwa
Wowa shoa wei We nanmie
Shua shua douku

"开头的'hu'为命令的意思，后面的'lalu thia'都是我们歌唱的含义，大抵是对同胞说的，这里暂且不管。

"下一段开始'wowa'出现了，也就是鸟的意思。'wotihuwa'是一个尚不知其含义的神明。接着，鸟从'wei'这个地方来了。'nanmie'可以从'nanmia'推测出是火灾的意思，'we'在之前的使用中和'heha'可以并列，应该都是破坏的含义。'douku'是粮食。这里要注意'shua'可能不是主语，而是跟在上一句的最后。

"比较麻烦的是'hue'一词，其实一旦找到规律之后就挺好分辨了。除了主语之外，后面的涉及动作的词语最后都有'a'或'e'的结尾，我猜测可能与强调主语用的'u'差不多。至于

'a'和'e'的具体含义,这里先不讨论吧,总之可以将其看作是'hu'的一个变形,那么也就是和命令相关的含义。

"简单翻译如下——"

　　Woiwowa hue wotihuwa

　　(神圣的鸟 命令 某神明) 注:可能是倒装,应为"神明命令鸟"

　　Wowa shoa wei

　　(鸟从 XX 而来)

　　We nanmie shua shua douku

　　(XX 火灾 XX 粮食) →大火破坏了我们的粮食

"关键就在于这个鸟是什么。

"这里有一点很奇怪,我们发现在谷底所有的鸟类都集中在丛林里,在丛林之外几乎看不到,更不会飞到营地这一侧来。对于原本住在营地一侧的谷底人来说,他们原本应该是看不见鸟的。

"另外,'鸟'这个单词本身也很奇怪,我们知道含有'w'这个辅音的都有特殊的含义,可'鸟'这个词语却是'wowa'。要说是对鸟类的崇拜也能解释,但对于谷底人而言,他们此前根本就没有接触鸟的机会,又何来崇拜?

"最后就是小男孩说的密道在四只小鸟尸骨的地方,他说的'小鸟'一词是'shueshuwowa'。这不是很奇怪吗?因为按照字面意义来解释的话,'小鸟'应该是'shuwowa'才对,而'shueshuwowa'显然是套叠了一层'小'的意思在里面。

"从这里开始,我就怀疑'wowa'究竟是不是'鸟'的意思。"

　　如果不是鸟的话，究竟什么东西可以和鸟具有相同的特征？我百思不得其解。

　　话题深入到这个地步，我和沈天问都放弃了提问，只能跟着凌晓月的思路一步一步前进。

　　"因为所有'wo'开头的神明，其名称都有相应的来源，所以我就在寻找'wotihuwa'的来源。这时我注意到了一个意外的地方。'wowa'和'wotihuwa'非常类似，就是取了这个词的第一个和最后一个音组成的。"

　　Wotihuwa：表示？
　　Wotithiya：表示？
　　Wotidufu：表示土地之神
　　Wotiula：表示河流之神
　　Wotiheya：表示夜晚之神
　　Wotiyeya：表示死亡之神
　　Wotiyaye：表示生产之神
　　Wotiwei：表示雨水之神

　　"在我能找到的词语里，只有'wotihuwa'具有和'wowa'的关联性。

　　"那么事情的经过有没有可能是这样呢？谷底人看到了'wotihuwa'，之后部落被'wotithiya'破坏，他们到了桥的另外一侧，在那里见到了鸟，认为和'wotihuwa'很像，但又不是同一种，于是将鸟称为了'wowa'。

　　"这样一来，'wowa'就是根据最初的'鸟'来命名的，之后的鸟都比最初的'鸟'要小很多，所以久而久之就成了'shuwowa'”

比一般鸟类更大的鸟……

因为"wotihuwa"的缘故，和"wotithiya"一起破坏了谷底部落……

大火与灾难……

"在分析祭祀的唱词时，我们千万不能忘记与之相配合的舞蹈。因为音乐与舞蹈在原始文明中是分不开的，二者都隐藏着相当丰富的信息。尤其是舞蹈，在原始文明的舞蹈中，很多都在模仿自然的事物或现象。

"谷底人配合祭祀的舞蹈也是如此。在谷底人的这段唱词里，最丰富的动作就是旋转了。其中有一个细节最引人注意——在祭祀刚开始的时候，他们将火把高举过头顶，垂直于地面，随后绕着火把转圈。这时候刚好是唱词中的'鸟'出现的时候，这是否意味着我们可以从谷底人的舞蹈中，倒推出这个'鸟'的特征呢？"

以火把为中心。

身体绕着这个轴旋转。

手臂向外展开。

大型的鸟。

火灾。

将这些线索全部组合起来的话——

我们屏息等待凌晓月说出最后的答案。

"谷底人在见到鸟之前，首先见到了更大的鸟，也就是直升机。"

3

"直升机?"我和妹妹一起叫了出来。

我们一直身处谷底文明这样一个原始环境中,差点就忘记了外面是现代世界了。对于谷底人来说,他们在跨过桥到另一头见到真正的鸟之前,最先看到的就是无意中瞥见的飞过天际的飞机!

"可为什么是直升机?"沈天问依旧对来龙去脉抱有疑问,"按照之前我们分析的禁忌,他们不能低头看地面,也不能抬头看天空吧?那么谷底人就只能远远地瞥到飞机,不可能看清楚细节吧?"

"没错,这也是'wotihuwa'和'wowa'的区别。'wowa'指的是飞机,它们在谷底人畏惧的高空飞行,所以才会以'w'的辅音命名,而'wotihuwa'是特指其中一架直升机,因为它坠落了。"

这就是火灾的原因,也是我们看到的与我们坠毁的车辆不同的烧焦痕迹——因为留存在石头上的痕迹比草地上更难去除。这场大火摧毁了谷底人的部落,同时又给谷底部落带去了文明的火光。

谷底人的普罗米修斯的真身,是一架坠毁的直升机!

"那'wotithiya'就是指……"

"是直升机里的人,因为和谷底人长相类似,就被称为'wotithiya',类似的熊也被称为'thishua',就是因为熊也会两条腿站起来,好像人类一样。

"我想在直升机的坠毁事故中应该有一个幸存者,但是这位幸存者没过多久就去世了。谷底人将这位幸存者送回到直升机的旁边，并在那里盖起了神殿。随后，桥的这一头就被彻底视为禁忌，只有祈祷者能够前往。"

在我之后，沈天问跟着发问："那么神殿上的尸体就是……"

"就是直升机里的尸体。

"祈祷者第一晚目睹了神明的死亡，接着又在第二晚见到了神明之间的互相厮杀。他预感到了灾祸的降临。类似的话题我和沈一心之间也聊过。在谷底部落，所有人都尊敬神明，可如果灾难还是发生了，这就意味着部落中有人失责了。这个人既有可能自己站出来，也有可能被推举出来。只有将这个不尊敬神明的人排除，对谷底部落的威胁才算消除。

"和神明沟通是祈祷者的责任。现在他预感到大灾难马上就要降临了，如果谷底部落被神明惩罚的话，那么一切都是他的责任，最糟糕的情况就是会被处死。为了逃避这种情况，祈祷者必须做出自己已死的假象。

"这根本就不是不可能犯罪，只要反过来想就能理解了。祈祷者的目的就是，不让任何谷底人发现尸体是之前的wotithiya（人类），不然他的诡计就暴露了。因此他利用了只有自己能爬上峭壁的特点，进行了针对谷底人而言的身份替换。同时也意味着一件更重要的事——

"为了保全自己的性命而使用诡计的祈祷者，他的出现说明，在谷底文明的集体主义中，生出了个人主义的萌芽。"

我们见到的谷底人都没有姓名，唯一的称呼就只有职业。只要部落有难，所有人都会出动。他们劳动的理由全部都是为了部落，从来没有考虑过个人，但是祈祷者却萌生出了个人意识。如果谷底文明继续发展的话，个人的力量一定会逐渐增强，同时随着信仰的诞生，权力逐渐集中到信仰相关人士的手上。这也是为何最初总是巫蛊之流最受人尊敬。到了那时,神逐渐被人所取代,虚无缥缈的信仰渐渐转化成世俗的现实,权力因此被进一步集中,阶层的差别更加分明,这就会使得谷底文明进入一个新的阶段——也就是奴隶社会。

想到我们见证了一个文明的诞生,一种超乎想象的感觉冲击着我的大脑。

"这里也有一件值得注意的事。在谷底部落是没有个人的,他们是一个整体,如果内部发生了出乎意料的死亡,其原因也会被归结为外界,就像谷底女孩遇害的时候那样。因此在谷底,绝对不存在个人的凶杀。"

随后,凌晓月将我们曾经见到的几次和杀害有关的场景,以及相关的语句都摘录了出来。

在谷底人见到顾云霄死亡的现场时说了这些话——

——Sau wotithiyade。

——Hehau an thiade。

在见到神殿上的祈祷者的尸体时谷底人说了这句话——

——Wuluthiu hehaeto, thiethiu hehaede。

在播种女孩被杀之后,谷底人说了这些话——

——Non hehahu thiade。

——Sau wotithiya theato, non hehau thiade。

"神殿事件的那句话最好解读,因为那时候在谷底人眼中死去的是祈祷者,而'wuluthi'和'thiethi'都是作为后面一词的宾语,也就是说'heha'是伤害的意思。进一步将另外两种情况考虑在内,我们可以发现不管是顾云霄遇害的现场还是播种女孩遇害的现场,谷底人都说过'hehau thia'之类的话。也就是说'heha'一词不仅仅是伤害的含义,更指的是一种外界对自身的伤害。

"接着让我们来看'sa'。在'Sau wotithiyade'这句话中，主语显然是后面的'wotithiya'，也就是我们。在这句话中完全没有涉及谷底部落。而'Sau wotithiya theato, non hehau thiade'这句话里，后半句我们已经能顺畅地解读出来了，是'你们为什么要伤害我们'的意思，而前半句也能大致看出与我们相关。考虑到当时的语境，在谷底部落一直游离在事件之外的时候，忽然在谷底部落内发生了谷底女孩被杀的事件，是否可以猜测这句话可能的含义是——你们内部自相残杀就好了，为什么要来伤害我们？这么一想，'sa'的意思就很明显了，指的是外界的杀人行为。

"但是某个人的话却很奇怪。谷底女孩肯定是被谷底部落的某个人给杀害的，这就说明在谷底人中间，有这样一个人，他虽然还没有摆脱集体主义，却拥有了一定的个人主义的意识。他的动机并不重要，重要的是他拥有动机去杀人这件事，也就是为了自己的利益而杀人，这是一种个人主义的意识，而且这个人曾经与'wotithiya'接触过，甚至对话过。也正因此，他对'sa'这个词的使用与众不同。"

——Sau wotithiya theato, non hehau thiade。

——你们人类自相残杀就好了，为什么要伤害我们。

这是其他谷底人说的话。

——Haang sau fuchithi ande！

——不准你们杀害那个女孩！

这是我们之前推理出的凶手——狩猎者疤痕男说的话。

"这是为什么？是同一个词语的不同含义吗？"

"不，不是这样的。"

凌晓月立马否定了我的猜想。

shoa：来这边

shoe：去那边

shia：过去的事？

shae：未来的事？

shea：数量增加←丰收

shie：数量减少←唱词里指我们正在消耗（享用）粮食

zhea：收到←询问孕妇（的孩子）是否收到的时候

zhie：给予←男孩救火的时候，给予我们袋子

shua：变大←唱词里指不断扩大的领地

shue：变小←小鸟的构词

凌晓月列出的这些词中，"shoa"和"shoe"的意思我们早就已经推测出来了，"shea"凌晓月也跟我说过可能是类似"丰收"的含义。其他词语虽然没有明确探讨过含义，但基本也都在对话中出现过，这里可以看出凌晓月分别是从什么地方推理出相关词语含义的。

"如果我们把所有和'a''e'有关的词集合起来，就会发现以'a'结尾的词多半具有越来越大的、积累的含义，而'e'则是越来越小的、消失的含义。

"此外，还有诸如'nanmia'和'nanmie'这样的词，前者指火把这样对生产生活有帮助的东西，而后者则是火灾这样毁灭性的东西。'xiathi'和'xiethi'分别指年幼者和年长者，也具有相类似的含义。

"因此'a'和'e'这两个词的感情色彩本身就有很大的差

别。但是，具有和'e'一样感情色彩的'sa'，为什么会是以'a'为元音？

"比较狩猎者和其他人对这个词的使用就可以推测出其中的原理。'sa'这个词原本在谷底语中并不存在，是为了形容'wotithiya'间自相残杀的行为而使用的。但是在谷底人中，有一个人或几个人与'wotithiya'接触过了，从而获得了'sa'这个词的真正含义——也就是杀害。

"因此，'sa'对于谷底语而言是一个外来语。"

4

凌晓月嘴上说着自己不会推理，可是在思考逃生计划的时候，不还是把所有的案子，乃至谷底文明的过去都解开了吗？

真是一个看不清自己才能的人啊。

"呼……最后的最后，我还想说一个小推测。这个推测一点依据也没有，只是我的胡乱猜想而已，希望你们不要在意。如果我说错了，不仅要向你们，还要向秦娇道歉才行。"

我感到很奇怪，为什么会在这里提到秦娇？

我和沈天问面面相觑，彼此都不明白凌晓月的意思。

"是关于那架坠落的直升机的名字，为什么是'wotihuwa'，这个词在谷底语中一点根据也没有。等我想到'sa'这个词可能是外来语后，才开始考虑'wotihuwa'这个词会不会也是外来语。因为既然有幸存者，这个人应该也会介绍一下直升机是什么，那么谷底人就会把幸存者说的名称音译成谷底语。

"首先要做的是把幸存者的语言搞清楚。既然'sa'代表'杀害'，幸存者说的应该是汉语。但是汉语中直升机是

'zhishengji'，和'wotihuwa'没有半点相似之处。"

"会不会是日语？"沈天问问道，"日语中的'杀害'一词读音也类似吧。"

然而凌晓月只是摇头。

"不会，日语中'直升机'的读音类似英语，和'wotihuwa'更加对不上了。"

猜测被否定后，沈天问只好双手抱胸苦思冥想。可最终还是没有想出答案来。最后揭晓答案的，依旧是凌晓月。

"后来实在没办法了，我只好试着反过来推测，把'wo'去掉之后，试着看剩下的部分像什么。就是在这时候，我觉得这个词很熟悉。如果真是这样的话，这应该就是一个奇迹般的巧合了。"

Tihuwa……

荻花——

秦娇家的……私人直升机。

5

借着火光，直升机机身上仍清晰可见"荻花集团"的标识。凌晓月猜中了，这真是一个奇迹般的巧合。

——我小时候一直盼望着能再见到爸爸妈妈一面，可是我也知道，不管怎么盼望这都是不可能实现的奇迹。

秦娇的父母就葬身于此。现在秦娇也和那具被烧毁的尸体放在了一起，这也是奇迹般的另一个巧合吧。

与此同时，沈天问正代替凌晓月，说着并不熟练的谷底语。

逃生计划我们之前已经商量好了。

祈祷者躲在神殿里只是以另一种方式等死而已。他想活下去，这是毋庸置疑的，不然他也不会使用这种诡计了；我们三个也想离开谷底，想要活下去，这也是肯定的。

我们的利益是一致的。

"Kaga wuluthiu shoe thiade。（请祈祷者回到部落去吧。）"

看他不解的样子，沈天问连忙换了个词。

"Kaga wuluthiu shoa thiade。（请祈祷者回来部落吧。）"

说起来谷底语中'来'与'去'的关系真的不太好懂啊，因为没有介词的缘故，根本看不出来动作的方向是什么。不过我们能在几天内将谷底语理解到这种程度，也是一件了不起的事吧。

尽管其中很大一部分功劳是凌晓月的。

"Thiau anto, thieu shoede。"

"Kaga——（请——）"

祈祷者无情地转过身去，看来对话失败了。要是这场交涉失败的话，我们就功亏一篑了。

实在不行的话，只好我上吧。就在我做好最糟糕的准备时，凌晓月终于鼓足了勇气，冲上去挡住了祈祷者的去路，在他面前深鞠一躬。

"Shoau wulueto, thiau shoayade。（你想回去吧，那就回到大家的身边吧。）"

"Wuluthi weyeto, shoau ande。"

"An！ Wuluthiu wayato, thiau shoayade。（不是这样的！你还活着，还可以回去。）"

"Lekuyu an！ Weu wuluthide！"

凌晓月抬起头来，抓住了精神亢奋的祈祷者的手，稳住他情绪的同时，以恳求和期望的语气，用尽全部的力气喊道：

"Ye！Hu shoau wuluthito, woiwowuluthi shaeto, weu shoade！（不会的！我以神明的身份要求你回去，让你成为未来的神明，创造死而复生的奇迹！）"

第十一章

1

将祈祷者塑造成真正的神明,这就是凌晓月的计划。

我们装出凶恶的形象,再由死而复生的祈祷者出场,将我们一一打倒后,再以神明的形象发出命令,保留我们的性命,相对地会由我们来给予他们知识。等过几天之后,再由这位神明下令放走我们。

如此一来,已经"死亡"的祈祷者就能以神明的身份回到谷底部落;而被视为敌人的我们也能在献出自己的力量后回到上面的世界,可谓是一举两得。

在凌晓月的恳求面前,祈祷者还是答应了。接下去的任务同样重要,我们花了很长一段时间让祈祷者理解我们即将要做什么,以及他在这件事里扮演的角色是什么。不过在语言不完全相通的情况下交流实在是太累了,于是我们放弃了让他理解,转而让他知道自己要做什么就好了。

反正祈祷者多少有了个人意识,应该也能理解做什么对他自己有利吧。

他拿走了我的手机,打开手电筒并卡在机翼上,手电筒的光正对着神殿的顶点。之后,他的任务就是从上方离开神殿了。我的手机已经快没电了，而手电筒又是一个非常耗电的功能，手机很快就会自动关机，因此不需要祈祷者做多余的处理。

接着就是我们在外面假装要攻击谷底部落，再由他来阻止、制伏我们。重要的是之后，他要向谷底部落的人宣布，自己借助神的力量死而复生，神要求他来指导谷底文明，并给了他力量使他可以制伏恶魔。同时，他也从神那里获得了启示，恶魔拥有超越人类的智慧，他要让恶魔交出他们的知识，造福谷底部落。

祈祷者终于理解了。事不宜迟，要是天亮起来，手电筒的效果就不好了，因此凌晓月决定要尽快执行计划。

我和凌晓月到神殿的两侧观察对面的情况，谷底部落那边大家都已经回到各自的房间里了，但是对面的石头建筑里一定有luxithi（警戒者）在盯着我们看。等到那个人看到我们了，一定会吹起攻击的哨声，谷底人一定都会跑出来的。

同时，沈天问正在单独和祈祷者说着什么。我们隔得比较远，听不到他们谈话的具体内容，只看到沈天问正在艰难地表达着什么意思。

她之前对凌晓月的计划不满意，称其太过理想主义。可能确实是这样，就算是谷底人也能一眼看出来我们在演戏吧。祈祷者并不是真的想杀我们，我们也不是真的想加害于谷底人。

"现在差不多了吧。"凌晓月小心地探出头，注意着不被对面的谷底人发现，同时望向天空，观察着月亮的位置，"开始吧。"

我深吸了一口气，让全身都做好准备。

我们能否活着离开谷底，我们能否创造出奇迹，全看今晚了。

2

到了行动的时间,我们三个原路返回,从小洞里艰难地爬了出去。到了外面后,我们一起挤在墙边上,注意着对面的动静。只要我们一出去,大概就会被发现吧。

"准备——啊——"

凌晓月短促地叫了一声,摔倒在地。

她的膝盖窝处被狠狠地踢了一下。凌晓月曾说过自己的身体很敏感,因此这一下应该会让她疼得很厉害吧。

"你在做什么?"

我连忙过去扶起凌晓月,正想问妹妹为什么要偷袭,却发觉她已经跑出很远了。她背对着凌晓月挥了挥手,说道:"我的姐姐就交给你哦。"

"你想——"

我很快就明白了妹妹的目的,凌晓月让我快点追过去,她会扶着墙自己休息的。虽然对她很抱歉,我还是将她扶到墙边,自己追了上去。

可是我的腿上还有伤,而且重伤之后身体还很虚弱,根本跑不过她。

"沈天问——"

我想喊她的名字阻止她,可她却头也不回地跑到了神殿的前方。

Luxithi(警戒者)已经发现了沈天问,他们吹起哨子,整个谷底部落都躁动起来。一时间,整个谷底都被火把的光所照亮,谷底人纷纷拿起武器冲出他们的领地,最先出发的已经冲着桥这边跑过来了。

打头阵的果然是那个疤痕男。

沈天问不再隐藏了，干脆将袖子里的电击器拿了出来。大部分谷底人都已经跑过了桥，手持武器向沈天问不断逼近。

站在最前面的疤痕男丢下了远程用的长枪，拿出了近战用的锥子，猛地朝沈天问这边冲过来。他高高地挥起手臂，可惜锥子的长度不够，必须要在非常近的距离才能刺中目标。还没等他发起攻击，就被近身的沈天问用手中的电击器给击中了。

被电击的疤痕男一头栽进河水里。他在湍急的河流中挣扎着，一旁的几个谷底人放下武器去救他，却没有人能抓住他。疤痕男也不会游泳，只能在河水里扑腾，高高地伸出手来向岸边的同伴们求救。可惜直到最后还是没人能把他拉上来。疤痕男被河水冲走了，消失在河流的尽头。

将疤痕男击倒后，她将电击器对准了河对岸的警戒者，吓得他们纷纷拿着武器躲开了。至于靠近她的那帮狩猎者，也都不敢贸然上前。

"别过来！"

沈天问冲我喊了一句后，一头扎进了人堆里，用手中的电击器接连击倒了数个谷底人。周围的其他人陷入慌乱之中，一时竟拿她一点办法也没有。

这时候，对面thiethi（接触者）之一的中年男将武器对准了沈天问。

"小心！妹妹快躲开！"

可沈天问根本就没有想躲开的意思。一枚尖锐的飞弹打中了她的左臂，我甚至看到了她胳膊上飞溅的鲜血。

这样下去沈天问就危险了，不管怎样我都要阻止她。我忍着腿上传来的阵阵刺痛，竭尽全力以最快的速度朝她那边跑过去。

那个左臂的衣袖已经被鲜血染红,右手正在胡乱挥舞的我的妹妹,我必须要去救她。哪怕摔倒在地,哪怕在地上爬过去,我也一定要——

神殿上发出了光芒。就算我早已知道这是计划的一环,也不免产生些许意外。此刻,所有谷底人的目光都被那光芒吸引过去,这或许就是救出妹妹的最好时机。

祈祷者从神殿处现身,向他的族人们高喊道:"Wotihuwau loxieto, weu shoede! Hu wotithiya thiau heha ande!"

他中气十足地说完这句话,随后迅速逼近面对着谷底人的沈天问,向包围着她的谷底人命令道:"Hu thiau shuade!"

谷底人乖乖后退,从沈天问的身旁撤退。我欣慰不已,想着wuluthi(祈祷者)来得太及时了,总算可以救下我的妹妹了。

然而在我的面前,他掏出了一样我未曾预料到的东西——

方永安的手枪。

难道说,刚才沈天问是在跟祈祷者说这个吗?她难道是想……

接下来的事是在刹那之间发生的。我想加快腿上的速度,结果没走几步就往前摔了下去。在视野摇晃的那一刻,我绝望地看到他快步走到沈天问的背后,将枪口指着她的后背。

"不要——"

我尖叫起来。倒在地上的同时,在我的前方传来数声枪响,直到所有的子弹都打完为止。中途我想爬起来,结果还没完全站起来就又倒了下去,仿佛那个被枪打中的人是我一样。

必须要把手枪里的子弹全都打完,这恐怕也是沈天问的指示,因为她生怕多下来的子弹会对我们造成威胁。

为什么要这么做啊,为什么……

我顾不上自己的伤情,只想快点儿到妹妹身边,只想快点见到她。

谷底人的情绪随着祈祷者的出现又一次达到了高潮。最前列的狩猎者用手中的短锥子刺入了她的身躯,就像秦娇那时候一样,他们就像泄愤一样疯狂地在她的身上一下又一下地刺着。

我好不容易到了妹妹身边,祈祷者这才下了命令:"Turuang an!"

谷底人迅速往周围退开。沈天问就倒在中间,胸前和肚子上满是血痕,嘴角也流出了大片的鲜血。她眼神迷离,嘴巴一直在大喘气,极力保持着最后的呼吸。

见到我来了,她开心地笑了。

"姐姐,奇迹发生了。"

说完最后一句话后,她便安心地闭上了眼睛,再也没有睁开。

"妹……妹妹!沈天问!"我在她的身边跪下,抱起了她的身体,"沈天问!快回答姐姐,不要就这样离开我……沈天问!为什么要这样……"

凌晓月也从后面过来了。她抱住了我,也抱住了沈天问的身体,满是自责地接连说着"对不起"。

祈祷者将没有子弹的枪口对准了我的后背,同时对他的同伴们高喊道:"Wuluthi anto, wothiwulude. Lanxiu thiato, wothiwulude!"

谷底人纷纷丢下武器,将双手高举成Y字形,齐声喊出他们神明的名字:"Wothiwulu!"

3

这一晚之后，祈祷者从谷底人的手中救下了我和凌晓月。在我们教给他们一些简单的制作工具、判断时间等基本生活技能后，谷底人连加赞叹——当然不是赞叹我们的，而是赞叹祈祷者的。

失去了妹妹之后，我一蹶不振，整天以泪洗面，根本帮不上什么忙，基本都是靠凌晓月在和谷底部落那边接触。

晚上休息的时候，凌晓月告诉我，在谷底部落度过的那个晚上，沈天问就找到她了。我记得当时我们正在讨论语法的问题，刚好被沈天问听到了。她于是追问凌晓月，让她详细解释一下谷底语的语法，以及一些词语的含义。现在想来，当时沈天问就在筹划"自杀"的计划了吧。

据凌晓月推测手枪也是之前就拿出来的，就在沈天问发现了过去的真相，和我在姚雪寒的帐篷前分开的时候。她并非回了帐篷，而是到了方永安的尸体旁寻找那把手枪。那时候她就想到要用手枪这个现代武器制造出某种"奇迹"来拯救我，只是还没有想法而已。

她从来就没有对我生过气，知道真相的那一刻也是如此，她所想的依旧是无论用怎样的方法，都要把我送回上面去。

在听了凌晓月的计划后，沈天问终于找到了自己的答案——成功率最高的引起奇迹的方式。

任何演戏都有被戳穿的风险，只有真正让他们未来的神明依靠展露的神迹杀死了某人，我们这些幸存者在谷底人面前流露出真正的悲伤，才能让这个计划以最大的概率成功。

为了确保足以令我们活着离开谷底部落的奇迹发生，沈天问才献上了自己的生命。

我也相信,这就是沈天问最后的选择。

尽管我不可能接受这个结局。

4

在凌晓月的帮助下,仅是这两天,谷底文明的生产效率就翻了一倍。她以神明的身份向谷底人保证,摘果子这种程度的高度是不会触犯禁忌的。于是他们终于可以不依赖祈祷者,靠自己的力量摘下了果子。

谷底人随后又发现了一处地下泉水。泉水深处与矿洞相连,小男孩自己找到的秘密基地,估计很快也要被谷底人发现了吧。

与此同时,一个新职业诞生了,名为"lolekuthi",最早的"lolekuthi"是个女孩,在山洞里刻下一些莫名其妙的符号。她对我们没有那么排斥,见我们走近,主动介绍说其中一个符号是"lolekuthi"的意思。这时候我们才大致理解了这是个怎样的职业,简而言之就是"记录者"。

她想将这几天的事用崭新的文字记录下来。

高处之神是一群凶恶而残暴的人。他们在高处打仗,竟将战火波及谷底。凶恶的高处之神在谷底彼此敌对,竟然杀害了虔诚祈祷的祈祷者,又给谷底部落带来了极大的灾难。好在祈祷者先前夜以继日的祈祷终于有了回报,统领世界所有神明的真神赐予了祈祷者神力,让他去制止高处之神,守护谷底部落。为了向世人证明他的神力,真神创造了死而复生的奇迹。获得了神力的祈祷者回到谷底部落,用神力勇敢应对凶暴的高处之神。重生的祈祷者拥有过人的智慧,他知道高处之神掌握了上天的知识,如果能让高处之神向他们传授这些知识，定能让谷底部落更加繁荣。

这便是故事的大致内容了。在未来，这将成为谷底文明口口相传的神话吧。

我们的神话中会不会也有这样被创作出来的故事呢？也有这个可能吧。

我的伤口很幸运地没有发生感染。但是拖太久也不好，因此凌晓月和我在第四天的时候告别了谷底。

祈祷者召集了部落里的所有人为我们送行。尽管之前发生了各种各样的事，但在临别前，谷底人还是恭恭敬敬地举起双手以示感激。我们也不必去遵循谷底部落的礼仪，而是按照现代人的习惯挥手告别。

发生在谷底部落的这个奇迹降临之前的故事，就在此刻以神明的诞生为标志，画上了不算完美的句号。

尾 声

等我们终于回到了地面,茫然面对着一片无边的丛林时,已经到了下午,眼看就要到晚上了。这个时间点在丛林里穿行会很危险,于是我们就地搭起了简易的帐篷,在里面过夜。

因为那场大火的缘故,我和凌晓月随身的所有物品几乎都在谷底被烧毁了。凌晓月以前很喜欢的占卜屋的帐篷,和用了很久的护身符,也在这次的事件中全部离她而去。

说到这里,我才想起凌晓月是个占卜师。

在这几天里,她表现得像个人类学家、民俗学家或者语言学家,又或者像一个侦探,总之不像占卜师。

"需要我占卜一下吗?"

说起自己的本职工作,凌晓月就和在谷底谈起谷底文明一样,显得自信了许多。

占卜吗?我还从来没有想过……

"你可以……占卜过去吗?"

"嗯?"凌晓月面露难色,"虽然可以,但是为什么要占卜过去呢?"

"因为我想知道,如果有别的可能会怎么样。是不是沈天问就不会……"

一提到妹妹的名字,我的眼泪就忍不住地往下掉。我这次之所以从家里偷偷溜出来，就是为了把妹妹带回去。我明明都已经找到她了，还和她共同生活了几天，为什么在最后……事情会变成这样！

如果当时我不这样做的话，事情会不会变成另外一副模样？比如说，我提前告诉她真相并表明我的心意的话，结局是不是会变得更好一些？

"我不知道站在我的立场这么说合不合适。对沈天问来说，最大的奇迹就是在最艰难的时候遇到了你，于是为了报答，她才为你创造出了另一个奇迹。"

——等到这个不可能的奇迹降临的那一天，我们再来商量谅解与否的问题吧。

明明我们都已经互相谅解了，明明不需要这样的奇迹也没有关系……

"我只想……带她回家……"

说着说着，我哽咽起来，捂着嘴巴呜呜地哭着。

"呜……虽然我没有通灵的本事，但还是试一下吧，说不定就能和沈天问通上话，传达她的心意。"

凌晓月闭上眼睛，像是在全神贯注地通灵一般。

可我知道她是骗人的。因为我在谷底睁开眼之后，第一个看到的就是这个紫发女孩占卜的场景。她的紫发会自己飘起来，还会有淡淡的紫色荧光。

现在什么都没有，凌晓月只是装出通灵的模样，安慰我而已。

几分钟后，凌晓月睁开眼睛。

"结果是什么？"我假装自己不知道，用期待的语气问道。

"她告诉我，希望姐姐能好好活下去，她会为姐姐加油的。"

凌晓月的这个幼稚却善良的谎言，我就当它是真的吧。

外面的夜空依旧如此美丽。远处似乎有一道流星划过,不知是不是我的错觉。很快,又有一道流星划过,原来真的是流星雨。

我连忙把凌晓月叫了出来,两人一起站在流星雨下。现在应该是许愿的时候,可究竟该许什么愿?因为事情太过突然,我都没有什么准备。

不过很快我就释然了。愿望根本就不需要准备,因为我能想到的愿望只有一个。

在我与妹妹重逢这个不可能的奇迹降临之前,我会带着她给予我的奇迹,好好地活下去。

后 记

在二○一九年的下半年，复旦大学开设了一门名叫"似是而非"的课程，在当时成了网上热议的话题。这门课程邀请了不同科系的老师来介绍各个领域的知识，从专业角度澄清一些"似是而非"的误区。

在这门课的最后，来自汉语言文学系的老师介绍了汉字的演变、早期的汉字起源是什么，又是如何演变成我们所熟知的汉字形态的。本身我就对演变、起源之类的内容很感兴趣，而文字也是我很喜欢的内容，因而我对这门课的印象尤为深刻。

从那时起就有一个想法在我的脑海中挥之不去。以文字为核心的推理小说，回到文明的最古老时期，在那里探求某个自创语的真相。

在同人音乐领域，就有不少自创语的作品，例如我很喜欢的同人音乐社团アリスシャッハと魔法の楽団就是用自创的"爱丽丝语"进行歌曲创作。因此，同样的自创语能否运用到推理小说中呢？

抱着这样的想法，我逐步开始构思，也开始系统地学习一些语言学的知识。

起初我的设想是自创文字，但是自创文字的写作不是那么容易，而且实际设计起来需要考虑的东西太多，在参考《零

ZEЯRO：世界符号大全》时，里面提及了不同符号的起源与用途，涉及社会、科技、文化、心理等各方面，说实话为了仅使用一次的作品而牵扯出这么庞大的世界观设计，实在是有点奢侈。

不仅如此，当一个语言成熟之后，其系统也变得复杂起来，我对语言学只是略知皮毛，可能无法驾驭如此庞大精细的系统，反而会有失真的感觉，在真正的专业人士面前班门弄斧。而且关于语言的推理小说，已经有专攻这方面的作者高田大介所写的《图书馆的魔女》，这本书实在是非常厉害，将我理想中关于语言学在推理小说中的运用设计得非常出色。读完这本书，我在深受感动的同时，也意识到自己是不可能完成像《图书馆的魔女》这样出彩的作品的。

因此最后我还是选取了一个比较轻松的时间点，也就是文字尚未诞生，语言刚刚形成的那个时期。在这个时期原始人具备了基本的词汇与语法观念，仅需要着重设计一下拥有具体含义的音节就可以了。与其说是偷工减料，不如说是找到了一个最适合自己的位置。

不过我也没有放弃对自创文字的追求，所以我在最后暗示了谷底部落中将有文字诞生。至于具体会是什么样的文字，只能留待各位读者自行想象了。

为了创作出谷底语这个早期语言，我先是把自己带入到谷底人的集体心理之中，体会原始人对这个世界的朦胧的猜想。同时，我又研究了笔画数最少的几个汉字，试图去寻找原始人类造字的几个方向。就我的观察，人类语言大致都是规则的，而不规则的多半都是早期由于自然语言习惯所留下的产物，因此这些词语具有更加具体和实际的意义，也对我的设计更有帮助。

在磕磕绊绊之中，谷底语的词典终于完成了。我不希望这个语言只是对我们熟悉的语法或读音的单纯替换，但是又不能太天马行空以至于失去了这个语言存在的任何微小的可能性。因此，我最终将其设计为强调语的语法，而每个词语也都按照不同的心理趋向进行分类，使其具有相同的前缀。

为了强调谷底语自然存在的效果，文中只要是谷底人说的谷底语都不予以翻译。因为理论上来说，谷底语尚不能系统地被翻译为汉语，所以只有人类说的谷底语才会有对应的解释。

自创语是本作主题"文字"的核心，但并不是全部。围绕着"文字"，我又另外设计了几个相关的核心，如同音多义、方言等。这些核心尚不能用自创语来解答，因此就作为点缀放在了文章的各条支线上。

除了文字之外，既然本作将环境设定在了一个原始环境之中，那么就不得不对其原始性进行描绘，关于人类族群、早期信仰以及相关的人类学知识，《法医人类学》《图腾与禁忌》等书也提供了很多参考。

如果说"文字"的核心梗仅是本作的骨架，那么血肉的部分就是由不同的故事线索交织而成的。

主线自然是探索谷底部落。一方面主角们逐渐接近谷底部落，弄清他们的部落文化，掌握他们的语言；另一方面就是在原始环境这样的封闭空间里发生的连续死亡。这两方面在最后结合到一起，迎来了本作的剧情高潮，也切合本作的标题《奇迹降临之前》。

而支线属于各个人物，其中最主要的支线是沈一心与沈天问之间的姐妹情，两人彼此抱有的暧昧感情，两人的关系如何从误解到化解误会再到心灵相通的变化，是我在本作中想要着力描绘的内容。

此外，秦娇、罗韬等次要人物也都拥有各自的支线，例如罗韬和戴安娜的感情也经历了由表至里逐渐展现的过程。而所有这些主线与支线，实际上都是紧扣着"奇迹"这一主题词展开。

本作作为凌晓月系列的第一作，也是我第一次将三个主要系列的特色——荀萧萧系列的情感描绘、凌小灵系列的新奇设定，以及凌晓月系列的对本格性的追求——融合在了一起，因此，最终呈现出来的效果我也是很满意的。如果要推选一篇作品作为我的代表作，那目前来说我一定会选择《奇迹降临之前》。

不过，我并非专业的语言学研究者，作品中的描述难免会有所偏差，如有错误也欢迎各位读者批评指正。

最后感谢前辈陆秋槎老师、月辻、豆包老师以及读过本作的各位朋友的建议，也感谢每一位认真阅读并留下宝贵意见的读者。读者的评价永远是对我的创作最宝贵的反馈，谢谢大家！

凌小灵

二〇二一年九月二十日

图书在版编目（CIP）数据

奇迹降临之前 ／ 凌小灵著．—— 北京：新星出版社，2023.4
ISBN 978-7-5133-4981-9

Ⅰ．①奇… Ⅱ．①凌… Ⅲ．①推理小说－中国－当代 Ⅳ．①I247.5

中国版本图书馆 CIP 数据核字（2022）第 117702 号

奇迹降临之前

凌小灵　著

责任编辑：王　萌
责任校对：刘　义
责任印制：李珊珊
封面绘图：KEN
装帧设计：Caramel

出版发行：新星出版社
出 版 人：马汝军
社　　址：北京市西城区车公庄大街丙3号楼　　100044
网　　址：www.newstarpress.com
电　　话：010-88310888
传　　真：010-65270449
法律顾问：北京市岳成律师事务所

读者服务：010-88310811　service@newstarpress.com
邮购地址：北京市西城区车公庄大街丙3号楼　　100044

印　　刷：大厂回族自治县彩虹印刷有限公司
开　　本：910mm×1230mm　1/32
印　　张：9.25
字　　数：146千字
版　　次：2023年4月第一版　2023年4月第一次印刷
书　　号：ISBN 978-7-5133-4981-9
定　　价：48.00元

版权专有，侵权必究；如有质量问题，请与出版社联系调换。